Best Time

白 马 时 光

我梦见了，
很多个月亮挂在树上，
月亮是芒果色的，

发着光。

你仿佛是一尊神，

将世间美景尽拥入怀，

用嵌入怀抱的力度来感受每一件壮阔或渺小的事物。

地铁站入口有三种门，中间的门光滑锃亮，
给身材较高的穷中人和大多数富中人走，
穿着考究的女士和身着运动套装的男士付二十梦芒，
就能大踏步穿门而过。

这里与码头之眼完全不同，

这个地方有很多商店、餐馆和中中人购物中心，

大部分都是二分之一比例和中中人比例。

你变得越大，其他东西就变得越小，
一次性能摸到的东西就越多，
它们躺在你的指尖、脚尖、舌尖上的
细微感觉就越美妙。

每周我们都有三小时的图书馆读书时间。

一年之内，

我终于将一本名为《风流流氓历险记》的书，

读到了第一百四十九页。

在离海岸一千英尺的地方，
海面甚至还没到我的膝盖。
我仿佛变成了一条鲸鱼，
沉默不语，行动迟缓。

〔美〕杰西·安德鲁斯　著
刘勇军　译

小小人

百花洲文艺出版社
BAIHUAZHOU LITERATURE AND ART PRESS

图书在版编目（CIP）数据

小小人 /（美）杰西·安德鲁斯著；刘勇军译 . —
南昌：百花洲文艺出版社，2019.7
　ISBN 978-7-5500-3246-0

Ⅰ.①小… Ⅱ.①杰… ②刘… Ⅲ.①长篇小说—美
国—现代 Ⅳ.① I712.45

中国版本图书馆 CIP 数据核字（2019）第 072731 号

江西省版权局著作权合同登记号：14-2019-0033

MUNMUN by Jesse Andrews
Copyright © 2018 by Jesse Andrews
Published by Allen & Unwin through Andrew Nurnberg Associates International Limited.
Chinese Simplified Character translation Copyright © 2019 by Beijing White Horse Time Culture
Development Co., Ltd.
All Rights Reserved.

小小人 XIAO XIAO REN

〔美〕杰西·安德鲁斯　著　　刘勇军　译

出 品 人	李国靖
特约监制	王　瑜
责任编辑	叶　姗　刘玉芳
特约策划	王云婷
特约编辑	王云婷
封面设计	林　丽
版式设计	王雨晨
绘　　图	尖角帽
出版发行	百花洲文艺出版社
社　　址	南昌市红谷滩世贸路 898 号博能中心Ⅰ期 A 座 20 楼　邮编 330038
经　　销	全国新华书店
印　　刷	三河市金元印装有限公司
开　　本	880mm×1230mm　　1/32
印　　张	10.5
字　　数	280 千字
版　　次	2019 年 7 月第 1 版第 1 次印刷
书　　号	ISBN 978-7-5500-3246-0
定　　价	45.00 元

赣版权登字：05-2019-98
版权所有，侵权必究
发行电话　0791-86895108　　　　网　址 http://www.bhzwy.com
图书若有印装错误，影响阅读，可向承印厂联系调换。

这本书当然献给塔玛拉。

相较之下，
便谈不上渺小或伟大了。

——《格列佛游记》

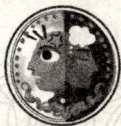

你好，我是沃纳，我是穷小小人，也许你有些问题想问。

小小人是什么?

就是最贫穷的人，因此也是最小的人。我们没有梦芒，所以我们像老鼠般大小。

好吧，但梦芒是什么?

梦芒是你通过赚、偷、赢、借等所有一切可以采取的手段获得的东西，然后你可以用来买东西、付钱给别人，你也可以把它带到银行去把自己的比例放大。

能放大到多大?

哦，没有边界。有些生物有一百英尺高，会有各种大小的手机、汽车、道路、医院等等。不过，他们并没有把这些东西都做得足够小。

你为什么写得很有趣，难道你不懂语言规则吗?

老实说，我不知道，他们也不为我们建学校。

哎呀，那可真是糟糕。

都还好。我和我姐姐只祈祷能把比例变大些，过上更好的、不那么危险的生活。但那并不是一件很容易的事，事实上，有点接近不可能的程度。

但我们还在努力。

第一部分

普 瑞 儿

现实世界

做个穷小小人可没什么好处。

我知道，我知道，你以为你已经知道这事儿了，不过我还是给你讲讲吧。

我想看看你听了我的故事，会不会哈哈大笑。一个富中中人孩子一脚踩在我们的房子上，把我父亲踩死了。同年，一只猫在垃圾场袭击了我的母亲，咬断了她的脊椎。好啦，这就是我的故事。你是不是咯咯笑了？你没有，好吧，很好，我自然很感谢你没笑，很抱歉没能把你逗得乐不可支。虽然这个故事对我来说不好笑，但对其他人来说有点意思。那些觉得好笑的人，全都个头儿很大，用不着担心被踩扁、压扁，猫咬残，被污水淹没，被泥巴掩埋，反正穷小小人害怕的那些事儿，通通都不能把他们怎么样。

我们一来穷，二来个子又小，只有中中人身材的十分之一，和老鼠差不多大小。但我们更喜欢说松鼠，毕竟松鼠比老鼠大，当然也没那么恶心。但是，松鼠有中中人的八分之一，而我们是十分之一，我们比松鼠小，真真切切就和普通老鼠一般大。我们住在海滨城市罗斯英迪卡，说得具体点，我们住在码头附近的一条小巷里。我们的房子只有一层，用几个牛奶箱搭建而成，屋顶和墙壁是压扁的锡罐。每天晚上，炉烟都会刺激我们的肺，把我们熏得漆黑。

踩死我父亲的富中人小孩儿叫贾斯帕，那家伙是双倍比例，比我们大了二十倍，也许是二十二倍。当时，他和班里的同学正在参加"亲眼见见中中人码头"的项目，几个块头比他还大的富中中人孩子欺负他，不停地推搡他。他们追着他进了我们住的小巷，接着推了他一把，他一个没站稳，一只脚正好踩在我们的屋顶上，踩瘪了塑料牛奶箱，当场就把我父亲踩得只剩下了半口气。我尖叫起来，尖锐的塑料在我父亲的身上刺出了血窟窿，血不停地流，我想止血，却做不到。他盯着我，似是有话要对我说。但是，他的肺部被刺穿，排不出空气，他说不出话，很快就一命呜呼了。

那个叫贾斯帕的孩子显然感到很不安，欺负他的几个孩子也是如此。我是说，那几个恶霸很快就跑了，他们边走边咕哝，不仅闷闷不乐，还羞愧难当。贾斯帕站在那儿哭了一会儿，然后他也突然跑掉了，就像是他突然明白了一件事：嘿，我才想到我也用不着待在这里呀，总算解脱了。

有时候，大大人和比较大的中中人会不好意思，便拿出一些梦芒做赔偿，这样一来，他们就用不着那么愧疚了。但我们没有这样的好运气，我们在梦幻世界里见到了贾斯帕的父母，他们死活不肯给我们任何赔偿，他们说了，是那些恶霸推了可怜的小贾斯帕，所以他才会把我们的房子踩得稀巴烂，这能怪贾斯帕吗？看看吧，他哭得都哆嗦了，他吓坏了，事实上他也是受害者。

我本想这么问：贾斯帕八成就是个万人嫌，活该被人欺负，他踩在我们的房子上，实际上就是他的错。但这也许不是事实，我们无法说服他的父母。

所以，到了第二天晚上，在梦幻世界里，我们又找到了恶霸的父母，他们发了很大的脾气，还觉得我们简直是疯了，才会讨要梦芒。听着，*你爸爸死了，我们很遗憾，但是，是我们的孩子踩坏了你家的屋顶、踩死了你爸爸吗？我的意思是，你真的认为我们为了这样的事儿交出梦芒*

并且变小是公平的吗？你真是这样想的？你爱怎么想就怎么想吧，但是，除非你想耗费梦芒去请律师，上事故法庭打官司，否则请不要再联系我们了。很明显，对你们的损失，我们感到非常抱歉。

所以我们没有拿到梦芒，还是穷小小人，而且现在父亲死了，房子也烂了，母亲只得带着我和姐姐普瑞儿搬进了海岸线上一个拥挤的穷小小人公园。公园位于一栋耶威斯海岸警卫队海滨别墅里，这个地方可能是警卫队捐赠的，有可能早已废弃。住在里面的大都是残缺不全的家庭和孤儿，他们互相扶持，免得遭到打劫、被水冲走或是被老鼠攻击。

祸不单行，同年，我母亲半夜在垃圾场工作，把破布、轮胎、燃烧煤和油石都挑拣出来废物利用，可就在这个时候，一只无家可归的玳瑁猫悄悄地接近她，她吓得跳进一个轮胎中间的洞里，可那只猫就趴在轮胎的边缘，把爪子伸进轮胎里急促地抓来抓去。母亲的头和背部挨了几下重击，脸被猫的利爪抓破，整个身体被甩来甩去，她的脊椎骨就这样断了，动也动不了，那只猫觉得无趣便走了。

后来医生告诉我和普瑞儿，若是我们把母亲从轮胎里拖出来，也许会加重她的脊椎骨的伤。于是我们就问他，我们应该怎么做。他承认没有任何医疗器材可以给母亲用。这世上就没有适合我们体型的救护车、担架、轮椅，等等，我们最好的选择就是把她从轮胎里抱出来，放到一块破布上，然后抓住破布的每个角，走五小时去医院。据我们所知，那家医院是最近的一家有小小人诊室的医院。医生们倒是尽他们所能医治了母亲，但即使是个头最小的医生，也比可怜的母亲大十倍，如果你只有医生的手那么大，那是得不到太好的治疗的。

医生无法将她的脊椎骨复原，他们虽然没有截掉她的腿，但她的腿还是废了，最重要的是，母亲瞎了一只眼，至于她脸上的伤，医生马马虎虎地缝了针，巨大的针脚有小小人的手指一半粗。一位护士可怜我们，把她孩子玩具屋里的一把椅子给了我们，让我们用它来当轮椅。母亲坐不下，但我们只能将就。不然的话，我们只能用破布抬她。

父亲死了，母亲失去了工作能力，普瑞儿十五岁，我才十三岁，我们与别的孤儿寡母住在一起，我们以后很可能要去抓蚂蚁，烤熟了卖给其他小小人，每次我们带着梦芒去银行，都会被打劫，会搞得狼狈不堪。这样的生活简直暗无天日。

"普瑞儿，沃纳。"母亲说，"主君王神智慧而伟大，但在某些时候，你们两个得做个计划出来。"

我一直在生气，根本没心情去制订有效的计划，我的计划无一不需要我变强。我想通过不断的训练和做特技让自己变得超级强壮，我也想做刀或剑之类的武器随身携带，保护其他小小人去银行，借此换取报酬。我还想和在银行附近徘徊的那些人一起混，你不雇保镖，他们就会跟踪你、抢劫你。但是，母亲和普瑞儿都瞧不上这些计划。

"不行，怎么能那样做。"母亲说，"沃纳，你这些计划太愚蠢了，会惹得主君王神为你悲伤，为你生气的。"

"我的计划其实挺明智的。"我说。

"弟弟，你那些计划太儿戏了。"普瑞儿说，"你的计划不是肌肉就是武器，你就是懒得动脑子想，你的大脑告诉你'别用我呀，去用你的肌肉和武器吧'。只有懒惰的大脑才会想出这么蠢的计划。"

"你才傻呢。"我争辩道，"我那聪明的大脑问我，沃纳，最好的天赋是什么，有什么最好的办法？啊，他肌肉发达，跑起来飞快，徒手格斗技能更是一流。"

"唉，你该好好管理一下你的大脑了。"普瑞儿担心地说。

"你也要多想想主君王神。"母亲建议道。

但与此同时，普瑞儿的计划一不用动脑筋，二不涉及主君王神。对于她这个年纪，又长得标致的穷小小人女孩儿而言，这个计划十分常见。具体来说，就是在梦幻世界里找一个人又好又聪明的富中中人，要是他很爱普瑞儿，说不定会同意娶她为妻，把他的梦芒和我们所有人的混合在一起，那样他会变小，我们则会变得和他一样大，至少能变成穷中中人，身材和一般的狗差不多。

"我的计划和聪明才智无关，那就是蠢，而普瑞儿的计划也谈不上聪明才智啊，怎么就不蠢了？"我说。

"这其实不是我的计划。"普瑞儿说。

"是的。"母亲说。

"好吧。"普瑞儿道。

"这是我们的计划。"母亲说。

"我说好吧。"普瑞儿喊道。

"那就去找一个富中中人吧，这个人要喜欢普瑞儿那张漂亮的脸蛋，喜欢到甘愿放弃他自己的美好生活。"我道。

母亲和普瑞儿都没理我。

"也许那家伙现在就在梦幻世界里呢，不如我去找他。"我建议，但她们一直不理睬我。

我继续说："我就满梦幻世界大喊大叫，嘿，我家卖闺女啦，芳龄十五，长得人见人爱，花见花开。只要出一点本钱，就能买走我这个讨厌的姐姐。只要牺牲一点身高，把你的梦芒和她的混在一起，啊，不只她一个人，还有她的妈妈和弟弟呢。"这时候，普瑞儿打断了我，她说："沃纳，你用不着把你的梦芒和我们的混在一起，也用不着变大。如果你想与我们一起生活，你就当个宠物吧，我们把你关在我们中中人房子侧面的小笼子里。"母亲让普瑞儿说她是在开玩笑，但我知道她不是。

梦幻世界

你越是小，越是穷，就越是爱梦幻世界。在梦幻世界里，你和其他人都是中人，不会有人遭到攻击或抢劫，也不会有人死，你可以开汽车、打电话、开枪，使用他们在现实生活里不会造得那么小的东西。

事实上，梦幻世界比现实生活强得不是一星半点，很多穷小小人都喜欢那里，但梦幻世界却会害死他们。我来给你们好好讲讲吧。他们决定把所有时间都花在做梦上，但是没有化学品根本睡不了多久，他们因此变得草率又愚蠢。他们喝得醉醺醺，借此让自己昏睡过去，但如此一来，他们就放松了警惕，用不了多久，他们就会在排水沟或停车场这种不安全的地方睡觉，公共巴士会把他们轧瘪，下水道里的水会把他们淹死，蛇或鹰会把他们吃掉，如果是在沙漠中，足够大的蜘蛛会把他们当盘中餐。

对于梦幻世界，你一定得抱一点怀疑态度，因为任何人都可以把任何他们梦到的情景送进你的脑海。不过不是任何人，事实上，大多数情况下没有人能做到，因为大多数人都不怎么做梦。因此，事实上，如果你擅长做梦，那大多数时间，你就可以在梦中进入别人的脑海。

如果你想在人们的梦里放一些美好的东西，在人们的脑海里植入美丽的画面，那感觉真的是棒极了。事实上，我想说的是，如果你既有这方面的天赋，又有精力创造出一些大家从没见过的美好东西，那别人就会说"天呀，谁创造了这么漂亮的梦"。这就是梦幻世界最美好的一点了。

比方说吧，你可以用云做水池，还可以用牙齿造山；你可以从泥土中升起一片翻滚沸腾的河树，树干树枝都是汹涌的河水；你可以做手风琴宫殿、鲸鱼巴士，让闪闪发光的四轮蚂蚁火车在藤蔓做成的路上疾驰；你可以给炉子安上后腿，给太阳装上小狗耳朵；你可以穿着由鱼群组成的像树叶一样闪闪发光的裙子；你可以在大猫的心脏里制造一个房间；你还可以给整个郊区安装上海洋天花板，从屋顶跳进海洋天花板，你可以低头看海底，而海底就如同满天繁星的夜空。

我说的"你"，主要是指我自己，我是唯一真的在玩"用一样东西创造另一样东西"的做梦人，但也许你也能做到。

无论如何，如果你想要进入你梦境的人看到这些，那简直就是妙不可言。但如果你悲伤、疯狂、沮丧和愤怒，也可以制作陷阱和地牢。世界还是那个世界，但没有天空，到处都是阴沟；灰尘嗡嗡燃烧，有毒的露珠臭气熏天，空中挂着好几个邪恶的小太阳；阳光暗淡苍白，使你的心变得干涸；房间像袋子一样包裹着你，武器可以让你免于死亡。在这样一个地方，你每次逃离，所到之处，只会更加糟糕。

如果你很悲伤、很疯狂，还想引诱富中人做噩梦，你也可以这么做。但听着，我们假设这么做奏效了，一些人一整夜都在做噩梦，但这仍然不够好。毕竟这伤害不了他们半分，因为在梦幻世界，人是不会受伤的。到了早上，你欺骗的富中人就会在现实世界中醒来，到时候，他们的鬼主意一个接一个，去做他们的身材允许去做的坏事，而到时，你会流血、挨饿、死掉，现实世界还会控制你的大脑。

在动身前的几个晚上，普瑞儿看到我在梦幻世界里修排水沟，我已经完成了很大一部分。

"沃纳，别弄那么惨兮兮的东西。"她告诉我，"还是创造一些美丽的梦境吧。"

"我很生气。"我说着梦见一群蜘蛛飞向一群正在说话的蠢货,那些唇红齿白的家伙当然吓坏了。

"坏蛋。"她说,"停手吧。"

"不要。"我说。然后把他们赶进一群犹如旋风般嗡嗡飞着的蜘蛛中间,看着这些讨厌鬼吓得四散奔逃,他们自己也想做梦将蜘蛛赶走,但徒劳无获,实在是有意思得很。

"听我说,"普瑞儿道,"少在那里自以为了不起了。不过你的造梦能力确实非常强大。"

"你说得不错。"我承认。

"你闭上嘴听我说。"她道,"我的观点是我们大多数人经常创造不出任何东西,我们所能做的就是在别人胡乱做了一半的梦境中徘徊。别生气了,为我们大家做一些美好的梦吧。好吧,我要睡了,我需要放松放松。"

于是,我在梦里把蜘蛛变成了像玻璃一样的水母,它们发出微光,看了就叫人舒心,在空气中轻柔流畅地摆动着。但如果你又是生气,又是伤心,那就算创造出了美丽的梦境,也很难不去添点恶毒的东西。所以,它们那珍珠般的触须时不时会不经意地套在某人的脖子和胳膊上,勒得他们喘不过气。

越是富有高大,通常就越不喜欢梦幻世界。因为在现实世界里,中中人会觉得自己比小小人优越得多,但在梦幻世界,有些小小人可能比中中人更擅长做梦。此外,你完全不能避免与小小人交谈,听到他们的痛苦,而且总有些事在提醒你:要是你生下来就是个小小人,那可就惨了。如果你弄坏了他们的房子,把垃圾倒在了他们身上或是杀死了他们,那你当然会满心愧疚。

但大多数有钱人都记不太清楚他们的梦,所以悲伤或糟糕的梦也不太可能困扰他们。

有时候，我像其他人一样随意游走在别人的梦境中，仔细观察别人的梦，在很大程度上，我看到的就和普瑞儿说的差不多。没有人的梦比我的好，我的意思是，有时我倒是会看到一些新东西，这会刺激我想出新主意或是改进我的梦境。但大多数时候，我都是游走在杂草丛生、干巴巴的梦境中，根本没有一丝美好可言。

有一次，我发现了一个和我一样擅长造梦的人，老实说，如果真要比较一下，那个人甚至比我都厉害。当时很冷，我在一小片树林的上空，我感觉自己不是一个人，不免有些神经紧张，这时候，树梢之间冒出一股种子绒毛。种子绒毛一闪一闪的，长出了花骨朵，花骨朵变成了鸟，鸟儿画了一栋飘浮的房子，而这栋房子有一千扇门。然后我听到了一阵很低的嗡嗡声，但我不是通过耳朵听到的，而是经由我的整个身体感觉到的，这声音是一个很大的东西在很远的地方发出来的。

我打开一扇门，向下跌入了空中，这时一个听起来像是最浓郁饮料的声音传来。那声音有二十种令人眩晕的浓重味道，唱着用音符组成的歌，我甚至都无法动弹。过了一会儿，我能动了，我打开另一扇门，又有一个声音飘了出来，犹如飘动的丝带一样，把第一个声音包裹起来。我又不能动了，片刻后，我恢复如初。我接连把门打开，各个声音相互交缠，从前后左右各个方向倾泻而出，歌声越来越响亮，包围着我，我的皮肤都变得湿漉漉的，我的骨头都在发光。

我幸福地哭泣着，心里却充满了悲伤与痛苦。我很伤心，因为我知道我只能听一次，以后再也听不到了。我在我梦境中绝对创造不出这首歌，我甚至都记不住这首歌。

我知道，如果没有这个飘浮的种子花鸟屋给我唱，我就再也听不到这首歌了，我难过便难过在此，每一段音乐和美丽的花朵都紧紧揪着我的心。

我把头探进一扇门里张望，我看到了一个和我同龄的女孩儿，她正闭着眼睛。

我想挤进屋子里去，可惜风吹得我无法移动。

她睁开了眼睛，微微一笑。

"啊。"我说，"嗨，我叫沃纳。你叫什么名字？"

但她只是摇了摇头。

"没关系，不说也无所谓。"我道，"可是，事情是这样的，我有个主意，或许可以帮到你，你能不能出来一下，让我为你做点什么。"

她又摇了摇头。

"求你了。"我说，"我想你是没弄明白。做梦可是我的长项，我会给你制造一些很好的东西。"

"该起床上晨校了。"她告诉我，她的声音很小，听起来很阴郁，我的心像是一下子被掏空了，之后，这一切便消失了。我醒了过来，我那张愚蠢的小脸上还有未干的眼泪，她说到晨校，所以我知道她是个富中中人，因此，我更难过了。

现实世界

　　但是，无论白天，还是晚上，我都不会为这个女孩儿花费太多心思，因为是时候去执行普瑞儿那个蹩脚的计划了。

　　普瑞儿是个货真价实的美女。她有一双明亮深邃的大眼睛，嘴唇饱满红润，男人都觉得她秀色可餐。她还有红宝石般葡萄酒色的皮肤，一些男人特别喜欢红宝石肤色的女人。至于她的缺点嘛，那就是她的头很窄，形状像豆子，她的胳膊太长了，手很大，指关节突出，所以她的手臂像桨一样。她有男人喜欢的长腿，但她的脚太大了，男人可不喜欢大脚。她的头发还不错，只是发量太少，要是凑近，还能看到她那奇怪的粉色头皮。所以我想说的是，她美是美，却到不了叫人惊艳的地步，但也许我只是从一个弟弟的角度评价她，说不定有些男人偏偏就喜欢看她那老鼠宝宝一样的头皮，谁知道呢。

　　可普瑞儿绝对算是个出挑的人物，当地的一些小混混都在打她的主意，她每次离开海岸警卫队的别墅，都想让我做她的保镖，如果可能的话，她也要其他男孩儿保护她。

　　通常是我和亚瑟保护她。亚瑟是住在公园里的一个孤儿，皮肤灰白，有点斜视，比我大一岁，但个头比我小，跟个虾米似的，还有一点小儿麻痹后遗症。要是打起来，他是一点忙也帮不上的，但至少他可以大声叫。

从远处看，也许你只能看到两个男孩儿和一个女孩儿，但你看不清这两个男孩儿年纪还小，其中一个像只虾米，所以你说不定就决定不去跟踪他们了。而且，亚瑟都为我姐姐普瑞儿害相思病了，所以，他愿意帮忙保护她，就由着他好了。

关键在于普瑞儿必须见到富中中人，不能只在梦中，在现实生活里也要见到。那最合适的地方是哪里？

"仓库？"我建议。

"不行。"普瑞儿说，"那里都是穷中中人。"

"营业所。"我说。

"那些男人不是结了婚的，就是老头儿。"普瑞儿抱怨道。

"我还以为你就想找老头儿呢。"我说，"老人孤独、绝望，说不定明天就完蛋了。这多好。"

"我猜你并没有想过普瑞儿想要的是灵魂伴侣吧。"普瑞儿说。

"你已经有灵魂伴侣了。"我指出，"不就是亚瑟吗？"

"别胡说。"她道。

"亚瑟满脑子想的都是你，他不是要哭了，就是想在沙滩上挖个洞消失。"我说。

"沃纳，你还是闭上嘴吧。"母亲命令道，"我来告诉你普瑞儿应该去哪里找丈夫，答案就是法学院。"

"见鬼。"我说。

我们所知道的最近的一所法学院在二十英里之外，位于罗斯英迪卡的另一端，在郊区桑德蒂姆毛斯。

"去商学院找怎么样？"普瑞儿说。

"法学院。"妈妈命令道。

"有很多人在商学院里学习做生意、销售产品，在小车库里开大公司，只用思想、三寸不烂之舌和信心就能创造出梦芒和能量，多刺激啊。"普瑞儿开始了她的白日梦。

"法学院能把男人送进银行和政府。"母亲道，"那种地方最稳定，稳定才是最重要的，你需要关注的是最稳定的生活。普瑞儿，去法学院吧。沃纳，你和普瑞儿一起去，好好保护她，如果你能找到其他方法帮她，那就太好了。我去教堂里住。"

"不，不行。"我说，我有很多理由这么说。我不愿意帮助愚蠢的普瑞儿做这种叫人恶心的事，去找什么厉害的人生伴侣；我不愿意去一个陌生地方，那里都是富中中人，个个都比我聪明；我不想让母亲去寒酸的教堂，和一群怪人住在给穷小小人准备的漏水房间里。

但母亲决定了的事就不会改变，她比我和普瑞儿都要坚强，面对这样的她，我们只能妥协。所以，我们反对了几天，但还是把她推到了主君王神中中人教堂，向她道别时，我们哭了，但她没有掉眼泪。

给普瑞儿找丈夫，首先要做的便是上路。我们有十九个梦芒，我把它们藏在一个小袋子的最下面，但只有遇到紧急情况，才能用这些梦芒，不可以把它们花在交通费用上。那么如何才能不花钱，就去法学院呢？虽然可以徒步穿越城市，但是桑德蒂姆毛斯比桑特罗还远，而且是在山上。要是步行过去，至少得一个月，所以还是忘记步行吧。至于乘坐巴士，门卫会拿着一把特别的扫帚守在门边，不让穷小小人蹭车。如果一个人，有时候倒是可以跳上巴士的外部，比如趁停车时跳上轮胎，挂在轮胎上，但现在还有两个人，所以这条路也行不通。地铁是最好的选择，但谁知道该怎么坐地铁呢？首先必须看明白地铁图，可谁看得懂？亚瑟可以。

亚瑟在教堂外面等我们。我们随身携带了换洗衣服和水袋，所以他知道出事了。

"你们要走？"他问道。

"普瑞儿要去法学院。"我说，我不希望他伤心。

"啊。"亚瑟说。

"是的。"我说。"普瑞儿，跟他说再见吧，感谢他一直守护着你。"但是，普瑞儿睁大眼睛瞧着他，亚瑟愣住了，活像一具动物尸体。

我心中一凛，我很清楚普瑞儿想做什么。

"嘿。"她说，"用不着急着道别。亚瑟，如果你愿意的话，可以最后保护我一次。"

这个可怜的傻瓜竟然如此深情，他是逃不出普瑞儿的手掌心了。于是我们三个人结伴上路，把我这个无家可归、又不识字的姐姐送去法学院。

码头之眼地铁站入口有三种门，两边是破旧的八分之一门，是给我们这些小小人走的，一英尺高，只需要付两梦芒。旁边的门是一半比例，大约四英尺高，个子较小的穷中中人走这样的门，收费十个梦芒。中间的门光滑锃亮，两倍半比例，给身材较高的穷中中人和大多数富中中人走，穿着考究的女士和身着运动套装的男士付二十梦芒，就能大踏步穿门而过。当然，如果你的身高比两倍半比例的大门还高，那地铁车厢就装不下你了。话又说回来，你的身材要是这么高大，你也就不乐意和其他失败者同乘地铁了，自然是开着自己的怪物卡车在大路上飞驰。

所有的入口都装有从地板到天花板的双滑门，所以穷小小人根本混不过去，何况还有凶神恶煞的门卫拿着扫帚四处巡逻。至于每个人花两个梦芒买票，想都不要想，幸好我有个计划。

"好在我有个计划。"我宣布，然后我从入口跑到人行道上，普瑞儿和亚瑟和我一起慢跑起来，一两个小时后，我们跑到铁轨露出地面的地方。果不其然，人行道和栅栏边有很多老鼠洞。

我是想跟着老鼠走，因为老鼠向来出入地铁不用付梦芒。老鼠对我们构不成威胁，因为我们有三个人，只要我们团结在一起，今天就不会有人被老鼠咬到脸。

"沃纳，你的计划太糟糕了。"普瑞儿气喘吁吁地说，但我们还是照我的计划做了。我们穿过老鼠洞，来到铁轨旁边的砟石上，开始往回向码头之眼地铁站走去，而不去理会地铁站吓唬小小人的小告示牌，上面画着圆脑袋的小小人被列车轧成肉饼和遭到老鼠攻击的画面。这些死亡警告毫无意义，因为我们有亚瑟为我们解读一些重要的警示语。

"那上面说的是中……中……中间的那道铁轨。"亚瑟指着一根焦油色的金属棒解释道。那根金属棒位于铁轨中间，想必只要碰上就会死。

我们一直贴着铁轨的一侧走，用右手扶着金属轮轨，亚瑟把左手放在普瑞儿的背上，普瑞儿把她的手放在我的背上，我则把手伸到身前，我们什么都看不到，就这样在地下沿着铁轨走了三四个小时。

这条路很长，四周黑咕隆咚，闹哄哄的。我们能听到老鼠吱吱吱跑来跑去，却看不到它们。但每当有列车经过，有光从角落里透出来，我们就赶紧找地方趴下等火车过去，这时候，总会有一个场景在我们面前显露出来：大批老鼠待在老鼠洞里，蜷缩着躲避光线和列车的隆隆声。

等我们最终到达码头之眼地铁站，我们都没看到有路可以离开轨道，登上人们等车的站台。我的意思是，也没有个梯子让我们从铁轨爬上站台，梯子上的标签写着：嘿，穷小小人，从这里爬上去吧，恭喜你安全到达这里，而没把小命丢掉。

我们只好爬上列车，那辆列车停住不动，但一直嘟嘟响个不停，像是急着离开。我们轮流爬上轮子，患有小儿麻痹后遗症的亚瑟并没有叫我们刮目相看，我只好把他拉到车轮上，然后我拖他走过电缆，最后总算把他推到了车厢之间的金属边缘。

过了几站，门开了，一些穷中中人孩子咚咚跑了过去，我们跟在他们后面进了一节车厢。一个亲切的富中中人老头儿用他的杂志把我们逐个举到一个座位上，因为他不想用手碰我们，他甚至给了我们几块很大的硬糖。座位非常柔软，虽然闻起来有股汗臭味，但我们累坏了，纷纷瘫坐在座位上。

"受不了啦，我以后再也不会听你的了。"普瑞儿告诉我。但事实是，我们至少是朝着法学院的方向前进了，而且亚瑟摸着普瑞儿那汗淋淋的背足足四小时，所以你必须相信这是他一生中最美好的时光。

梦幻世界

亚瑟第一班放哨，于是我和普瑞儿进入了梦乡。我梦见火车上有一半空间都装满了羽毛般珊瑚色的梦芒钞票，我们像坐在浴缸里一样被梦芒包围着。

"你骗亚瑟来不太好。"我说。

"不是我骗他。"她说，"是他自己愿意来的。"

"你认为亚瑟也想帮你嫁给他以外的人吗？"我说。

"我总不能嫁给一个连我名字的第一个字母都说不利索的人。"普瑞儿道。

"哇。"我说，"你这话说得也太刻薄了。"

"我就是开个玩笑。"普瑞儿说，"对不起。我很喜欢亚瑟。听着，他又不傻，我相信他知道这次出来是干什么的。"

"好吧，我要和他实话实说，如果他哭着跑掉，那都是你的错。"我说。

普瑞儿第二个守夜，亚瑟沉沉睡去。我让火车里堆满梦芒，一直堆到急需粉刷的车顶。

"亚瑟，有件事我本不想和你说，但普瑞儿去法学院不是去学习法律。"我道。

"这我知道。"他说,他在梦中没有麻痹的症状,"普瑞儿不识字。"

"说实话,这次去法学院,主要是为了给她找个丈夫。"我说,"法学院毕业生有很多梦芒,这样,她和我妈就可以变大了。"

"我知道这是她的计划。"他说,"但任何事都可能发生。"

"亚瑟。"我道,"你太傻了,你还是别抱希望了。"

"如果我对她足够好,什么事都有可能发生。"亚瑟说。我真心疼这个可怜的傻瓜。

我第三个放哨。我听着桑德蒂姆毛斯的声音,那个富中中人老头儿还坐在那里。

"打扰一下。"他用深沉的声音说,十足富中中人的语气。他的身材大约是双倍比例,一个人占了两个座位。

"请讲。"我说,毕竟除了希望能表现得彬彬有礼之外,对着富中中人,还能说什么呢?

"我只是想告诉你,我很喜欢你的梦境。"他说,"我刚才睡着了,我得告诉你,你的梦真美,甚至还很动人。"

"动人?谢谢。"我说,"很美,好吧,再次感谢你。"

他给了我一个怜悯的微笑。他的皮肤是棕榈树一样的颜色,在阳光的照耀下,他身上呈现出黑灰色,他的头发像山上的树,头发不长,只留到耳部。

"请问你们去哪里?"他小声地说。

"桑德蒂姆毛斯的法学院。"

他稍稍抽了抽鼻子,挑起眉毛。

"太巧了。"他告诉我他住在高蒂姆毛斯附近,可以带我们出地铁站。

"天哪,天哪。"我点点头,"还真是太巧了。"

我叫醒亚瑟和普瑞儿,我们轻声商量了一下,一方面,这么做可以为我们节省很多时间;另一方面,我们能信任他吗?当然可以,毕竟他看起来人不错。但如果他把我们吃掉呢?沃纳,你这个白痴,怎么可能发生这种事，首先，中中人才不吃小小人，他们有更美味的食物，事实上，他还把他的食物给了我们一些呢。

所以我告诉富中中人老头儿他的提议不错，于是，过了几站，他便把我们放进他那个散发着烟味的皮包的外袋。那里还有几块硬糖，此外还放了杂志、书籍、瓶子，以及有韧性的塑料屏幕，那可能是手机或相机之类的东西，但我不清楚如何使用。

我们在他的包里被甩来甩去，从口袋里往外看，只见他大步穿过一个穷中中人社区，猫腰从遮阳棚下面走过，躲避手推车和脚踏车。我四下寻找法学院，我从别人的梦境中了解到了法学院大致的样子，就跟古老的帕台农神庙差不多，也很像顶端有个金字塔的石头烤架。但我什么也没看见，只有尘土飞扬的穷中中人两层房屋。停车场里拥挤不堪，有很多卡片纸、标志牌和折叠椅，他只能躲着走。

这里与码头之眼完全不同，这个地方有很多商店、餐馆和中中人购物中心，大部分都是二分之一比例和中中人比例。我们看到上了年纪的穷中中人在打牌、喝汤，衣衫褴褛的年轻人靠在一半比例的破烂汽车上也在喝汤。十几岁的少年一边傻笑，一边喝汤，搞什么鬼，难道现在是社区里的喝汤时间？

我们走在倾斜的街道上，不时能看到一些真正的大宅在树林的缝隙之间若隐若现。

他走上一条宽阔的倾斜街道，我们能更清楚地看到那些大宅。很快，周围就只剩下富中中人的房子，那些房屋富丽堂皇，位于悬崖边，房屋之间种着很多树。

过了一段时间，我们开始担心现在去的并不是法学院。

"喂。"我终于开口了，"你知道，我从没来过桑德蒂姆毛斯的这个区。请恕我直言，我没有逼你的意思，但你能不能说一下这里是什么地方。"

"我们现在是在高蒂姆毛斯。"那人解释道。

"这样啊。"我说,但我们都尽量表现得一点也不害怕。

几分钟后,我又说话了:"我很好奇从这里怎么去法学院,你知道吗,我们说不定可以走着去。"

"不,不,不。"他说,"不远了。不过我不能在这里就放下你们。"

我们又走了大约一英里。

"我们是不是去法学院啊?"普瑞儿厉声道。

"我有点糊涂了,这里都是住户和森林,没见到法学院的影子。"我对那人说。

"你很善于观察。"他咕哝着说。

我不知道他是什么意思,所以我只是说了句"谢谢"。

"如果你们不介意的话,我得回家一趟,不过用不了多久。"他说。

除了"好吧",我们没什么可说的。

他走上台阶,走向他那座童话般的大房子,我们在他的包里,周围的东西碰到一起叮当作响。

现实世界

房子里的气味让我们都很紧张，那是一种假香草和柠檬草的气味，以掩盖动物尿液的刺鼻味道。大厅里至少有六个穷中中人坐在至少三辆清洁车上，把手臂向上伸展到墙壁和桌面上做着清洁工作。老人的妻子出现在走廊里，边走边折起一块可弯曲屏幕。

富中中人的脸都很大，所以显得很凶，即便他们本无此意。所以当这个女人用她那双目光灼灼的大眼睛盯着你时，就像有双手扼住了你的喉咙；当她张开嘴，露出牙齿，那样子看着有些吓人；最糟糕的是，她竟然抱着一只讨厌的猞猁猫，它瞪着圆圆的黑眼睛，饥肠辘辘地盯着我们。

"太好了。"她用洪亮的声音说，"来新客人了。"

"他们需要有人带他们去法学院。"老人道。

"格兰特，首先，你认为这可能性有多大。"格兰特的妻子说，"他们好像不识字。"

"亚瑟很有学问。"如果恐惧没有卡在我的喉咙里，我肯定就大叫起来了。

"晚饭什么时候好？"格兰特说。

"我刚炖了一只鹈鹕，还要大概两个半小时吧。"格兰特的妻子道。

"很好。"格兰特说，"我去楼下。"

"先生，"我说，"如果你不带我们去法学院，那也没关系，请你带我们出去，给我们指条路，非常感谢。"

"当然，当然可以。"他告诉我们。然后打开一扇门，走进去后关上门，这样猞猁猫就跟不进来了。他走向一段楼梯，那里通往一个弥漫着油漆味的地下室。"但我应该先招待你们一下。你们喝水吗？要不要洗个澡？"

富中中人的消毒纯净水，谁会拒绝呢？

灯亮了起来，他把杯子递给我们，我们站在水槽的边缘，咕咚咕咚地大口喝水。这个地下室犹如巨大的洞穴，我们盯着里面的群山和奶牛。

当然，那不是真正的山和奶牛，都是假的，外面涂了一层漆，用灰泥和塑料制造而成。整个地下室摆满了桌子，桌上放着手工制作的雕塑景观，还有很多穷小小人像。你知道的，不太可能有比我们更小更穷的人了，但那些小小人像就跟老鼠一样，比我们还要小两三倍。

这里就像个桌面岛，没有城市，只有十几个农场，每个农场里都有胶质奶牛和绵羊，两个滑雪者正飞奔而逃远离一头熊。

铁路把岛上的农场连在了一起，我觉得他们还真够懒，连五分钟都不愿意走。这时，格兰特放了一些色彩鲜艳的火车上去，从某种程度上来说，火车是整个景观里的亮点。

"这是我的爱好，我简直都入迷了，也许你们会认为我很傻。"他说。

普瑞儿终于说话了，不管富人做什么，普瑞儿都会夸奖一番，我们都很讨厌这样的她。

"我觉得根本不傻呀。"她说，"实际上恰恰相反，你做的东西很有灵气。这真的都是你做的？"

"是我做的。"他说着高兴地笑了起来。

他把最后一列火车放到铁轨上，在屏幕上按了一下，火车随即启动，开始绕着山牛岛旋转，我们就这样看了很长时间。

为了让他感觉好点，普瑞儿边看边解说。

"红色列车又进了隧道。"她说。

"现在火车从隧道里出来了，和进去时一样快。"她说。

"是时候慢下来了，该拐弯了。"她说。

有好几次我们都能听到猞猁猫喵喵叫着抓挠地下室的门，亚瑟肯定吓得快尿裤子了，我也是。

"你们玩得开心吗？"格兰特终于问我们。

"当然了。"普瑞儿说。

"那我能问你们一件事吗？"格兰特问道。

"你想问什么都可以。"她说。

"你们想不想坐坐火车？"他说。

我们面面相觑，不知道该怎么接他的话，我们是坐不下那些火车的。

"我最喜欢这样了。"他说，"我喜欢拍摄你们这样身材的人乘坐火车穿越乡村的画面，我觉得这样充满了乐趣，还很不可思议。也许你们可以商量商量。"

我们还是什么也没说。

格兰特清了清嗓子，说："你们帮我，我送你们去法学院，给你们水喝，我还可以请你们吃一点美味的鹈鹕肉，我觉得你们不吃亏。"

"对我们有好处，还是你绑架了我们？"我说。

"沃纳，"普瑞儿厉声道，"闭上嘴。"

格兰特没说话。过了一会儿，他悲伤地说："我必须告诉你，你的话伤害了我的感情。我会做那样的事吗？"

"格兰特先生，"普瑞儿说，"我弟弟为人太粗鲁，以后我会好好管教他，给他几耳光。但他的担心是有原因的，我们去法学院还有任务，我们是去那里赚梦芒的，他担心我们会迟到。"

格兰特双眉紧蹙，点了点头，好像我们提醒了他一些他不喜欢的事。

"所以，我们的问题是，"普瑞儿说，"我们为你拍电影，你能给我们一些梦芒吗？如果是这样的话，就另当别论了。"

格兰特吸了一口气，呼出来的气息很热，有股臭味，他的嘴唇在颤动，就像在说：伙计们，你们可把我难住了。

"每人十个梦芒。"我说。

"这样啊。"格兰特说，"一共三十？好，没问题。太棒了！你们先去洗澡，然后换衣服。"

普瑞儿穿上了公主服，我扮成士兵，亚瑟穿了一身日本和服。我身上那身衣服像是用树皮做的。

"天哪，这衣服穿上又痒又疼。"我说。

"我连动都动不了。"普瑞儿说。

"我……我……我穿上倒是感觉不错。"亚瑟说。他的和服是用丝绸做的，看起来很漂亮，但对他来说有点太大，衣服都堆在他的脚边。

"我们可以都穿亚瑟的那种衣服吗？"我问，但格兰特说不行。

"那我至少可以和普……普……普瑞儿交换衣服吧。"亚瑟说，但格兰特也说不行。

"我们需要一位公主，只能由她来。"格兰特解释。就像我说的，我们太大了，不能像乘客一样乘坐那些火车，所以我们轮流或是坐在车厢顶部或是挤进敞篷车厢。

"可以了吗？"格兰特问，然后他抱起亚瑟，用拇指把他塞进了一节货车车厢里。

"天哪，请小心点。"我喊道。

普瑞儿的台词最多，台词是这样的："在巴伐利亚州的老铁路线上驰骋是多么光荣啊""我想知道谁会在车站等我""啊，是牧师"！

我演士兵，必须表演特技，很多要在隧道里完成。其中一个特技是当火车整体进入隧道后，我得在火车顶上边跑边叫，从车头跑向车尾，但最后并没有跑到车尾，而是撞在了山腰上。

亚瑟说台词说不太好，于是格兰特弄了一些粉眼睛的白老鼠和他一起坐在车厢里，假装他们一起打牌。"它们已经完全被驯化了，从来没有伤过人。"格兰特向满身是汗、呼吸急促的亚瑟解释道。

格兰特取下一些客车车厢的车顶，让我和普瑞儿挤进去，躺在里面。这可不太好，我们就像被装在过小的棺材里，小座位的顶部勒进我们的身体和脸。最糟糕的是，我们无法移动，因为格兰特把座位顶部合上，正好卡住我们的背。

我们像怪物一样在轨道上飞奔，完全动弹不得，我们还得尽量不吐出来。

"我好像快到站了。"我说，我的脸撞到了窗户。

"瞧，多巧啊。"普瑞儿咕哝着说。

"我们能不能再试一次，声音再大一点，再清楚一点？"格兰特说。

"瞧，多巧啊。"普瑞儿喊道。

格兰特把普瑞儿捏了出去，用麻绳把她捆住，把她放在铁轨上，同时把我留在火车上，这下子可就更奇怪了。

"好了，现在火车来了，公主要做出挣扎的样子，但不要太用力，要显得你逃不掉。还有你，我需要你把手指跷起来，在火车来的时候，像个大坏蛋一样大笑，"他对亚瑟说，"像这样——啊哈哈哈。就是这样，哈哈哈哈哈哈。"

但是亚瑟不愿意做出疯狂邪恶的大笑，他不能也不愿意这么做。相反，他惊慌失措地在普瑞儿前面的铁轨上走来走去，挥舞着手臂，好让我所在的火车先把他撞死。

"这一幕非常重要，事实上，我认为这个场景是关键。"格兰特抱怨道，"你能照我说的做吗？"

不，亚瑟只是绝望地摇着头，站在铁轨上，像僵尸一样伸展着手臂。

"看在老天的分儿上，我是不会让火车撞到她的。"格兰特生气地说。

"火车是用塑料做的，很轻，甚至都开不快，我的意思是，没什么好担心的。"

幸好格兰特的妻子这时候打开了楼梯顶部的门，喊道："格兰特，晚餐好了。"

不幸的是，她一打开门，变态的猞猁猫就挣脱了限制，这个可恶的杀人犯一下子蹿到桌上。格兰特赶紧抓住它，把它抱起来，但它还是又抓又挠，我们能做的只是瞪着眼尖叫。

吃饭的时候，我们见到了格兰特的一对子女，儿子和普瑞儿差不多大，女儿和我同龄。他儿子不理我们，女儿叫薇洛，她想让我们赶快滚蛋，所以，她成了我们离开这里的最大希望。

"爸爸，人家都不愿意待在这里呢。"薇洛说。

"亲爱的，难道你不认为应该招待他们吃一顿美餐吗？"格兰特问她。

"天啊，你什么都不懂。"她说。

"你知道，有时候遇到和你不一样的人是件好事。"他说。

"啊啊啊啊啊。"她说。

我们自然是坐在桌面上，我们三个人中间有一道菜，盘子看起来就像儿童游泳池。鹈鹕和花椰菜不光咸，还很油腻，难吃得很。格兰特为我们把牛排切成小块，但我们还是得用十根手指抓着吃，牛排总是从我们的手上滑到盘子里，有时还像滑水板一样滑过桌子。

"这顿饭真是太好了，我们吃得很开心。"普瑞儿说。

普瑞儿坐在格兰特儿子旁边，她管他叫小格兰特。

"小格兰特，你还在上学吗？"

"是的。"小格兰特含含糊糊地说。

"哇，那一定很棒，你看起来很聪明。"普瑞儿道，"你学什么专业的？"

她睁着好奇的大眼睛注视着他，尽量用指尖抓着食物款款吃着。我瞥了亚瑟一眼，只见他沉着脸，但还是忍受着眼前的一切。

"嗯，我还在上十年级，所以，你知道，各门功课都得学。"小格兰特说，好像这是有史以来最明显的事。

"你一定很聪明，所以才各门功课都学，你说你上学十年了？"普瑞儿惊叹道。

"妈妈。"薇洛说着，露出了恳求的眼神。但她母亲没搭理她，只是皱着眉吃东西。

我们都默默地吃着。亚瑟的手上都是油，一个没拿稳，他的杯子滑落，里面的水洒在了桌布上。

"你以后会去法学院读书吗？"普瑞儿问小格兰特。

"受不了。"薇洛站起来说，"我吃饱了。"

"别这样，亲爱的。"格兰特说。

"爸爸，我有许多功课要做，现在这场面太奇怪了。"薇洛说着飞快地走出餐厅。

"很抱歉。"格兰特说，"她这个年纪的女孩子都这样。"

小格兰特又哼了一声，但我发现他又看了普瑞儿几眼，她一定也注意到了，因为她开始无缘无故地拨弄头发，就像一匹紧张的马。

晚饭后天都黑了，格兰特提出让我们在地下室睡一晚，第二天早上，他带我们去法学院。我不喜欢这个主意，谁知道那只猞猁猫会怎么样，但是普瑞儿和亚瑟都同意。

格兰特让我们躺在枕头上，用餐巾给我们当被子，我们睡觉的地方距离水槽不远，方便我们使用。我和亚瑟睡在水槽一侧，普瑞儿睡在另一侧。他还让我们换上丝绸和服睡觉，自从我们的家被人踩坏后，这是我和姐姐第一次在真正的屋里睡觉。

梦幻世界

　　我有点生气，也想叫别人刮目相看，于是我梦见高蒂姆毛斯的山坡是一座雪山，像格兰特的火车轨道一样是环形的，山顶上空无一人，如果你想要逃开长着猞猁头、摇摇晃晃的熊，你就得不停地滑雪。所以，我、亚瑟和一些富中中人都不停地加速下坡，有时会有人撞到房子或一堆堆湿彩纸，这时猞猁猫就会赶上他们，把他们按进地里，像火车顶一样坐在他们身上。

　　在我们的上方，火车在空中蜿蜒开着，像隧道一样吞噬着彼此。这个梦境简直一团乱，像是我在对格兰特说：嘿，我不喜欢火车。

　　但他向我滑过来，很明显，他不明白我的意思。

　　"我给了你这么多灵感，我太感动了。"他在梦中含含糊糊地对我说。在梦里，他唯一能说话的方式就是先张开嘴，然后希望那些话能脱口而出。

　　"当然。"我说。

　　"我给了你灵感，我太感动了。"他又说了一遍，因为不擅长做梦的人总是尴尬地说着同样的话。

　　"很好。"我说着加快了速度。

　　"是我给了你灵感，天才小子。"他大喊道。

"谢谢。"我说着甩掉了他。

"天才小子。"他说。牛形毛绒玩具把他绊倒了，猞猁猫一把把他抓住。

"当心。"我说。

我把空中列车一辆接一辆地按进地上的洞里，它们疯狂地扭动，更多做梦的人被压在下面。亚瑟赶上了我。

"普瑞儿像是在和小格兰特说话。"他告诉我。

"你为什么这么想？"我说。

"我就是知道，因为我看到他们在一栋房子里聊天。"他说。

"啊。"我道。

"实际上，他们不只是说话。"他说。

"啊。"我说。

"我想他们大部分时间都不是在说话。"他道。

"我明白了。"我说。

在梦幻世界里，显然是不能真的性交的，但你可以展示自己的部分身体或全部自我，你可以触摸自己、跳舞或是叫别人欲火中烧。别人也可以这么做，这样你们就可以给彼此一个充满性爱的梦，亚瑟给我讲的关于普瑞儿和小格兰特的梦就是这样。在水槽另一边的枕头上，她在现实世界里的身体就在做这样的事。想到这些，实在有些可怕，我不由自主地开始梦到雪地变得泥泞难行，结果很多富中中人不得不减速，还撞在了障碍物上。

"很遗憾你看到了那些，亚瑟。"我说，"可是，我得说，由你来告诉我这件事，我更难过。"

山坡上弯弯曲曲，我再次靠近格兰特。他摆动双手滑着，与我保持同步，积雪又厚又黏，我无法超过他。

"天才小子，你在法学院的工作是什么？"格兰特说。

这个浑蛋富中中人绑架了我们，把我们塞进火车，让我们和那些垃圾动物打交道，而现在，普瑞儿在梦里和他儿子乱搞，只盼着有一天能和他结婚，如此一来，我再也客气不起来了。

"我没有工作。"我告诉他，"一看就知道我根本没有工作。我们都没有。我们是穷小小人，我们个子太小，做不了真正的工作。我们吃垃圾，住在垃圾屋里，互相兜售垃圾，被抢劫，没有出路。"

"天才小子。"这个连梦都做不好的蠢蛋说，"在法学院，你为了赚到梦芒，都会做什么工作？"

"听我说，浑蛋。"我说着做了个踢踏舞步，一跃而起跳过了绊住他的滑雪板的未干水泥，"我知道你不怕我，但你大错特错了。总有一天我会变大，我一定会成为富大大人，我一定会一脚把你的屋顶踩烂。我要弯下腰，用舌头把你那个愚蠢的社区从山坡上抹去。"

"沃纳，用不着这么生气吧。"亚瑟说。

结块的土地上也挤满了火车，列车像虫子一样在地上蜿蜒爬行。

"我有朋友在法学院教书。"傻到竟然不害怕的格兰特说。因为悲伤，他的梦变得更加强烈清晰起来，"到时候我把你们介绍给他。你刚才说了什么？我的滑雪板怎么了？"

天啊，天啊，猞猁猫在哪里，快把这家伙抓走吃掉吧。

"这个梦变得太残酷了。"格兰特说，"你的脑子有点乱。"

薇洛大叫着从山坡上滑下来，我有点欣赏她的疯狂。好吧，不是一点，是很欣赏。

"这个梦糟透了，我恨你，给你五分钟，赶快醒过来离开我家。"她告诉我。

"你这威胁不错呀。"我告诉她。

"天哪，我不是开玩笑。"她说，"我要把自己叫醒，然后下楼打开地下室的门，这样，比克斯就能把你们赶出去，或者把你们当点心吃了。"

当我听到这句话的时候，我突然跳不了踢踏舞了，地面像是抓住我的脚不肯放手。

你若是不能再控制你的梦，那美梦就变成了噩梦，我以前不太明白这是什么意思，但说的肯定就是现在的情况。

"好吧。"我说，"好吧，等一会儿。这个梦只是有点疯狂而已，这样惩罚一个甚至都不算糟糕的梦，也太过分了吧。"

"不是你，你这个白痴，是你那个淫荡的姐姐。"薇洛说。看得出来她是真生气了，不是只想刻薄一下而已，"你那恶心的姐姐和我那愚蠢的哥哥在梦里胡搞。老天！她以为她有资格和他说话？不，她不配。"

薇洛说起来没完没了，同时，地面发出可怕的声音。

"他们甚至都没有共同语言。"薇洛咆哮道，"她缠着他，好像到了早上他有可能记得她似的，而这绝不可能。只要一想到她来到我家，梦到和我哥哥苟且，我就想吐。她是不是认为他们存在于同一个宇宙，天哪，太恶心，太尴尬了。如果五分钟之内你们不打开窗户离开这里，我就让比克斯去地下室，还告诉爸爸是它自己把门弄开了。老实说，整件事情应该让你也想吐吧，但我猜你们这些穷小小人是不在乎自己的家人做出又恶心又可怜的事的。"她说起来没完没了，虽然感觉她并不是真心想让我离开，但真是太糟糕了，我的脚恢复了自由，接着我向后栽倒，掉在了地上。

我的梦消失了，我醒了过来。

现实世界

我醒了，亚瑟没有，真是谢天谢地，希望他能把神经兮兮的小姑娘薇洛留在梦中，毕竟他的梦还不错，绝对高于平均水平。

睡梦中的普瑞儿至少没有动来动去，对她来说，她只是在假装性高潮而已，但谁在乎呢？反正依然是那么可怕和粗鄙。我把她摇醒。

"不要，见鬼。"她说，"沃纳，你发什么疯？"

"薇洛看到你和小格兰特在梦里胡搞了，现在她想把我们喂猞猁猫，我现在是在救我们的命，傻瓜。"我说。

她打了我一巴掌。

"你在开玩笑吧？"我喊道，"你竟然打我？"

"别那样跟我说话。"她啐了一口。

"我们得马上跳窗户离开这里。"我说。

但四周黑咕隆咚，我们看不到电灯的开关在哪里。我顺着水槽腿爬到地板上，寻找电灯或窗户。

"亚瑟要怎么下来呢？"普瑞儿疑惑地问。

"你竟然关心亚瑟的死活，快看看我有多惊讶吧。"我指着我的脸说。

我跑来跑去，看有没有洞或者什么东西可以往上爬，最后我找到了一扇门。从这扇门能出去就好了，但当我从门下钻出去后，我发现自己在一个黑漆漆的壁橱里。

"沃纳，那只猞猁猫能听到你的声音。"普瑞儿说。我能听到那家伙在上面喵喵叫，又抓又挠，我想破了脑袋也弄不明白，有钱人为什么养这些杀人的家伙，他们八成都是疯子。

我撞到了拖把、扫帚、鞋子、装有清洗酸和凝胶的罐子，最后我摸到了一个凉飕飕的圆东西，起初我不知道它是什么。

然后我恍然大悟。

"普瑞儿。"我说，"可以啦。快点叫醒亚瑟，然后马上下来。"

我摸到的是一辆穷中中人女工们用的清洁车，其实这东西就是一辆宽大的玻璃滚轮车，顶部有一个灵活的小起落架，女佣站在里面，就能清理很难够到的地方。

至少四分之一比例的人才能驾驶滚轮车。我太小，不能同时操作脚踏板和方向盘，但如果让普瑞儿站在搁脚的空间里，同时我在上面操纵方向盘并指挥普瑞儿，或许就能行。

但也许不成，普瑞儿显然是控制不了脚踏板的，她不如普通四分之一比例的人那么强壮，她连一个俯卧撑都做不了，又怎么能做这个呢？

"试着把全身的重量都压在上面。"我喊道。

"你为什么不把你的重量加在上面呢？"她喊道。我们只好匆匆换位置，她负责操纵方向盘，我负责踩脚踏板。与此同时，我们听到薇洛在楼上"噔噔"地向房门走去，还和比克斯说着什么。

"比克斯，你也醒了吧，嘘。"我们听到那个疯女孩儿说，"噢。我知道，比克斯，我知道。他们很烦人。比克斯，别咬我，你这个愚蠢的怪物。"

我挤进满是汗臭气味的脚下空间，拼命地踩着踏板，清洁车终于动了起来，只听"砰"的一声，我们冲出壁橱门，冲进了地下室。普瑞儿很快就撞上了桌腿，山牛岛景观的一个角噼里啪啦从我们头顶上方砸下来。我东倒西歪，连忙踩下第二个踏板，谢天谢地那是刹车。

"不对不对。"普瑞儿说，"我弄错左右了。"

地下室的门"嘎吱"一声开了，我们听到比克斯在高兴地咆哮，"啪嗒啪嗒"走下楼梯。

"好吧，再踩一下油门。"普瑞儿说。我又踩了一下，我们撞到了另一条桌腿，又有一堆山牛岛掉在了地上，油漆屑和灰泥撒落得到处都是。

"是的，又弄错左右了。"普瑞儿说，"实在是太蠢了，但我想我明白了。"

亚瑟瞪着惊恐的眼睛，从水槽的边缘盯着我们。我们"嘎吱嘎吱"地碾过奶牛和谷仓墙壁，朝他的方向前进。与此同时，比克斯快步穿过废墟，向我们潜行过来。"从猫口夺回亚瑟小队"的下一个问题来了：到了水槽下面，我们怎么也升不起起落架。

"我的天，按屏幕上那个起重机梯的图标。"我喊道。

"我按啦，你这个傻瓜，但出现了一堆闪光的文字。"普瑞儿喊道。

比克斯认为现在是时候吃掉我们了，它"砰砰"拍了拍我和它之间的玻璃，幸好玻璃异常坚固。

"来吧，到我的嘴里来吧。"凶狠的大猫说。

"你这个浑蛋，请你走开吧。"我恳求道。

我们面面相觑。我的眼睛像是呆愣的石头，而它的眼睛水汪汪的，还冒着邪气。

然后它朝亚瑟抬起头，像个疯子一样摇晃着屁股。

在绝望中，我踩了踩第三个小踏板，与其说那是个踏板，不如说是个按钮，清洁车猛地停了下来，支撑架从两侧伸到地面上，最后起落架开始向上升起。

比克斯跳到了水槽上。

普瑞儿用双手猛按屏幕，绝望地盯着起落架缓慢上升，估摸起落架来不及升起来，亚瑟的脊椎就会被打断，或是脸被刮花。

比克斯探着它那鼻涕虫般带条纹的丑陋脑袋，嗅了嗅亚瑟。然后亚瑟就从边缘滚了下来。

他跌落了大约一英尺的距离，随后撞到了起落架的顶部。起落架的门开开合合，他就这样摇晃着悬在门口，门不断地夹着他的腰部，我们拉起三脚架，把起落架收回来。

当我们到楼梯的时候，起落架已经收回到我们的头顶上方，亚瑟也坐稳了。于是，我们像个球似的上了楼梯，从薇洛身边经过，穿过走廊，比克斯在后面追我们，却怎么也追不上。我们撞了前门好几下，薇洛大叫"够了"，愤怒地为我们打开了门，还伸腿挡住了伸爪子要抓我们的猞猁猫，我们趁机来到了外面的黑夜中。

我们在几个街区外停了下来，让亚瑟进了主舱。他没有大碍，只是几根肋骨和手指有一点骨折，脸上有些瘀青。

"谢谢。"他对普瑞儿说。

"嘿，不要紧。"普瑞儿说。

"亚瑟，你感谢她做什么？"我说。

"谢谢她救了我呀。"他说。

"是她的错，我们才差点儿把命丢了。"我说。

"是你傻，是你的错，我们一开始才会进那所房子。所以，你错得比我离谱，所以你现在应该向大家道歉。"普瑞儿说。我知道她也有错，但她说的这些话没有错。

"普瑞儿，亚瑟，我很抱歉我总想着要早点到法学院。"我说。

普瑞儿咕哝一声。

"第二，我很抱歉我们去的人家里有个男孩子，这是我犯的一个巨大的计划错误。"我补充道。

"我喜欢那个男孩儿，你猜怎么着，傻瓜，他也喜欢我。"她说。

"当然，他喜欢你对他裸露身体。"我说。

"沃纳，闭嘴吧你。"我姐姐厉声说道，"你以为像他这样的人不会喜欢我这样的人，但你给我闭嘴。你甚至不知道发生了什么。"

我们滑下山坡，身后的黑暗变成粉红色。我们仍在高处，不时能瞥见沉睡中的城市罗斯英迪卡，还能看到雾气弥漫的海滩。

"我们没有拿到那三十梦芒。"亚瑟意识到了这个事实。

"我们还弄丢了应急用的梦芒和我们所有的衣服。"我指出。

"我们至少有辆车。"普瑞儿说。

早上，我们回到了那个穷中中人社区。人们忙忙碌碌，有的用软管冲洗人行道，有的摆出草坪椅，还有的在喝汤。

我们三个穷小小人坐着一辆穷中中人的清洁车，街上不时有人摆出臭脸瞧着我们，还有的停下来问我们是干什么的，好在讲故事和说谎是我的拿手好戏。

"我们把车送去法学院。"我不停地解释，"罗斯清洁公司有很多清洁车在山上，法学院的车不够用，但不值得派卡车或穷中中人去跑腿。谢谢，我们该走了。"

大多数穷中中人只是没好气地点点头，不和我们多说。有些帮我们指出法学院的方向，还有的踢我们，把我们赶到街上，大喊着叫我们不要抢他们的工作，所以我很快学会不再说"不值得派穷中中人去跑腿"这样的话。

当我们到法学院的时候，清洁车的玻璃已经磨损得很厉害了，方向盘不停地发出嘀嘀声，还老是显示同一句话。

"电量低……低……低。"亚瑟说。

"电量低。"我和普瑞儿也意识到了。

我说我们到了法学院，但感觉这里压根儿不是什么法学院，因为这所法学院不像富丽堂皇的帕台农神庙。首先，这里有很多不同的建筑分散于各处；其次，这里的建筑都是肮脏的办公大楼，外表看上去十分破旧。我开始担心我们的计划要泡汤了，普瑞儿在这里怎么可能遇到好丈夫？

我们向别人打听这里到底是不是法学院。

"没错。"一个经营小卖部的上了年纪的穷中中人说，"你站的地方就是校园。"

如果这些人是法学院的学生，那就太叫人看不明白了。他们个个儿都穿着邋遢，但看身材，他们都是富中中人，在大街上大步走来走去，打着电话，轻快地绕过穷中中人。

"你们去哪幢楼？"小贩问。

"主楼。"我说。

"行政楼还是演讲厅？"他问。

"演讲厅。"我说。

"往那边走两条街。"他挥着手说。

"先生，我们可能去不了了，车子没电了。"普瑞儿道，"我知道我们的要求有些过分，但能不能把你的果汁给我们一些？"

他深深地看了她一眼，从鼻子里呼出一口气，然后闭上嘴，摇了摇头，但他还是说了"好吧"。

在清洁车上喝果汁的时候，他让我们坐在他的柜台上和他聊天，还给了我们一些自来水和碎薯片。他叫帕迪，胖嘟嘟的，紫黑色的肤色，留着一头花白的卷发。

"桑德蒂姆毛斯很少有穷小小人。"他告诉我们，"你们太年轻了，所以我给你们一点建议吧。趁你们现在思想还没僵化，我来给你们上上课，你们的思想一旦定型，就学不到任何新东西了。"

"当然。"我说，但实际上却感觉很糟糕，这人是谁啊？竟然还想给我们上课。

"如果你们想变大，必须得当个有用的人。"帕迪说，"没人会因为想做个好人就让你们变大。"

"说得真好，你不仅给了我们果汁和食物，还给了我们智慧。"普瑞儿说。

"如果你们没有接受过任何教育，你们就不可能变得和我一样大，这是事实。"帕迪道，"刚开始的时候，我的身材只有现在的五分之二，而且我从来没有结过婚，也没有生过孩子。所以，我把我所有的梦芒都用来让自己变大了，就是这样。这是变大的一个方法，只是太慢了，而且会非常孤独。我是说，反正早晚都会习惯的。但是看看我！我孤独、无聊，所以我现在才和你们说话！"

"当然，是的。"我说。

"所以，趁你们还能接受教育的时候，赶紧去上学吧，因为过不了多少年，你们就不再年轻，会变得头脑迟钝。"帕迪继续说道，"很快你们就会到我这个年纪，快得超乎你们的想象。"

"前提是我们能活那么久。"我说。

"沃纳，别沮丧。"普瑞儿说。

"不，他说得很对。"帕迪表示同意。

"帕迪先生，"我说，"你对我们接受教育有什么建议？没有给穷小小人上的学校。"

"的确。"他说，然后有一会儿他一直没说话。

"你们识字吗？"他终于问道。

"不。"我说。

他瞥了一眼普瑞儿。

"我也不会。"普瑞儿羞愧地说。

"见鬼。"帕迪说。

"我……识……识……识字。"亚瑟说。

"你得过小儿麻痹症。"帕迪说，"我刚才还在琢磨为什么灰色皮肤的那个小小人不说话。见鬼，见鬼，见鬼。三个小小人，其中两个不识字，第三个是口吃。哇，见鬼。上帝保佑你们，孩子们。你们知道，出门在外的，过日子可不容易。你们在哪里睡觉？"

"暂时睡在车里。"我说。

"哦，见鬼。"他又说。

"现在有辆车可以睡，我们真的很高兴。"我说。

"嘀嘀。"那辆车发出了声音。

他一个接一个地把我们放进车里，他的手上粘着薯片上的油，所以很滑。

"再次感谢你的果汁、水、食物、智慧和忠告。"普瑞儿说，"总的来说，人们对我们并不友善，所以，我们真的很感激。"

他又动了动嘴巴，好像嘴里很痛似的。

"啊。"他说，"没关系没关系……"

我们等着他不再说"没关系"这句话。

"好吧。"他说，"我想说的是，就一两个晚上吧，要是你们需要一个安全的地方停车睡觉，可以把车停在我的摊子后面。"

"天哪，谢谢你。"普瑞儿喊道。

"要提前知会我一声哟。"他说，"而且就你们三个，别再把其他小小人带到我的摊子来。"

"当然，当然，只有我们几个。"普瑞儿说，我和亚瑟猛点头。

"不要和别人说这件事，因为穷小小人一旦以为我是个善人，就会来我的小摊子讨吃的，那他们就会把摊子收回了。"他这么告诉我们。

"不会的，不会的，我们不会带任何人来的。"普瑞儿说。

"你们最好相信，如果我闻到你们烧野草或石头的气味，哪怕只是味道很轻，那你们就等着面对警察吧，到时候可别怪我，明白了吗？"他说。

"绝……绝……绝对不会的。"亚瑟叫道，他一说话，大家惊讶得都闭上了嘴。

"就几个晚上。"帕迪说。

就这样，那天晚上，我们睡在车里，而我们的车停在帕迪的小摊下面，第二天晚上也是如此，事实上，一连几个月，那里都是我们的家。我和亚瑟睡在下面，普瑞儿睡在起落架里。我们在清洁车里睡觉，想去哪里，就步行过去。我们不想冒险驾驶清洁车到处跑，免得有些脾气暴躁的穷中中人把我们拽出来，抢走我们的车，那样的话，我们这个三人组就没地方睡觉了。

我们每天都过得差不多。

第一步，帕迪把我们叫醒，从他的早餐里分一点给我们，和我们聊人、时间、政府和教会，一聊就聊很久，他说所有事都是一样的，你肯定不喜欢改变，糟糕的是，你也改变不了人。

第二步，我们组队去演讲厅，每个人都去工作。可以免费待在演讲厅里，别人都管你叫旁听生。亚瑟整天都在做一些奇怪的事：记笔记，听讲，记下各种理论和法律，眯着眼睛看黑板，除非他坐在好座位上，否则他就看不清楚，此外，他还不能做太大的动作，因为他的肋骨还没好利索。

普瑞儿要么走来走去，找人抱着她上下楼梯去教室，要么是在课桌和午餐桌上闲逛，看上去像一边做白日梦，一边拨弄头发、检查指甲，希望有人能和她这个可爱又孤独的做梦人搭讪。

至于我，我试着去赚梦芒，只可惜连一个梦芒都没挣到。为人们做点小事，收集垃圾去卖，学着普瑞儿向法学院男生示爱那样，向法学院的女学生示爱，可我就没成功过。

第三步，我们五点钟在门口碰面，然后一起回家。帕迪通常会给我们一些晚餐，法学院的每个垃圾桶里都有比萨碎渣。

第四步，睡觉做梦。

梦幻世界

　　我琢磨了好几天，如果普瑞儿能钓到一个富中中人做丈夫，我就可以找一个富中中人做妻子，毕竟我长得还不错，身材也挺好。我是个穷小小人，但我身强体壮，平常爬上爬下的，练就了结实的手臂。我的脸上没有疤痕、溃疡或水泡，我的皮肤是樱桃酒色的，与普瑞儿的肤色没有太大大区别，也许更偏橙色一些，但我的头发更浓密更好看，而且，最重要的是，我的牙齿都还整整齐齐。

　　但牙齿和头发再好，爬椅子爬得再快，都没什么用。法学院的女学生对嫁给一个十四岁的穷小小人并不感兴趣。在演讲厅，我们聊的大都关于我在法学院做什么。

　　"我只是偶尔在这里放松一下。"我说。

　　"所以你不需要去上课了。"法学院的女学生们说。

　　"我可以去上你们的课。"我说，"今天的讲座题目是'如何爱你'，你们也可以教我识字。"

　　"我们有点忙，再说了，教你压力太大了。"她们说。

　　"遇到你这辈子的另一半，再也不用担心该爱谁这个问题，会不会缓解你们的压力？"我说。

　　"哈哈哈……"她们大笑，"我们都还没想过这个问题呢。"

普瑞儿并没有比我好很多。一些法学院的男学生认识她后，就拿她开玩笑，还玩什么"谁能叫普瑞儿同意最愚蠢的观点"这种讨厌的游戏。而这游戏玩起来并不难，因为你说什么，她就同意什么，她赞美每个人，她想用这个办法叫别人爱上她。

"这就是普瑞儿。"他们这么说，好像她的名字是编造出来的，"普瑞儿，你不认为政府给穷小小人太多的梦芒了吗？"

"当然，我的确这么认为。"她会说。

"中中人和大大人成功了，政府就向他们征收重税，这难道不悲哀吗？他们越是成功，交的税就越多，太不公平了！"他们说。

"这太可悲了，太不公平了，顺便说一句，并没有人谈论这件事。"她表示同意。

"如果政府改为惩罚小小人，比如每隔几个月，就把他们关起来一段时间，那不是很棒吗？"他们道。

"这个提议十分有趣，说实话，我可能太蠢了，理解不了你们的意思。"她说。

"如果是这样，穷小小人就会终于有动力去努力工作，提高自己，不断地变大。"他们说。

"哇，你们说得很对。"她道，"你们真聪明啊。"

很明显，普瑞儿并不认同每隔几个月就把我们这些小小人关起来一段时间，她又不是白痴。在某种程度上，她相信，如果她曾经和一个男人争吵，哪怕只是一次，她就没希望了，他会永远恨她，不再认为她可爱。我觉得这样的她确实有点傻。

还有一件事你必须明白，我们必须工作和等待几小时，才有机会和这里的学生聊天。大部分时间我们都在琢磨如何爬到一个靠近法学院学生脑袋的地方。我们到了那里，他们却可能随时离开。

我的意思是，身为穷小小人，你的大部分时间都花在从一个地方到另一个地方的路上，焦虑地行走或慢跑，绕过走来走去的腿组成的森林边缘，所以几乎没有时间做别的事。

不管怎么说，在现实世界里，一般而言，我们的求爱结果可以说是超级可悲。但在梦幻世界，情况稍微好一些。

"创造浪漫的爱情梦乡"这个主意是普瑞儿提出来的。

"做梦是你唯一擅长的事，所以我们不妨善加利用。"她说。

"但我真的不知道怎么创造爱情梦乡。"我说。

"那就去'漂亮商店'学习一下吧。"她说。

"漂亮商店"是一家购物中心，他们的宣传语是：在漂亮商店，每天都是情人节。穷中中人女孩儿带穷中中人男孩儿去店里给她们自己买花、珠宝、小饰品、糖果、蜡烛、皇冠、假动物，那里有很多玫瑰和粉紫色的塑料制品，店里还放着情歌。我在那里待了两天，躲在一篮糖猴里四处张望，后来一个购物者掀开篮盖，见到我后，尖叫起来，于是售货员就把我扫到了街上。

那天晚上，我梦见了一个美丽世界。那是一个花园，太阳落山了，樱花树上开满了花。有很多梦芒、玫瑰丛和疯狂的莳萝藤，粉紫色的蜜蜂和小鸟嗡嗡地唱着悦耳的旋律，犹如一部部会飞的手机。钻石和黄金铺成的蜿蜒小径，路边是小小的枕头房子。长着巨大眼睛的卡通猫和熊在花园游走，目不转睛地盯着你，跳跃的巧克力兔子乞求你吃掉它们。心形月亮和烟花在糖果雨中爆炸，你的身上落满了糖果，所有人都热情地舔别人身上的糖。

"有点过头了，不过，干得好。"普瑞儿说，她正在美丽世界的灌木丛里等法学院的学生。

但大多数情况下，我们这些做梦的人都太年轻了，十几二十来岁的孩子走来走去，笑个不停。大多数是女孩儿，也有一些男孩儿，不仅有穷中中人家的孩子，还有许多富中中人家的孩子，他们随着糖味和花朵的光芒，从高蒂姆毛斯飘下来。我甚至看到那个神经病女孩儿薇洛漫步进来，她翻着白眼，好像这个破地方简直糟糕透顶，但她还是抚摸花丛，看着颜色的变化。

我没和她说话，但我觉得其他几个女孩儿很有意思，于是我走了过去。

"嘿。"我对一个女孩儿说，"你能保守秘密吗？如果你能守口如瓶，那我就告诉你，这一切都是我梦出来的。"

"啊。"她翻着白眼说。

"看呀，我会把这里变成蓝色。"我说。然后梦里的一切随即变成了冷色调的蓝色，那个女孩儿像个疯子一样倒抽了一口气，也像是在咯咯地笑。

但这样的对话只会以两种方式结束。第一，她问我上什么学校，我在梦幻世界里不喜欢撒谎，于是我就说我没上过学，因为我是穷小小人。女生听了，就随意应付两句，还试图掩饰她希望谈话结束的意思，所以我只能说"再见吧，我不会叫你不安的"。

第二种结束方式是，女孩儿听说我是个穷小小人并不害怕，反而对此印象深刻，但这种印象就好像她们在看一只狗服务员穿着西装，用后腿行走，狗脑袋上还顶着一个盘子，如此一来，我就开始讨厌把我和狗相提并论的女孩子。所以也许我们一直在聊天，甚至在梦中接吻，但很快我就会说"很好，但是再见"。女生就说"喂，你是个坏男孩儿，你在路上悄悄溜走，还伤透了我的心"。

不管怎样，只有几个晚上是这样的，因为法学院的学生对美丽世界没多大兴趣。

"天哪，这个梦境也太俗气了吧。"当普瑞儿试图把他们拖到梦境中的时候，他们这么说。

"难道这是漂亮商店的经理做的奇怪噩梦吗？"他们还说。

"弟弟，你的尝试是很不错，但我们需要一些更浪漫的东西。"普瑞儿说，"你做得很好，我很感激你。"

即使赞美来自你的傻姐姐，也会让你感觉很好，所以，也许普瑞儿那"对谁有所求，就拍谁马屁"的策略其实并不傻。

我取得了突破，这个突破非常精彩，但也很可悲，因为我的突破是：谁对恋爱最了解？答案是亚瑟。

一天晚上，我和亚瑟坐在美丽世界的一栋枕头屋里，他向我解释他当天所学到的东西。

"今天，在商业法课上，我了解到，一个公司可以只有一个人。"他说，"只要处理妥当，除了银行以外，没有人会知道这件事。"

"这样啊。"我说。

"我还在了解一些细节，但基本上来说，如果你是一家大公司的会计，就可以通过空壳公司获利，并谎称这么做是为了避税，但实际上，空壳公司只有你一个人。"他在梦中说。

"不可能，这太疯狂了。"我点点头，努力想弄明白他的话。但我心里老想着为什么这个地方不浪漫，我的意思是，看看吧，这里的一切都那么蓬松、闪闪发光的，考拉正在那边举办国际拥抱节。

"我想这就是公司通常把他们的会计关在特殊监狱里的原因。"亚瑟明白过来了。

"嘿，我能问你件事吗？"我道，"这个地方为什么谈不上超级浪漫？"

"你要我说实话吗？"他说。

"当然。"我道。

"这里太假了，到处都很疯狂。"他说。

"是啊，但这有什么不对？"我说。

"在一个不真实的地方，爱情给人的感觉也是虚假的。"亚瑟说，"在真实的地方，爱才能叫人觉得真实。"

"好吧，但是亚瑟，这里是梦幻世界。"我说，"关键是你可以创造出比实物更好的东西。"

亚瑟耸耸肩。

我一向都觉得亚瑟每天早上离开梦幻世界回到现实世界恢复麻痹，他肯定感觉很糟糕。

"我是说，好的就是真的。"我说。

"有一件事又好又真实，那就是从高处看东西。"亚瑟说，"所以，也许最好最真实的事之一就是爬到一个很高的地方，俯瞰整个罗斯英迪卡。"

"太棒了。"我意识到这显然是个好主意。

"如果可能的话，我会带我爱的人去那样的地方。"他说。

显然他指的是普瑞儿，他知道我清楚他的心思。

所以说，把亚瑟关于和普瑞儿理想约会的主意用在法学院学生身上，实在是愚蠢至极，但我就是这么做的。毕竟我们离开海滩，千辛万苦来到愚蠢的法学院，不就是为了这个目的吗？

我是这样做的。我梦见了很多个月亮挂在树上，月亮是芒果色的，发着光，和小轿车或船一样大，每一个月亮下面都挂着一张摇晃的吊床，我飘进一张吊床，普瑞儿飘进了另一张，她的吊床缓缓地俯冲向下面的演讲厅窗户。

演讲厅经常出现在法学院学生的梦里，这个地方超级无聊，人待在里面会焦虑不安，有时学生还在里面赤身裸体。现在他们就在演讲厅里烦躁地翻筋斗，懒洋洋地到处闲逛。然后普瑞儿透过窗户，轻声对他们说："谁今晚想跟我去看看这座城市？"一些学生来了精神，纷纷表示愿意，尽管他们认出了她，甚至他们当中还有几个恶霸。她选了一个叫格伦的学生。他很瘦，不爱说话，为人还算大气。他走出窗户，走进吊床，月亮全都飘进了罗斯英迪卡的夜空。

在梦中飞翔并不难，最难的部分是眺望。越往高，就越难，就越需要梦到更多的细节。所以我费了很大的劲，才在梦中创造出从云端看整座闪亮城市的景象，让所有的街道、公园、郊区和贫民窟都一览无余。我还梦到了从高处所见的罗斯英迪卡、码头之眼、桑特罗、桑迪巴伯、萨克拉蒙、劳拉卡农、西埃尔曼、东埃尔曼和蒂姆毛斯。

　　我甚至还尝试梦到巴鲁斯特德那个富丽堂皇、犹如宫殿一样的区域，那个地方位于北边的海岸线上，我从新闻里见过那些大房子，于是我在海滩上创造了几栋那种大房子，还安排了几个有钱的大个子在周围走来走去。

　　做这样的梦并不容易，但我做得很好。飘到普瑞儿所在的月亮，我把自己变成了隐形人，他们的对话听来像是她第一次真真正正和一个法律专业的学生谈话，而不只是"谦卑的普瑞儿面对咄咄逼人的法律生"。

　　"我有时会在附近看到你，我对你很好奇，很想知道你从哪里来。"我听见格伦说。

　　"我在海边住了一年，就在下面，就是那儿，能看到吗？但我离开了，因为我想结识有学问的人。"我听到普瑞儿这么说。我梦到海滩和我一样有脉搏，我就是普瑞儿住过的那片海滩。

　　"我得告诉你，你总是能带给我惊喜。"我听见格伦说。

　　"我想知道的是你能不能给我一个惊喜。"我听到普瑞儿说，然后我走开了。

　　很明显，格伦不知道这一切都是我的梦，而不是普瑞儿的梦，他甚至不知道我在那里，但法学院的另一个人知道。

　　那个人名叫切斯，他藏在另一个月亮吊床里，当我的月亮靠近他的时候，他发现我在往下看，还在梦中创建山坡。

　　"啊哈，这壮丽的景色是你梦到的吗？"他低声说。

　　"不，是我姐姐普瑞儿。"我说。

　　"那你只是个跟班啦。"他说。

　　认同这样的事实在令人恼火，所以我说："是这样的，我们把梦一分两半，我创造一半，她创造一半。"

"你们这样做梦，那你们一定很亲近了。"他说。

"好吧，好吧，这个梦都是我做的，她没有参与。"我说，因为在梦里说谎，我会心痛，"但不要告诉格伦，也别和其他人说，毕竟，老实说，在此之前，法学院的每个人都对她不好。"

"我不会说出去的，但你要让我一直可以看到这么美的景色。"切斯指着周围说。

一连好几个星期，每天晚上，我都梦到一种全新的空中飞行器。普瑞儿带着约会对象飞到夜空中，俯视着这个闪烁着光亮的城市，不仅是格伦，还有肯、威尔、贝里、菲尔和哈利。在晚上，这样的事就会发生。每个学生都敞开了心扉，不再那么刻薄，他们给她讲故事，问她问题，赞美她。但第二天，他们这些愚蠢的家伙仍然不想被看到在叫人尴尬的现实世界里与个子小小、目不识丁且无家可归的普瑞儿说话。于是，到了第二天晚上，她就会很沮丧，然后去找别人。也可能去找几天前和她一起进入梦境的学生，盼着那些人想念她。令人意外的是，他们确实很想她，但只在夜间如此，到了白天，他们就是另一番模样了。

我不知道普瑞儿是否和他们中的任何一个人在梦中做爱了，我也没有问。

与此同时，切斯一直和我在一起。

"你是个好人，一点也不傻。"我说，"你觉得我可爱的姐姐怎么样？"

"她真的很可爱，我说的是真话。但怎么说呢，她不是我喜欢的类型。"他道。

我花了一段时间才弄明白他的意思，只觉得脸上火烧火燎的。

"原来如此。"我说。

我一定很尴尬，要不就是语气有点担心，因为他看着我，假装亲切地说："沃纳，不要紧的。我喜欢的是男人，不是男孩儿。你多大了？

十二？"

"十四岁。"我说。

"好吧，我要告诉你的是，别自以为是了。"他说。

"别担心，我不会为了这种事大惊小怪的。"我努力表现出随意的样子，"和我从小一起长大的朋友里就有几个同性恋。"

"我们换个话题吧。"切斯说。

但说实话，我知道不该对同性恋有任何想法，但我忍不住还是有点怀疑他。他这个年纪的男人会和普瑞儿约会，而她只比我大一岁半，所以为什么一个同性恋不想和十几岁的我约会呢？基本上，我对所有想和十几岁青少年约会的男人都持怀疑态度，因为他们一直都是这么做的。

所以一两个晚上后，我问他为什么一直和我在一起。

"当然是因为我喜欢你的梦。"他说。

"为什么？"我说。

"你的梦精美绝伦，"他说，"而且跟别人的很不一样。"

"这样啊。"我说。

"相信我，要让我花这么多时间和一个十四岁的男孩儿在一起，你那些梦肯定是非常棒的。"

"你这是什么意思？"我说。

"你还真不是个有天赋、有意思的谈话对象。"他道。

"你也不是。"我满怀希望地说，心里很难过。

"确实如此。"他说。

我越来越擅长在梦中创造罗斯英迪卡的天空景色，而且速度越来越快，我还添加了额外的东西，然后我和切斯一起观赏。有夜鱼和星鸟，还有月蝙蝠。烟花从下面向我们冲来，云层里面闪着幽灵般的光，我还创造出了小小的野火和萤火虫，以及像灯泡一样的明亮电线，使云层变得阴森森的。在星星后面遥远的地方，我设置了一片长满苔藓和鲜花的广袤田野。

我不能让这些额外的东西出现在普瑞儿的那片天空里，因为她一直说，嘿，这些东西太蠢了，对我的约会没好处。从一定程度上来说，它们还老是叫人分心，有一次，我还得向一个男生解释，我为什么选择这个特定时刻梦到一串金色的蝴蝶蝙蝠在窃窃私语。

我习惯了切斯的陪伴，我的脸不再火烧火燎，有扇子真好。

"太棒了。"他每天晚上都说，"太不可思议了。太好看了。太神奇了。你真了不起！"

"没什么。"我说，"我就是很奇怪为什么别人都不像我这样擅长造梦，又不是很难。"

"我知道你很谦虚，但你这话说得可一点也不谦虚。"他道。

"我只是实话实说。"我说。

一天晚上，切斯偷偷带来了几个超级讨人嫌的朋友。

"天哪，这是我从小到大做过的最好的梦。"其中一个坐在一只天空乌贼的触手之间说道。

"你是个疯子。"另一个人告诉我，"毫不夸张地说，我喜欢这个疯狂的孩子。"

"切斯，你这个浑蛋。"我说，"我告诉过你不要告诉别人。"

"他们不会说出去的，我保证。"他说。但我知道，永远也不能相信这个珍珠般白皙的富中人或他的那些"金色朋友"。

"如果普瑞儿的约会对象发现了，这些梦就结束了，因为它们再也没有存在的必要了。所以，我建议你更清楚地认识到这一点。"我道。

"我知道，我知道。"他说，一道由狗刨式游泳的虾组成的彩虹弄得他直痒，他不停地咯咯笑。

"而且，你那么做，还会毁掉普瑞儿获得幸福的最好机会。"我说。

"是的，是的，我知道。"他说，"真啰唆。"

"你一点也不在乎我们穷小小人的命运。"我说。我有点失控了，虾一下子变得很大，开始抓他，不是说他真的能感觉到，他只是知道虾在抓他而已。

"好吧，我明白了。"他不停地拍打着身上说。

"我们和这些愚蠢的虾一样，都只在你的梦里出现。"我说。确保他真的明白了。

"都说了我明白了。"他喊道。

我让虾变得越来越重，像水球一样鼓起来，像炸弹一样向城市俯冲。我们看着它们爆裂，浸透棕榈树和公寓楼，大水滴砸在两层公寓上，小水滴散落在四分之一比例的公寓楼上。

"沃纳，"过了一会儿，他说，"你说实话，你认为你姐姐和我同学之间会发生什么？"

我意识到我并不想太认真地思考这个问题，因为在内心深处，我对此并不抱希望。

"我认为现在她的约会还算顺利，总的来说，一切都还不确定，一切都是可能的。所以，归根结底，谁知道呢？"我说。

我们的谈话到此结束。

第二天早上，普瑞儿带来了令人兴奋的消息。

"但首先我得告诉你，我不知道鱿鱼是不是最好的约会车。"她说，"总之，我认为你一开始用吊床月亮挺好的，但后来吊床月亮越来越奇怪，我不知道是不是还需要继续尝试。"

"你有什么好消息，快说吧。"我道。

"我受邀去参加一个法学院学生聚会。"她说，"是现实世界里的聚会哟，他们想在周五晚上的真实派对里看到真实的我。"

亚瑟看上去十分痛苦，我也感觉很恶心。

普瑞儿非常激动，她甚至把这件事告诉了帕迪。

"该死。"帕迪说，"我从来没有听说过这种事，穷小小人竟然要去参加富中中人的派对。"

"只有我一个穷小小人。"普瑞儿说,"沃纳不能去,还有亚瑟,对不起,他们只邀请了我。老实说,如果我不得不猜测为什么他们选择现在这么做,我觉得是因为这些家伙终于发现了我的好,不再觉得我是个奇怪的小小人,而是觉得我和他们一样。因为我们聊上一整夜,等到没什么可说的了,才是真正的开始。"

亚瑟一副想自我了断的样子。"普瑞儿,"我说,"别再说了。"

"我只是从来没听说过这样的事。"不擅长聆听的帕迪重复道,"但人们不都说时代不一样了吗?不过我必须告诉你,我环顾四周,什么都没有改变,什么也不会改变。比例就是比例,如果你的想法正好相反,那你就该清醒清醒了。告诉你吧,你想变大,那就必须做出牺牲,没有捷径,天上不会掉馅饼。"

"老天,我穿什么好呢?"普瑞儿说。去工作的时候,她说了一路。

现实世界

那天午饭时间，切斯在一张桌上找到了我，还给了我一点他的午饭。

"我发现自己整天都在想你在做什么。"他问我。

"跑，爬，推，拉。"我说。

"整天都这样？"他问，就好像我做的这些事太疯狂了。好吧，的确很疯狂。

但我不想向他描述穷小小人卑微的日常生活：到处寻找可以偷来用的垃圾，争取机会赚梦芒，吃残羹剩饭，偷水，等等。所以我撒了谎。

"我正在自学识字。"我告诉他。

"怎么学？"他说。

"怎么学？"我重复了一遍。

"是的。"他说。

"我还没想出办法。"我说。

他露出一脸苦相。

"沃纳，我想为你做点什么。"他说。

"这是个好消息。"我说。

所以那天切斯把我塞进了他凉爽光滑的皮包里，皮包散发出一股柴火和威士忌的味道。他也带上了亚瑟。他把我们带回公寓，让我们用富中中人的神奇高科技产品自学。

他的床上有八十个丝绸枕头；他的水装在水晶桶里，水里浸泡着酸橙和薄荷叶；卫生间摆着一个象牙浴缸，浴缸上方的拱顶燃着蜡烛；墙壁边摆着屏风，还挂着织物，摸上去很柔软，织物上有佩斯利涡旋花纹，像是在轻声说着什么。

切斯是双倍比例的富中中人，是一般中中人的两倍，是我的二十倍。

"我的银行接待员说我可能达到两倍半比例，但我觉得吧，要是能变多大就变多大，就有点俗气了。"他一边向我们解释，一边放下几台平板电脑。他在我的平板电脑上打开了视频，标题是《耶威斯国对成人文盲的战争，学习如何阅读》。

亚瑟聚精会神地看着他的平板电脑，很快就找出了一长串的视频。

切斯给我们安排好，自己就去上课了，我们一整天都在看视频。我在看《学习如何阅读》，亚瑟看的是化学和历史，他把能找到的还不错的免费视频都看了一遍。

第二天，普瑞儿也来了，事实上，在这一周剩下的时间里，我们三个人每天都去切斯家，用他的平板电脑学习，代价就是我给他创造令人愉快和惊叹的美梦。

十四岁学习识字并不容易，得牢牢记住字母，但这就像把蚂蚁放在杯子里。当然，你可以找到几只蚂蚁，也可以把它们扔进杯里，但当你找更多蚂蚁的时候，之前那些蚂蚁就会爬走。

但是，四天后，我和普瑞儿学会了一些杀死蚂蚁的技巧，这样它们就离不开杯子了。把字母困在单词里，用这个法子把它们杀死。要想杀死单词，就把它们困在句子里。打开"隐藏字幕"，只是去听节目或新闻，阅读下面的文字，就能把文字牢牢困在脑海里。

新闻很多，像是什么哪个公司赚到的梦芒最多，哪个公司赔掉的梦芒最多；今天有人去了银行后变得很大，我们从一个令人激动的视频里看到这个巨人走出银行，第一次走进新的大房子；今天哪里和哪里发生了爆炸和枪击事件，有多少人中枪和在爆炸中受伤；哪些地方的天气糟糕透顶；还有就是我们在太空里建造的东西太多了。

还有很多节目介绍耶威斯国身材最高大的人的生活，他们干什么、吃什么。如何让一栋大房子住得下一家比中等比例大十二倍的人，房间要一百英尺高，而且，不要住在巴鲁斯特德，那里有个叫马克的制药公司老板能吃掉一头猛犸象。

我们三个一起看了一段名为《准备好变大了！》的视频，导演和制作都由银行担当，亚瑟专注于数学，与此同时，我和普瑞儿读着字幕。

每个人在银行里都有两个账户，一个是梦芒流动账户，另一个是比例账户。现在来说说它们的不同之处。

不能用梦芒流动账户改变你的身材比例，只供你储存额外的梦芒，因为放在那里比放在钱包、床垫和个人保险箱里更安全。用和梦芒流动账户相连的梦芒卡买东西付账，找一份好工作，这个账户里的梦芒有很大用处，使用起来也方便，而且对比例没有影响。

比例账户才能改变比例。比例账户没有相连的卡，不能取款和直接存款。比例账户如有任何更改，必须亲自去银行。如果想把梦芒存进比例账户，就去银行，确定你要把梦芒流动账户里的多少梦芒转移到比例账户里，随后，银行会执行变大仪式。哈，这样一来，你走出去的时候就有可能是你进来时候的两倍大。

如果你破产、负债、需要买房子，但你的流动账户里没有足够的梦芒，就得从比例账户里把梦芒转进流动账户，那就要进行缩小仪式。你走出大门的时候就比你进来时要小，而且是一脸愁容。

仪式完成之后，银行会给你一件长袍，让你有衣服可穿，毕竟旧衣服显然不再适合你了。

如果你规模扩大到八倍或更大比例，而这需要十亿或更多梦芒，那他们的长袍就不适合你了，恐怕连银行都容不下你，于是他们就会让你赤裸地躺在田野里一块滑溜溜的油布上。至于在那之后，他们八成会在你睡着之后让你缓缓地变大。

《准备好变大了！》这个视频主要讲的是银行职员如何计算你何时可以变大、变大多少，因为如果没有银行职员，你可能会犯低级的错误。假设你的比例账户中有一百万梦芒，流动账户中有九百万梦芒。你会说，这很好，我把这九百万梦芒放进比例账户里，变大两倍，现在我所有的一千万梦芒就都在我的比例账户里了。

一百万是中等比例，一千万是双倍，也就是中等比例的两倍，一亿是四倍比例，也就是中等比例的四倍。如果你没有数学头脑，那这些就没有意义。十万是一半比例，一万是四分之一比例，一千是八分之一比例，五百及其以下和老鼠差不多大小，大约是十分之一。亚瑟试图向我解释具体的数学运算，但很快他就讲到了记录器节奏这种东西，于是我只好叫他闭嘴。

好了，把九百万梦芒从流动账户转入比例账户，就可以变成双倍。所以你当然需要新衣服、新房子、新汽车，你的饭量也会变大，甚至不止两倍，而是六倍，再加上你太大了，不能走中中人的公路。

但令人惊讶的是，你的流动账户中并没有梦芒来处理这些情况，因为你所有的梦芒都在比例账户里。因此，你离开银行时是双倍比例，但还没有准备好过双倍比例的生活，所以你必须立即掉头去把自己变小，那样就会一团糟。因此，银行职员才会做计算，帮你处理好一切。

现在来分享一个经验法则吧，不可以把一千万都放进比例账户，除非你的流动账户里还有五百万，也就是说，总数至少有一千五百万或者更多，这取决于你的收入，维持生活方式的人工成本，需要多少穷中中人给你清扫房屋、税收情况，等等。银行不仅要做计算，还要解释什么时候变大以及频率。老天，这个视频太无聊了。

亚瑟明白这一点，甚至他也承认：是的，这类事情超级无聊，我想，若是在银行工作，就得过这种生活。

在派对举行的那天，普瑞儿没看平板电脑，她一整天都在切斯的浴室里做准备。

她带来了那件从格兰特家里逃出来时穿的漂亮的日本和服，煞费苦心地在切斯的水槽里洗了三次。然后她花了很多时间用蜡烛的火焰加热一个回形针，把她那头还算漂亮的头发卷在回形针上，好让头发变得有弹性。她从熄灭的烛芯上拿出一小块炭蕊，涂在眼睑和睫毛上，结果她涂得太深，看起来就像一头浣熊，但她随后用纸巾擦掉了一些。就连我也得承认，她看起来非常美。

她显然没有高跟鞋，但她学会了踮起脚尖，以一种优雅而精致的方式走路，她就这样走到了公寓大楼。和往常一样，我和亚瑟做她的保镖。

可怜的亚瑟为什么要帮忙守护她？答案是普瑞儿叫他这么做的。我最讨厌她了。

"你怎么能看着他的脸。"我说。

"沃纳，求你了。"她说，"这就是我们来的目的。"

"亚瑟，不管我那毒心肠的恶魔姐姐叫你做什么，你真的不必来。"我说。

"我也……也……也是为这个才来了的。"他说。他努力想笑，但那张扭曲的灰色脸上没有丝毫笑意。

我们一声不响地往前走，穷中中人看到一个女孩儿踮着脚尖去参加派对，两个脏兮兮的穷小子默默地做她的保镖，便纷纷投来困惑的目光。

这栋公寓大楼通风很好，像是待在户外，几排公寓共用一个长长的阳台走廊，中间是一个浅色的水池。派对在二楼，没有电梯，楼梯上也没有小坡道，所以为了不弄脏和服，每上一级台阶，普瑞儿都踩着亚瑟的背，然后由我拉她上去。

来到最上面，她不想让法学院的学生看到我和亚瑟，就让我们去楼梯边的阳台大厅尽头等着，她自己去敲门。

没人来开门。

终于又有一个富中中人在我们身后"咚咚"地上楼来了，是格伦。

我和亚瑟连忙躲在阴影里，免得被他看见。

"格伦，我是来参加肯的派对的。"普瑞儿礼貌地踮着脚尖走过去，挥着手说。

但是他要么是没看见她，要么就是没听见她说话，所以她不得不提高音量。

"看看这是谁啊。"他说，"普瑞儿。"他跪下来，让她走到他的手里。他带着她走了进去，把门关上，门外只剩下我和亚瑟。

"亚瑟，伙计。"我说。

亚瑟耸耸肩。

"太可怕了，我真希望你没来。"我说。

亚瑟又耸耸肩。

"我姐姐不值得你为她做的一切，我觉得很恶心，也很难过。"我说。

"不，正相反，"他告诉我，"是我配不上她。"

"不。"我说，"亚瑟，别说了。"

"这是显而易见的。"他说，"她应……应……应该得到比我更好的人。她应……应……该变大。在那之前，我只想尽……尽……力帮她。"

"亚瑟。"我说，"接下来，我要你闭嘴，除非你说，'我改变主意了，我很棒，而你姐姐很糟糕'。"

我们坐在那里，听着法学院学生聚会上的震耳音乐。大部分是男人们在说话，透过墙壁，他们的声音听起来有点像猿猴发出的柔和的叫声。

我在脑海里试图弄清楚他们在说什么或他们在和谁说话，哪个人在和普瑞儿说话，而和她说话的人有朝一日真的会成为我的姐夫，他们是否会有一栋普通、但很漂亮的中等比例的房子和两个孩子，孩子长大后去学校、用柔韧的手机打电话，我将住在与他们房子相连的小房子里。

然后一个穷中中人带着两个穷小小人走上楼来，那个中中人是男的，两个小小人是女的。就在这时，事情变得异常奇怪和糟糕。

他把胳膊举得高高的，两个女人各坐在他的一只胳膊上，她们盘着腿，穿着特制的裙子和长筒袜，样子非常淫荡。

"你们好呀，小伙子。"一个女人一边说，一边晃着黏糊糊的指甲。

"别搭理他们。"另一个扭动着乳房说。

那个超级强壮的一半比例男人什么也没说，只是紧张地看着我和亚瑟，好像他在速记我们的长相。然后，他带着两个女人，沿阳台走廊走向派对房间，他敲了敲门。格伦或肯开的门，伸手把两个女人抱起来，递给这个家伙一卷梦芒。粉红色的梦芒是那么鲜活，活像是花瓣。

门关上了，那个人把梦芒塞进腰带里，慢慢地向我们走来。

"我想问问，"那人俯身对我们说，"你们在这儿干什么？"

他身上有很多文身，很难分辨出他原来的肤色。他的头发编成了很多辫子，两边肩膀都和他的头一样宽，每个肩膀上都文着一张脸，所以很像他有三个头。

"我也想问你同样的问题，伙计。"我说。然后我再也说不出别的话，也不能呼吸，因为他用手握住我的脑袋，把我提了起来，让我悬在空中。

"我想我得问问另一个孩子。"那人说，"你们在这儿干什么？"

我的脖子像是绳子，纤维正一根接一根地断裂。我伸手去抓他那臭烘烘的手，他摇了摇我的身体，让我停手，好像在说：嘿，别反抗，我**动动手就能弄断你的脊椎**。

他对亚瑟说："如果你不想让你的朋友死，就快点回答。"

我听见亚瑟在咕哝。

"就……就……就……就……就在这儿坐会儿，保……保护……"他费力地说。

"这样啊。"那个人说，"把舌头捋直了，快点说。"

我奋力地呼吸，结果弄得鼻涕横流，我的鼻涕全都蹭在了他的手上。

"他……他……他……"亚瑟说。

"你在乱七八糟地说什么。"那人说。

我感到一切都变暗了，视线、声音、触觉通通如此。然后那家伙把我面朝下放在地上，我的膝盖和手腕着地，像爆米花一样发出了爆裂声。

"听着。"那人说，"很明显你们都回答不出我的问题，所以，我给你们点提示吧。提示就是我偷瞄了房里一眼，我看到了另一个穷小小人，我认识她吗？不认识。所以我猜，你们之所以在这里，是因为那个女孩儿。"

"她是我姐姐。"我对着地面，尽可能大声说，但听起来却像是在嘟囔。

"我听不见你说什么。"那人说，"这可不好，小伙子们。你们在这里拉皮条，但这儿是我拉皮条的地方。你们竟然在肩膀脑袋的地盘上拉皮条，猜猜我是谁，剧透啦，我是肩膀脑袋。所以我现在要好好教训教训你们。"

"我们不是拉皮条的。"我咕哝着说。

"声音再大一点，狗屎虫。"这个叫肩膀脑袋的家伙说。

我扯着喉咙大叫："我们不是拉皮条的，我姐姐受邀来参加派对。没人给我们梦芒，我们才不是你这样的变态皮条客。"

肩膀脑袋露出一脸苦相，好像在说：*我也不想的，但是，看起来我又要掐死你了。*

但他却笑了起来。

"哈哈。"他说，"你们两个白痴。你现在百分之百是在帮你姐姐拉皮条，你就是个狗屁皮条客，甚至还拿不到报酬。"

现在我真的开始觉得不舒服了。

"里面发生了什么事？"我说。

"别担心。"他说，"你姐姐会越来越好的。等下次聚会，我保证叫上她，她现在有我这个好帮手了。我看见她了，她很可爱，最重要的是，她还是个孩子，所以我可以帮她介绍很多工作。首先，她每个礼拜都可以来参加这样的聚会。"

亚瑟跌倒站起来，站起来再跌倒，就这样跌跌撞撞地走过走廊，他越走越快，不一会儿就跑了起来。

"搞不懂他以为自己在做什么。"肩膀脑袋说，"嘿，你应该为你姐姐高兴。她和我在一起比和你在一起有发展，我是说，和你在一起，她什么都赚不到。更何况她还能在水库边有栋不错的小房子。"

"这是什么派对？"我说，"里面到底在干什么？"

亚瑟使劲儿砸门，使劲儿踢门。

"还是不知道的好。"肩膀脑袋说着又把我抓起来，这一次把我抛过了栏杆。

我以为我死了，但过了一会儿，我摔进了水池中。

我以为亚瑟死了，尽管他也飞进了游泳池，而不是落在混凝土上。因为从上面落进水里真的很疼，何况亚瑟也不强壮。

但他还活着，我们挽住彼此的胳膊，胡乱游到了岸边。好在我的手腕没有断，我爬到岸上，又把亚瑟从水里拉出来。湿淋淋的亚瑟立刻一瘸一拐地向楼梯走去，他又想去救人。

"亚瑟，"我说，"没用的。还是去找警察或保安吧。"

他摇了摇头，试着站起来，但还是失败了。

"我的计划是最好的。"我说。

他哭了起来，我不愿把他抬上台阶，他只能跟我走。

公寓大楼里有一个警卫亭，但里面没人，也可能是警卫睡着了，我们从外往里看不见。

但就在几个街区外，我看到了一辆警车，于是我尖叫着冲了过去。没有人听见我说话。我绕着警车跑了几圈，没有人回答。最后，我看到了油箱门下的那个面板，上面有穷小小人的圆头像标志。我按下按钮，它"嘀"的一声响了起来，并发出了微弱的光。车里仍然没有回答。我又按了几下，"嘀嘀嘀"，灯泡亮了起来。

车门终于开了，一个警察走了出来。

和大多数警察一样，他比中等比例稍微小一点。他的眼神透着疲倦，小胡子像一道棕白色的彩虹。

"警官，一群法学院的学生在欺负我姐姐。"我喘着粗气说。

"啊。"他说，"谢谢你提供信息。"他吸了吸鼻子。

"我是说，我觉得他们想要强奸她。"我说。

他吓了一跳，说："你以为他们在强奸她？"

"我带她去参加一个聚会，"我说，"然后一个怪人送来了穷小小人妓女，还把我们扔进了游泳池，那个怪人还说他也想帮她拉皮条。"

警察没说话，于是我补充道："你会做点什么，对吗？"

警察又抽了抽鼻子，说："小兄弟，我知道你很难过，所以让我们冷静一下，我需要了解的是事实。所以，你知道到底是怎么回事吗？"

"那个派对规模很大。"我说，我感到绝望了，"警官，她不知道那是个性派对，她绝对不会乐意去参加富中中人的群体性派对。还有，那个怪人叫肩膀脑袋，他一直在门外逛荡，还想绑架她，给她做皮条客。她不会同意的，警官，拜托了。"

他把双手放在膝盖上和我说话，好像面对的是一个小孩儿。"小兄弟，"他说，"好吧。你告诉我的故事是这样的，一个穷小小人女孩儿自愿去参加派对，她也知道那里有男人，现在没有任何不好的证据，但你想让我破门而入。小小人，听着，你姐姐可以为自己做主，她自己可以做决定。我不能因为一个弟弟不想让姐姐和别人上床，就去搅乱别人的派对。"

我不敢相信他竟然不明白，他看到我那张疯狂的脸，再次尝试说服我。

"听着。"他说，"我知道你不喜欢，这对穷小小人来说很难。但小兄弟，她是自愿去的，我说得对吗？也就是说，去那里是她的选择。"

"她不知道那是个性派对，还有妓女参加。"我说。

他看起来甚至有点难过，但他还是说："可她选择了去派对。"

"天呀。"我喊道，"请忘记我是个小小人，忘记你是个中中人。请记住你小时候可能也有姐姐，也许你现在有女儿，假设她去一个派对，然后一个皮条客送来了几个妓女，还守在门外等着抓住她，要给她吃药把她卖掉。请告诉我你会尽职尽责，而不是在你的大笨狗屎汽车里睡觉，就像一个被吓破胆的肥胖老浑蛋。"我慌了神儿，也就顾不上对他说话的口气了。

他的脸变得凶恶起来，不再蹲着，而是站了起来。

他走回驾驶门边，转过头来说："我帮不了你。如果事实证明是校园性侵犯，明天去找校警解决吧。祝你好运，晚安。"

他回到车里，"砰"地把门关上了。

亚瑟从暗处看着这一幕，不再哭泣，而是像个疯子一样咬牙切齿。

我看着他，他也看着我。

"我真想宰了这个家伙。"我说。

亚瑟点了点头。

"好吧，太好了。"我说。这个警察真是太气人了，就算要了我的命，我也想杀死这个浑蛋。

接下来发生的事情是这样的，在我们回公寓的路上，我从警卫室的侧门溜了进去，果然，有一个超级胖的持枪警卫在里面睡觉。他的腰带上别着一把穷中中人的手枪，这把枪只有我身高的一半，我想都没想就爬上了他的椅子，把枪从口袋里掏出来，抱在怀里，靠一只手爬了下去。

亚瑟点了点头，没有悲伤，也没有喜悦。很好，现在我们有枪了，该进行第二步杀人大计了。在游泳池的另一边，我们只能看到肩膀脑袋的头露在阳台走廊栏杆的上方，这样就能知道他的身体在哪里。目标并不算小，只要打他脑袋下面的栏杆缝隙，就很有可能把他杀死。我们把枪倒放在草地上，躲在阴影下，我抱着枪蹲下来，试着将视线从枪管放远，从左往右一点一点地移动，对准肩膀脑袋那布满青色文身的身体。

最后，我觉得瞄准好了，便说了句"开火"，亚瑟随即斜靠在扳机上，因为我从我所在的地方够不到扳机，结果什么事也没发生。于是我告诉亚瑟再用点力，他照做了，可还是什么都没发生。我让亚瑟把整个身体的重量都靠在扳机上，他那么做了，枪终于响了。所有人都觉得震耳欲聋，我的肋骨都要被震碎了。

"该死的。"我们听到肩膀脑袋说。他并没有受伤，子弹没有杀死他，反而把距离他很远在肯家窗户上结网的蜘蛛打死了。

其他公寓里的灯纷纷亮了起来，远处响起一声惊恐的尖叫，肯的公寓门发出"嗒嗒"上锁的声音。肩膀脑袋一边用力拍门，一边大喊，他晃动门把手，还用肩膀去撞门。与此同时，我们把枪重新支好，瞄准房门，"砰"，我那本就瘀青的肋骨再次受到冲击。我们还是没打中肩膀脑袋，而是击中了该死的屋顶瓦，但现在肩膀脑袋不再砸门，他惊惶地跑过走廊，奔下楼梯，穿过小巷，跑进了夜色中。因为这个时候，警笛声响了起来。

第二部分

格 蕾 丝

梦幻世界

一个穷小小人开了一枪，这枪一开，他的身份就变成逃犯了。

我之前见过的那个警察冲了过来，他立马就锁定开枪的人是我。他的判断是正确的，但他的态度没有必要这么恶劣。"那个小浑球在哪里？"他咆哮着，"小兄弟，出来，乖乖束手就擒。你可碰上大麻烦了，赶紧滚出来，越是躲，后果就越严重！"

我想拔腿就逃，但我的肋骨好像被火烤了一样生疼，只能一瘸一拐地慢吞吞地挪到垃圾桶边。即使如此，那个警察也没看见我，真是个大傻子。

我和亚瑟蜷缩在垃圾桶里，心惊胆战地看着警察挥舞着手里的手电筒，怒吼着四处搜索。他依然没有想到去抓肯，也没有去肯的公寓里搜查。但最终，他还是脚步重重地停在了门前，敲响了门。门开了，两个妓女飞奔而出，但那个警察没有去追，他径直地走进屋里，一两分钟后拎着普瑞儿走了出来。他要带普瑞儿回局里。

他拎着普瑞儿走出去的时候，我瞄了一眼，没有看见普瑞儿的脸。但她应该没受伤，只是从头到脚都湿答答的，但不是因为水，她像浸了油一样浑身滑溜，油腻的长袍紧紧地贴着她的皮肤，眼周的炭灰晕染得到处都是，活脱脱一张熊猫脸。

"亚瑟，"我喘息着说，"你回清洁车吧。我的肋骨疼得厉害，今晚我得在垃圾桶里休息了。"

亚瑟摇摇头，但他知道我是对的。

"你回小摊等普瑞儿。"我告诉他，"这才是最重要的。她需要你，我没事。我们在梦幻世界再见，一起制作灰色的烟花。我会找到你的。"

亚瑟，我在这个世界上最忠诚、最好的朋友，揪下了我的一小撮头发，攥在拳头里，敲了敲我的脑袋，然后走了。

垃圾桶算不上最糟糕的睡觉的地方，但也不舒服。这里有成群的老鼠、浣熊，还随时会有穷小小人打碎你的牙齿。最好的情况就是找个被清理干净的垃圾桶，挤进去过一夜。

如果每一次呼吸，你的肋骨都像被黑暗中燃起的熊熊火光炙烤一样，那么要进入梦境就不太可能了。

所以那天晚上，我只能打盹儿，每隔几分钟，都因为疼痛而呻吟着醒来。

第二天早上，我疼得更厉害了。但警察不停地在整个公寓大楼里梭巡，我只能偷偷摸摸地溜过巷子，舔着草叶上的露珠，不时停下来蜷缩成一团。我咬紧牙关，这才没有尖叫出来。

穿过两条街道后，我躲到了一间食品超市后面，疼得不住地哭泣。最后我溜到一个满是面的垃圾堆里，扒出被扔掉的食物吃了起来。

汤可能来自桑德蒂姆毛斯那间"邻家汤时光"的店，面条、树叶、骨肉和甘蓝混在一起，都很咸，还沾上了动物的脂肪，油乎乎、滑腻腻的。

一天过去了，我就待在垃圾堆里，没有人发现我，也没有人打扰我。只是时不时地，我就被喝剩的汤从头淋到脚。

当晚我花了好一番工夫，终于沉沉地睡去，进入了梦幻世界。我游荡了好久，亚瑟才在梦里发现了我。

他梦里有一个灰色的烟花，像一棵昏暗的棕榈树，在一个五门的单排小商业区上空一遍又一遍地绽放。我爬到房顶，下方的墙板轻轻地打开了。我飘进了一个铺满毯子、装有台灯、放着很多椅子的房间，普瑞儿就坐在其中一把椅子上，双眼睁得大大的，一脸忧色。

"姐姐，天哪。"我说。

"嘿，弟弟。"她说，但并不想拥抱我。

"你还好吗？"我问。

"好着呢。"她其实并不好。

"你现在是睡在帕迪摊位下面的清洁车里吗？"我问，"亚瑟和你在一起吗？"

"是的，是的。"她答。

"好吧，"我说，"当时到底是什么情况？"

她并不想谈论这件事，但老实说，我也不想听。我必须听吗？是的。我想听吗？不。

但我沉默地表达了我的疑问，最后，她透露了一点信息。

她一到派对，就发现法学院学生的态度很奇怪。这里不是指他们在现实世界里的刻薄滑稽，也不是指他们在梦幻世界里的虚伪之态。

他们只是问些怪异的问题，比如：*普瑞儿，你觉得你爬这根杆子能爬多快？你能屏住呼吸多久？你能用你的胳膊和腿挤断这些青瓜和其他蔬菜吗？你能碾碎它们吗？好，你试试给我们看？*

普瑞儿心想，这情况有点怪，和她想象中的法学院派对完全不一样。本以为他们会讨论课程，进行一些你来我往的机智答辩，可想不到他们竟然说的是体力和耐力。但是，好吧，这是她第一次参加派对，要乐于接受新事物和新体验。

正当普瑞儿挤压蔬菜、攀爬水管时，那些妓女出现了。法学院的学生说，*嗨，小姐们，看见你们真开心，这是普瑞儿，也许你们可以给她展示展示绳子功。*

洗手间里有一碗油，妓女跳了进去，还邀请普瑞儿一起加入，*来呀，这里很舒服的。*于是普瑞儿也跳了进去。

"等等，光着身子？"我问。

"你脑子里在想什么呢？"普瑞儿说。

那碗油散发出让人窒息的假花气味，就像美容院里的香皂和蜡烛的味道。妓女开始擦起对方的身子，她们也想帮普瑞儿洗。

洗手间的门大敞着，普瑞儿尖叫起来，拼命地挡住身体，但妓女不让，她们像猫一样张开手脚，拱起后背，说道："普瑞儿，放松点。"然后将魔爪伸向普瑞儿。格伦和肯拿起装着普瑞儿和两个妓女的油碗放到床的正中央，解开他们的皮带。"沃纳，你真的想听完剩下的故事吗？"

"不，我不想。"

"好的，那就不说了。"

"我只是想要知道，他们有没有伤害你？"

我的意思是，他们没有打断她的手，但别人伤害你的方式多种多样。我问她有没有要求离开。

"没有。"她答。

"姐姐，为什么你不走？"我说。

在梦幻世界里，流泪是一件很艰难的事，想要在怒火中烧时大喊大叫更难。

"姐姐，"我说，"你不会还心存幻想，要在这种派对里找个对象吧？"

她摇摇头，但不是在回答我，更像是在回应这个世界。

"你真的以为这些浑球值得托付终身吗？"我问。我感觉肋骨处的疼痛让梦境变得模糊起来了。

"沃纳，"她生气了，开始不停地咳嗽，"很抱歉，但请你闭嘴。"

"他们想要行不轨时，你不能就这么老老实实地让他们为所欲为！"

"闭嘴，"她说，"别再谈这件事了，别再说了。闭嘴吧！"

"我就不闭嘴，"我说，"你学不会爱惜自己，我就不闭嘴。"

"沃纳，"她痛苦地尖叫起来，生气地大喊道，"你根本就不懂当时的情况，你也不能理解我在那种情形下的无助。我知道，你觉得你明白，你觉得你什么都懂，但这只会让你看起来像个傻子。所以赶紧闭嘴，别再讨论我的事，现在和以后都不要再提了！"

"姐姐，我做不到。"我说。

她生气，我也生气。我知道对一个陷于那种局面之中的人生气是不对的，可怕的事情发生在她的身上，她的希冀遭到了凌辱，她的恐惧迫使她保持沉默。但抱歉，我很生气。在这种糟糕的情况下，我的本能通常是火冒三丈。

"好吧，我为我想要帮助你而道歉。"我说。

"天哪，你在说什么？"她说，"你对我所在的房间开枪，子弹很可能会射中我。"

她说得没错，但我不想承认自己的错误，于是我辩解道："不。首先，子弹只有一颗；其次，我瞄准的是窗户，从角度来看，没理由会击中你。"但她不听我的解释。

我还是超级生气，我说："好，我现在就是个逃犯，我就不跟在你屁股后面给你制造麻烦了。"

我们俩都沉默了很长一段时间。"我真的算逃犯了吗？"我问。

"是的。"她说，"警察一直去帕迪的小摊子找你，他们觉得我们把你藏在那儿了。"

"你现在怎么办？"我问。

"我不知道。"她说，"帕迪要把我们赶出去了。警察总是围着他兜兜转，他厌烦透了。再加上他觉得我们玩弄了他。"

"我们怎么玩弄他了？"我说。

"当然是骗他收留妓女。"她说。普瑞儿又哭了，但不是因为生气，而是因为痛苦。我闭上嘴，穿过一张张椅子，想要给她一个拥抱。

在梦幻世界里，拥抱是感觉不到的，但你可以假装你感觉到了。

她哭得伤心极了。她叫醒了自己，从梦境中消失了。

现实世界

这天早上，我的肋骨的疼痛缓解了些。但一个穷中中人女孩儿捡起垃圾，扔了进来。我上下翻滚着，砸在一些骨头和残渣上，痛苦地发出尖叫。

女孩儿也尖叫起来，她有一张圆圆的脸，嘴巴张得大大的，湖绿色的眼睛也睁得很大。

我还在逃逸，所以我必须让这个女孩儿停下尖叫。于是我用手指抵住嘴唇，用拳头顶住胸口，像个疯子一样来来回回地重复动作，忍着钻心的疼痛咧开嘴笑。

谢天谢地，她停下来了，愣在了原地，不知道该说什么。

"对不起。"我道歉。

"对不起，"她机械地重复道，"不不不，对不起的人是我。"

这个女孩儿看起来和我年龄相仿，可能比我还小一岁，有着紫红色的皮肤。

"不不，对不起，真的。"我说。

"你哪里受伤了吗？"她问。

"哦，不，我没事。"我说完立刻在心里唾骂自己，沃纳，现在这个时候还有什么必要说谎？就算撒谎没用，你也习惯下意识地说谎了，是吗？

"格蕾丝。"八成是她母亲在喊她，口音非常浓重，所有的元音都含糊不清，"怎么了，外面是不是发生了什么事？"

"妈妈，没事。"她看了我一眼，喊道。然后快速地把我从袋子里提起来，轻轻地放在巷子的地上，随后转身跑回了店里。

疼痛又加剧了。实话实说，垃圾堆里的食物很美味，所以我一直躲在附近的排水管，等到午餐高峰期过后，垃圾堆半满了，就偷偷地溜回去吃鲜美的咸奶油面条。这整段时间，我都在不断计划。

短期内，我必须再去一次切斯的公寓。如果帕迪把普瑞儿和亚瑟扫地出门的话，他们很可能也会去。我们有机会留在一个安全的地方，和一个喜欢我们的人待在一起。对切斯，我必须坦诚相对吗？切斯当然是个不错的朋友，但他会接待一个逃犯？他可能同意，也可能反对，这风险太大，也许触及他的底线了。我肯定不会把犯罪事实告诉他。

从长远看，"帮普瑞儿在法律学校里物色一个好丈夫"计划宣布破产。因此，我们需要重新设计一个获得梦芒的计划。虽然不想这么说，但我们可能需要运用一些犯罪手段。比如偷盗、设骗局、设圈套，等等。

但每次我的计划天平向不法手段倾斜时，我都不禁想到，这个世界里，穷小小人连犯罪的机会都没有。穷小小人除了同类谁也伤害不了。我们逃不快，当身上带着一张中等尺寸或者更大的梦芒支票时连走路都困难。在大地方出现的穷小小人总是显得很可疑，很容易遭到制止、围困、质问和驱赶。除了遇到同类，不然我们能做的只有偷偷溜走或潜伏。

因此，穷小小人的犯罪对象只有穷小小人。和别的穷小小人联手抢劫其他比你弱小的穷小小人，这是你获得更多梦芒的唯一机会。明白这一点，实在叫人伤心，我的思绪就像臭水沟里的污水一样盘旋。

我吮吸着骨头，突然灵光一闪：沃纳，切斯可以帮你卖掉你的梦，换来梦芒。

你看，我曾经有过卖梦赚梦芒的想法，但我从来没有真的赚到过梦芒。在梦幻世界，人们什么都答应——好，我给你梦芒，你给我美好的梦。

但在现实世界，他们会假装什么都没有发生过。如果你接近富中中人，大多数情况下，他们都不会听你讲话，你甚至都找不到他们。而穷人们只会说"滚开，我不会用梦芒买你的梦，什么乱七八糟的梦啊"！

但我意识到，这次也许会有所不同，因为切斯可以帮忙。

切斯可以在梦开始之前把梦芒收上来，我们可以一起做生意。切斯从他所有的朋友那里收梦芒，对他们来说，那些只是小数目。然而对我，对普瑞儿，对亚瑟来说，那些梦芒却可以改变我们的一生。

我们可以设立一项订购服务，提前预定美好放松的梦境，也可以每天购买。切斯能在梦开始前拿到梦芒，再分发密码，告诉他们梦境之门在哪里。

有时，你会在新闻上看到一些荒诞故事，这些不民主的国家一点都不像耶威斯，独裁者、国王和军队头子掌控着一切，但这种人却可以得到各种各样的特权。他们拥有最好的官殿、直升机、大厨和手下，其中一些人还拥有专属的做梦人。

这些都是独裁者的特权，但区区法学院学生居然也享有，其中一个自大虚妄的浑蛋还侵犯了我的姐姐。

我琢磨着，我不仅可以为切斯的朋友提供梦境，还可以把生意做大。只要每天支付梦芒，就能获得当晚的密码，进入梦境之门，享受一个天堂般的美梦，治愈你的内心，让你神清气爽，让你的心灵得到滋润，重新充满活力。这可是能改变人生的梦，有谁连五个梦芒都不愿意出呢？

我的心情第一次如此迫切。

晚上，我回到垃圾桶里。那个叫格蕾丝的女孩儿来了，她没有倒垃圾，反而低声对我说："嘿。你回来啦。"

我一语不发。

"你回来了，我准备了水。"她说。

我依旧不作声。

"我把水放在垃圾桶旁。"我听见她说完便放下东西，然后往回走。

这当然是消过毒的纯净水，很清甜，带点罗勒和酸橙的味道。

梦幻世界

在我去找切斯之前，我不断地看到灰色烟花，而且等着我的只有普瑞儿，亚瑟不在。

"弟弟，"普瑞儿说，"我要结婚了。"

"等等，你说什么？"我问。

"我要结婚了，就在这个周末。"普瑞儿脸上带着微笑，看起来更像如释重负，而不是欣喜若狂。

"天呀。"我说，"姐姐，太棒了！你要嫁给谁？"

"帕迪。"普瑞儿说。

我一开始挺开心的，普瑞儿的心情终于恢复了不少，会开这种滑稽的玩笑了。但这并不是一个滑稽的玩笑，而是一个严肃的事实。

"我和帕迪一直在谈心，我敞开心扉，和他坦承一切了。我说，'我不是妓女，我来这里，是为了邂逅男人，找个丈夫。因为我的底线是要改善我的处境，我不会就此罢休。如果你要赶我出去，好，我理解，我可能会和弟弟、亚瑟一起坐着清洁车离开，再找其他地方住。但我一定要想办法变大，我现在年轻可爱，正是大好机会。我知道，这么说很残忍，但这就是事实。你大可以赶我们走'。"

帕迪安静地听着，最后说道："等等，别急，你看，我明白了。让我再想想，你今晚可以留下来。"

第二天他说："我决定了，你可以留下，但前提是，你要和我结婚，怎么样？"

他很老，没有孩子，他喜欢普瑞儿礼貌地聆听他说话、亲切地表示赞同的样子。他终其一生都在想办法变大，现在他要利用这个来赢取一个年轻可爱的妻子，不然他还能获得些什么呢？

"我知道你肯定在想，他又老又恶心，这个牺牲太大了，但我确实很喜欢和他聊天，更重要的是，我知道他会照顾好我。"普瑞儿说。

从我嘴里蹦出的第一句话是："你和妈妈至少能变大多少？"我在脑海里进行运算，帕迪接近中等体型，他至少有一百万梦芒，三个人平分的话，每个人最后是三分之二比例，普瑞儿和母亲也许可以变大六七倍。

但普瑞儿的眼睛和嘴巴扬起了一个奇怪的弧度，她说："沃纳，暂时只有我变大。"

我的嘴巴不知做何反应。

"听着。"她说，"我知道，弟弟，我都懂。但如果帕迪把梦芒分成三份，他就变得太小了，根本经营不了那个摊子。这是没的选的。他为了我变小，已经很辛苦了，他无论去哪儿都需要叠砖头、爬梯子。如果变得更小，那些商品、食品、货物对他来说会重如泰山。小弟弟，他六十六岁了。我们都会努力工作，一起经营好快餐小摊，挣多点梦芒，年复一年，我们一定可以让妈妈变大，但不是现在，不是马上。"

"所以你要和超级小的妈妈住在一起，像在房子里养一只老鼠一样。"我说。

普瑞儿的脸色又变难看了，她说："刚结婚时，她不会和我们住在一起。"

我的心直往下沉，我得走了。

"我努力过了，沃纳。"我走时，普瑞儿喊道，"我努力过了。帕迪还没准备好。我会一直努力，他会改变心意的！沃纳，别生气！"

我在一个垃圾坑里发现了亚瑟，他站在一个小街区里倒掉的果汁形成的水洼中，手里高举着小小的烟花。

"亚瑟，"我说，"我们不该带你来的，我很愧疚。"

"我很难过。"他承认。

我坐下，他的手映照着盛放的烟火。

"但是，你看，"我说，"我有个计划。"

"报仇计划？"他问。

不是报仇计划。我的心很痛，但我把怨恨都转化为了梦境。

如果你想要告诉别人，你能用梦境改变他们的生活，你就可以梦到水是黏土，梦到水做成的房子在街道上鳞次栉比，梦到梦中人从四面无墙的水房中游过，水房周围连接着水隧道，发光的鱼群逶迤而过。

你梦到水做的砖头、金属、石头、树木、黏土，一切都是水做的。桑德蒂姆毛斯在海里坍塌，层层涟漪下，建筑物、车辆、篱笆和广告牌都是摇摇晃晃的果冻。

你梦到棕榈树在不停地摇摆，地面突然掀开，油香槟的泡沫喷泉般一涌而出。还梦到中中人的路面居然发出尖叫声，还不停地颤抖着，每间房子都慢慢地越靠越近，"啪"一声合并在一起。

体育场是一个巨大的碗。

水库装满了牛油，慢跑的人划着桨在里面慢悠悠地兜圈儿。

银行里挤满了天使，它们从大、中、小门里飞出来，天空中盘旋着呼呼作响的金色直升机和嗡鸣的蝙蝠。

地铁是一条眨眼的电鳗。

风车迎着风，飞入了太空。

清洁车飘浮着，像泡沫一样飞跃。

云朵遮掩住远处一大半由筛网和织物做成的天空，带着旋涡般的图案，还喃喃地诉说着消息。

二十个梦集中成了一个，太多了，但总算完成了。最后，我看见切斯在梦境里飘来飘去，喜笑颜开，却又有点想哭的样子。

"嘿，你在想什么呢？"我问，"太多了吗？"

"沃纳，天哪，"他说，"谢谢你。"

"不客气。"我说。

"你为我们创造了这么多梦境，一点都不计较我们对待你和你姐姐的态度。"他说不下去了。

"哦，对，"我说，"我想是的。"

他缓了过来，说："我真的想不出比这更好的离别礼物了，谢谢你。"

"不用谢。"我说。

"等等，什么？"我不解道。

"我永远都不会忘了你。"他告诉我。

"你这话什么意思，忘了我？"我问。

我们大眼瞪小眼地看着彼此。

"我是说，"切斯道，"警察在到处搜查你。那你肯定要躲起来，对吧？我是说，你要走了。"

"是的，我正想要和你说这个。"我说。

我把全盘计划都告诉他了。

他一直都在摇头。

我说得很糟糕，我知道，如果他能听一听，能严肃起来一分钟，我都能说得更好些。但他一直闭着眼睛猛摇头，说实话，我自己都搞不清楚整个计划。

"沃纳，你知道，我不能这么做。"他说。

"不不，没事，就这样吧。"我说。我把梦留下，让它慢慢地变干，慢慢地枯萎，最后只剩下骨架。庞大的梦境在造梦者离开后，都是这么孤独地走向终结的。

我发现亚瑟还在小街区里放着烟花。

"我的计划没成功。"我说。

"对不起。"他说。

"但我有其他计划。"我告诉他。

"报仇计划？"他问。

"对，这次是报仇计划。"我答。

接下来晚上的几小时，我和亚瑟大闹法学院。大多数时间都是变出魔鬼来恐吓人们，也变出大油锤子砸破门和窗户，拼命地挤进屋子里打他们。但变得比较多的还是魔鬼，比如隐身的尖叫鬼、阴影鬼、虚无鬼，还有像蜘蛛一样疾速掠过地面的洞鬼，它们可以扭曲你面前的时间和空气，而且打起喷嚏来，窗户都在颤抖。虽然看不见，但你清楚地知道，自己在盯着一个魔鬼，因为周围都变得黑暗阴冷起来。

有一些法学院的学生在梦中惊醒后躲了起来。其他人非常不安，他们开始梦到自己遭受到更痛苦的复仇。比如，他们的父母和朋友都出现了，哭号着，浑身着火，互相捶打对方，或者被动物围攻等各种疯狂的梦境。

我到处找肯，却没找到。但我在楼梯上看见了格伦，我把他扔进一个洞里，锁在一个遭受四面挤压的锤子森林里，让他在里面扭动挣扎，不断地吐苦水。

他不开心，但他也不算很痛苦。因为他的梦境很虚弱，很模糊。所以无论我多努力地制造痛苦，他都不太明白发生了什么事。

"你对我姐姐做了肮脏事，我要奉还给你，浑球。"我唾骂道，"抱怨吧！这才是正义的正确实现方式！你若犯人，人必犯你。现在摆不出架子了吧！"

但他依旧抓着自己的脸，喃喃道："啊，今天星期几？什么时候考试？"

"锤子在攻击你！"我说，"锤子和你一样大！"

"啊，今天考试啊？"他说。

"我觉得我们每天晚上都得这么折腾一会儿。"我说。

"沃纳，"切斯找到了我，"请停下来。"

"嗨，切斯。"我说，"你想看就看吧，我在用锤子揍一个浑蛋呢。"

但切斯神情抑郁地看着我，而不是锤子。

我累极了，夜快过去了，天要亮了。大多数做梦的人都醒了过来，于是我放松控制，尖叫声变成了鸟鸣，魔鬼们随风而去了。

我只把锤子留了一会儿。

"我想……我觉得……我估摸我该去参加考试了吧？"格伦闭着眼睛，不知道在摸索什么，糟糕，周围全都是锤子。

"切斯，能不能拜托你找到亚瑟，至少给他一个家。"我开始央求切斯。我说了好几遍，他的面容渐渐模糊，但他可能根本听不清，也记不住我在说什么。

我醒了过来，没有疼痛，没有什么想法，没有受伤，也没有期待。

现实世界

那个叫格蕾丝的女孩儿在扔垃圾前提醒了我。

"嗨，如果你在里面的话，"我听见她说，"请出来吧，我要扔垃圾进去了。"

于是，我从底部的松散板条间挪了出来。

"噢，"她说，"你就是这么进去的？"

"是的。"我答。

她扔完垃圾，往小吃摊子那里看了看，眨了眨眼睛，示意我到巷子里。于是我跟了过去。

"嘿，"她告诉我，"真是对不起，但你可能不能待在我们的垃圾桶里了。"

"我知道。"我说。

"你叫什么名字？"她问。

"沃纳。"我说。

她瑟缩了一下。

"噢，不。"她说。

"怎么了？"我问。

"你就是他们在本地新闻里通缉的穷小小人！"她说，"你偷了枪。"

"对。"我说，"嘿，我现在没有枪了。我是说，我不是专干那一行的。"

她开始后退，一直退到餐馆门前。

"嘿，"我说，"我手无缚鸡之力。我只是肋骨断了，睡在垃圾桶里而已。穷小小人怎么伤害得了像你体型那么大的人？小个子只能伤到小个子。拜托了！"

但她依旧在后退，在她那副绿色隐形眼镜后面，她的眼睛里写满了惊恐。

于是我喊道："好吧，够了，行了。谢谢你，谢谢你为我做的一切。你想的话，就打电话给警察吧，说不定还有赏金，你不想惹麻烦的话就快打。我就在这里等着！"

但她只是猛摇头，转身进了屋。

看看，我还能去哪里，我还能干什么？我可以逃到另外一个社区，也许攀上一辆巴士的车轮，侥幸地希望警察不会到桑德蒂姆毛斯以外的地方搜查我。这样我就可以在一个陌生的新环境里重新来过，一个人做新计划。

但我不可能一个人待着。一想到要孤零零的，我就感觉很空虚，很想找点事情做。

快做计划。我劝告自己的脑子。但它一直在造梦，已经筋疲力尽了，不，求你了，我累坏了。

于是，我在一个喷泉里清洁了一下自己，之后走到街上的一个警察面前，说："嘿，我是沃纳。听说你们在追捕我。"

他们没有专为穷小小人设计的手铐，他们把我塞进车里，五花大绑，放进一个他们叫"小座位"的箱子里。但这不是座位，只是一个装满带子的盒子。警车每转一个弯，我都会上下颠簸，左右摇晃。

其他大多数小座位都是空着的。我瞥见有个男孩儿正走过来，他目露凶光，鼻子上都是血迹。

"看什么看？"我迎面走过去，他冲我喊道。

穷小小人里的小流氓总是穷凶极恶地大喊大叫，但如果你如法炮制，可能你们会成为好朋友。

"如果我是你，我不会多管闲事。"我冲他吼回去。这下我们成了好朋友，只可惜十分钟后，我们就分开了。

"小痞子，他们为什么抓你进来？"我刚被塞进牢笼里，他就问道。警察走了出去。

在这个故事里，你会听到很多人称呼对方"小痞子"，毕竟穷小小人有很多。罗斯英迪卡地区从不缺乏"小痞子"。这世上有北方来的危险分子，也有来自沙漠的疯狂托德人，在罗斯英迪卡，你可以管任何人叫小痞子，而且不会挨揍。

"我偷了一把枪，还开了几枪。"我说。

"哇，真棒。"他说，"你这么小的个子，居然敢冲怪脸人开枪！所有的怪脸人都在找你，小痞子。"

"棒极了。"我说。

"好戏，好戏，一出精彩的好戏啊！"他说，"小痞子，这些怪脸人会吃了你的。"

"那就吃吧。"我说。

"我愿意成为你吗？答案是，绝对不愿意。"他说，"小痞子，你知道监狱里有多少怪脸人吗？想象一下，把小小的你宰了油炸，'嘎嘣'一口咬下去，像吃一条美味的肉卷一样。哇哦，想想都刺激。"

"你为什么进来？"我问。

"警察认为我在卖人。"小血鼻说。

"那你实际上在卖什么？"我问。

"当然是卖人了，但他们之前并没有这样的案例。"他说。

"现在有了。"一个警察透过栅栏插话。

"去死吧。"血鼻子嚷道。

血鼻子十六岁了，于是我们被分到了不同的监狱里。他被投入成人监狱，我则去了儿童和婴儿区。

事实上，儿童和婴儿区反而更糟糕。经过成人监狱时，我偷瞄了一眼。所有人都静静地坐着，确实有几个神经病在嘀嘀咕咕，但没有人打架。

儿童监狱就不一样了，闹哄哄的，在空气中你都能感觉到没人懂规矩，没人做计划，他们像蜷曲在罐子里的蛇一样，过一分钟是一分钟。

除此之外，在儿童监狱，各种体型的人都混在一起，从我的比例一直到三分之一比例都有，三分之一比例的人比我这种穷小小人还要大两倍半。

我被投到了一个混杂着穷中中人和穷小小人的牢房里，这里有一个十岁的穷中中人，从他的眼神里你能看出，对他来说，穷小小人，无论老小，都是玩物，可以随意羞辱，宣示主权。

他马上一把抓住了我的脖子。"你刚刚说什么？"他大声吼道，全部人都听得见。

"小屁孩儿，你以为什么？"我说。

你要是和这么一个十岁，却比十四岁穷小小人要大两倍的混混打架，你也会一败涂地。我的脸撞在墙上，肿了起来。我从他手上挣脱出来后，用头撞他柔软的腹部，撞得他喘不过气来，我跨在他的脖子上，用手肘击打他的眼睛。我知道这听起来好像我很野蛮，但如果你对阵一个十岁小孩儿却不还手，真的可能丢了小命。

四小时过去了。到处都在打架，孩子们叽里呱啦地吹嘘着各种糟心事，所有人都费尽心思要赢得"最放肆行为"奖。沃纳人生中的一段黑暗时光就此拉开了帷幕。

政府给我委派了一名中中人律师，他神色疲惫，脑袋都要顶到儿童探监室的天花板了，他很快就结词：我有罪。

"你没有前科，我们认罪，就这样。"他说。

"不如我们说有人打我，那人还亲口承认他要绑架我姐姐。这样会不会扭转局面？"我建议道。

"毫无用处，别提这个。"他把文件翻得哗哗响。

"那能不能说，我一开始就报警了，但那个警察没有伸出援手？"

"哦，小子，"他说，"根据经验法则，无论什么时候你想说警察的坏话，千万别说，那会让你的日子难过一百倍的。"

单凭两条小短腿，穷小小人从A区走回B区需要花费很长的时间。我们太小了，手铐铐不上，于是警察要带你去哪儿，比如说去穷小小人法庭、让你坐到富中人法官特殊的桌子上，都必须用小提笼提着。

我就依照我的律师教我的告诉法官：没有拉帮结派，从来没有；没有搞大别人的肚子；一直都是一个诚实的耶威斯公民，努力地升级体型。关于姐姐、肩膀脑袋和那个警察，我什么也没提。

但是，因为打架，我的脸都肿了，全是血迹。和这个庞大的法官说话时，我的表情很怪异。我知道，他看着我，就像看着一个恶人。

律师建议判决为疏忽致险，但法官想要判为蓄意谋杀。"好吧，我认罪。"法官没有皱眉，也没有笑，他只是说："好，沃纳，我知道你是初犯。但看看你，坦白说，我认为你这种人迟早都会犯罪。"

我皱着眉，点点头，意思是：你说得很对，但我相信你会公平判决的，庞大的法官大人。

"对一些孩子来说，十四岁还很小，但对其他孩子来说，十四岁已经很成熟了。"他说，"你就是后者，该成熟明事理了。因此，我接下来说的话，你最好坦然接受，你还算幸运的。"

我太蠢了，还觉得有一点希望。

"最高年限是三十年，我只判你八年。"法官叹息道，"两年儿童监狱，六年成人监狱。上帝保佑耶威斯。"

第三部分

威 尔 特

梦幻世界

整整一年，我都没有做过梦。

在儿童监狱，连个好觉都睡不了。

现实世界

相反，在每个困得眼皮直耷拉的夜晚，我都随时预备一跃而起，发动反击，化身为一头暴力的小猛兽。但挤在一个小笼子里睡觉的人都互怀敌意，为了不让孩子们联盟，狱吏每周都会调进和调走一些新关进来的孩子，造出陌生人之间水火不容的形势。

当然，儿童监狱里有很多怪脸人。事实上，怪脸人是人数最庞大的团体。他们浑身都黑黢黢的，胸膛、背部、膝盖、后脑勺都文着狂野的怪脸。刚来的那几天，白天黑夜我都在挨打。脸肿了，几颗牙齿被打落，鼻子破了，肋骨也挨了几下。

三天后，怪脸人问我，要不要加入他们。

"能加入你们，是我的荣幸。但别误会我的意思。"我说，"我不能加入你们，兄弟，这不符合我的信仰。"实际上，我并没有什么信仰，但这个说法还是为我赢来了几个星期的安宁。在那几个星期里，他们没有再突然偷袭、推倒我，也没有再踹我的肋骨等部位。后来他们也只是一个月打我一两次而已。

你们想知道在这空虚的一年里，我都做了些什么吗？大多数时间我都靠在笼子边上，神情恍惚。

这间儿童监狱就是一个小小的笼子屋，是"小大屋"公司名下的财产，这家公司专门为穷小小人建造监狱。我们的房子里住的都是男孩儿，女孩儿全都睡街上。房子的格局和宠物店相仿，摆着很多可堆叠的笼子，里面放着横七竖八的床铺。吃喝拉撒睡都在笼子里头，有时几个星期都出不去一次。

他们递橡皮碗进来，在笼子里喂你。

他们在笼子里给你洗澡，先把衣物和床单拎走，隔着栅格从头淋到脚，再把你吹干，最后将衣物和床单送回来。

轮到放风时间，他们会把笼子拿到外面几小时，让你晒晒太阳，散散心。

每周我们都有三小时的图书馆读书时间，除非狱吏残忍地取消了这项特权，那样他们就会往笼子里抛下好几本过大的书，书页上全是潦草的字迹。年复一年地被年幼的疯子们糟蹋，这些书本早已破旧不堪。但我仍然强迫自己转动脑筋，努力参透书本的内容。一年之内，我读了一本名为《风流流氓历险记》的书，总共读了一百四十九页。书中描述了一只老鼠和它的兔子朋友从邪恶的鼠群手里解放森林和牧场的英勇故事。书里的世界没有人类，只有数不清的刀剑、盾牌、弓箭和办不完的宴会。

有时候会有认识字，无聊得很的孩子，教我读一些艰涩的词语和句子，或者陪我捉蚂蚁。但大多数时间，我都是一个人抓耳挠腮，一个星期只能读几个段落。

每天我都抽出几小时锻炼，练一些我从最高最壮的孩子那里学来的把式。让一个人坐在你的身上，你做俯卧撑，或者让一个人抓住你的脚，你挂在天花板上做引体向上。只要我找得到一起做运动的伴儿，我都这么练。还有直体前空翻、后空翻，能在笼子里施展开的，我都试试。

不然我就和其他人一样，坐着看狱吏在影壁上播放的录像。不播放录像的时候，我的思绪就开始飘荡起来，策划各种密谋，保持大脑的活跃性。最要紧的是，我要躲避其他的囚徒，避开他们的拳打脚踢和愚蠢计划。在笼子的某个角落里，每一天都会发生一些愚蠢、恶劣的事情。比如说，一些卑鄙小人从外面偷运杂草或泥土进来，几个团体胡乱地扔骰子打赌，某些人说着说着就大打出手，或者一个疯子出来胡言乱语，证明自己是最差劲的人。

但大多数时间，我们都只能百无聊赖地看录像。

每一个狱吏都在影壁上播放录像，好让自己的值班时间不会过得那么枯燥郁闷。因此，我们渐渐地了解到每一个狱吏的观看喜好是新闻、恐怖片还是球赛，是否能接纳播放不同视频的要求，是否对噪音很敏感，能忍受什么嘈杂和打闹声才发脾气，进而做出用水管浇射笼子之类的暴躁行为，等等。

每次"小大屋"招募狱吏时，刚上岗的新人都要学习几条在儿童囚室里播放视频的规矩。

第一条规则，不得播放含有性感女人影像的视频，不得讨论情色电影或狂野女孩儿纪实，甚至普通的谋杀剧都不允许。游戏节目、家庭主妇真人秀没问题，但一旦出现女人露腿，或奶头激凸的画面，场面可就一发不可收拾了。男孩儿们会变得极度兴奋，每个人都急于证明自己是最具男子汉气概的，很快拳头就会落在对方的脸上。

第二条规则，不得播放含有性感男人影像的视频。一个孩子会污蔑另一个孩子，说他就好这一口。很快你就会发现，拳头又挥了出去。

第三条规则，在影壁上播放枪战影片可以暂时让他们噤声，一动不动地观看，但一旦播完了，现场就像被施了魔法一般，风波四起，众人扭打成一团。

我脾气很坏，经常挨揍，动手的人除了怪脸人，还有那些好战的疯子，因此大多数狱吏都讨厌我。狱长叫威尔特，他还给我起了花名号。

"今天有什么问题吗，麦毛鼠？"他说。

"我住在儿童监狱里，这可能就是首要'问题'。"我开口就叫嚣道。

但一周周过去了，一月月过去了，我越来越沉默。

还有一个叫贝尔特的狱吏，他驼背，年纪很大了。我最喜欢他，因为他把你拎出笼子时用的是手，而大多数狱吏都用网来套。

他的听力很糟糕，播放视频时都要放上字幕，这对我来说再好不过了，我可以多加练习阅读。

普瑞儿每个月都来探望我。她现在已经是穷中中人了，接近四分之三比例，比我大了整整七倍。哇，见到她的那一刻，我真是惊呆了。她扭扭捏捏地走过来，个头庞大，剪了短发，穿着有标志的衬衫和短裙，俨然一位外出采购素食的穷中中人女士。

她第一次来时，对着我肿胀的脸庞尖叫连连，我必须打断她好几次，说："姐姐，今天谈话的主题不是我，是你。快说说变大是什么体验，婚礼进行得如何，亚瑟去了哪里，妈妈还好吗？"

嗯，变大仪式很精彩，她终于告诉了我。那些人会让你陷入一种奇怪的单人睡梦中，梦里只有你一人，一觉醒来，你的体型就变大了，身体有种强烈的饥渴感。他们会让你穿上长袍，穿上后，走起路来就很怪异，地面更滑了，踩在上面很容易打滑。但好处是，你吸入高处的空气，浑身都会充满力量，一切都截然不同，这种体验很美妙。她这么说。

"食物才是最不同的。"普瑞儿说，"唇齿间、舌尖上尝到的滋味儿都好了不少。"

我告诉她，看到她变得这么高大，看到她的地位升到了穷中中人，我很开心，真的很开心，我想知道婚礼到底是怎样的。

婚礼非常简单，就是去政府注册。帕迪没有给她买裙子什么的，也没有宾客出席，整个过程都很无趣，我们还是谈谈变大的话题吧。

我问她，假如帕迪想要离婚，她会受到保护吗？还是她会变得一无所有？

"严格来说，婚后的前两年属于试婚阶段，过了这个阶段再离婚，我就可以得到一半的夫妻共同财产。"她告诉我。

"那如果在这个阶段之前离婚呢？"

"他不会想要离婚的。"她许诺道。

这不是我期待的答复，我希望他们最好不要走到那步田地。

我央求姐姐帮母亲变大，至少把她救出那间教会。每次普瑞儿来，我都问她有没有把母亲救出来。

前几次，我一提到母亲，她的神情就变得悲切，她说："当然，我在努力，我一直在和帕迪提这件事。"

每次听到这样的答案，我都火冒三丈，帕迪这个蠢家伙，让一丁点儿大的母亲住进他们的房子里有那么艰难吗！

"我不太好开口让帕迪做这做那。"普瑞儿告诉我，"我觉得，变大让人感觉很舒服，那变小就会让人很难受，就算是从十分之九降到四分之三也一样难受。帕迪说人变小后，会感觉更虚弱，这非常不利于老年人的健康。变小后，他时常觉得身体不适，他有时候也会大发牢骚，说什么'普瑞儿，你为什么对我做这种事'。所以换个角度想想，他也不想总听到我不厌其烦地问他'嘿，我们什么时候把妈妈接来住'。"

"该死的，你现在是他老婆，妈妈是他丈母娘！"我用嘶哑的嗓音喊出这句话，前天，我的喉咙被人捶了一拳，"你年轻漂亮，却下嫁给这么一个又老又胖的唠叨鬼，他可算是捡到宝了！等我哪天从这儿出去了，我定要狠狠地揍他一顿。"

但后来已经不再是母亲和帕迪互相厌恶的问题了，整件事变得复杂起来，母亲有点神志不清了。

"她甚至都不要我带给她的梦芒。"普瑞儿的大脑袋发出震耳欲聋的声音，"她把梦芒还给我，还说主君王神不看好我的婚姻。"

"因为帕迪又老又恶心。"我说。

"不，因为帕迪不皈依主教会。"

"他不信教？"

"不，他信教的。"普瑞儿局促不安地说。

092

"啊。"我答。

普瑞儿并不想解答我的疑惑。

"也许我不该问他信什么教。"我说。

帕迪加入了新俗世教会，这个教会是由某个仍在世的人创建的，所以这让人很恼火。

大多数人都知道，这辈子梦芒可以帮你变大，那下辈子呢？你行善，下辈子就可以变大。如果你觉得这辈子能变大更重要，省省吧，下辈子才是关键，因为你将要在（此处应有掌声雷动）外太空生活。

在外太空，你必须变得和一颗星球一样巨大，否则渺小的你只能在无垠星际中游荡，不光冷，不能呼吸，还要一辈子被彗星撞击。

因此你最好现在就开始行善，下辈子在外太空中就可以变大，那要怎么做呢？一个大多数人都选择的便利善行就是——捐赠梦芒给新俗世教会。

"为什么帕迪要加入这个教会？"我百思不得其解，帕迪很吝啬，我不觉得他会乐于捐献梦芒。

"他的老板让他加入的。"普瑞儿解释道。

比起捐赠梦芒，这个教会更欣赏的善行就是吸收更多的教徒。因此，为了鼓励教徒的招募，教会将招募量计入个人的功德中去。你看，你招募的门徒捐了一百个入门梦芒，就等于你捐了一百个，等于招募你的那个人也捐了一百个。这么一路追溯到新俗世教会的创始人身上，他就收集了每个门徒的善行，成为来世最大的受益者，进而变成太阳、黑洞什么的。

帕迪的老板在罗斯英迪卡地区开了很多快餐摊，他无意间对帕迪提起说："嘿，我有个消息，这个教会才是真正的宇宙真理，你应该好好考虑一下它的传教，它会不遗余力地指导你实现一个充实、正义、高尚的完美人生。假如你加入这个教会，我就考虑每月不收你双倍的特许经营费。"

因此，出于商业考量，帕迪加入了新俗世教会。夫妻本是一体，他让普瑞儿也一起加入。

"那帕迪就不用担心下辈子他的体型了，他总会比你大的。"我嘲讽道。

"你在胡说些什么。"普瑞儿说。

"你的功德就等于是帕迪的功德，再加上他本身的功德，这道算术题不难吧。死了之后，他的体型肯定还是比你大。"我说。

"沃纳，没人会在意这些愚蠢的市井传言。"普瑞儿说。

这是事实。很抱歉我让你们读了这么多关于这个愚蠢教会的事。无论如何，重点是普瑞儿皈依了新俗世教会的事被母亲知道了，这下可是大事不好了。无论何时普瑞儿去码头之眼主君王神中人教堂看望母亲，母亲只会说起教会和主君王神，其他一律闭口不谈。妈妈，你有什么需要吗？普瑞儿，你必须脱离那个邪教。妈妈，这没关系的，你的眼睛怎样了？普瑞儿，只要你今天别管那个邪教，主君王神依然会原谅你的。妈妈，至少让我修理修理你那个小椅子的轮子吧？普瑞儿，用你的大手握住我，一起念，主君王神啊，是我的错，我忏悔。

母亲一直都很虔诚，但我们离开之后，她陡然变成了类似于修女的那种人。整天替一些穷小小人缝缝补补，只吃面团和稀粥，每晚都推着轮椅在大街上转悠，想要拯救迷失的灵魂。

有一点叫人安心的是，至少教会还在照看她。但莫大悲哀的却是，我们照顾不了她。她的一双无用儿女，一个虽变大，却自私不孝，另一个颓废无能，身陷囹圄。

这就是母亲的状况了。

关于亚瑟，普瑞儿毫不知情。

"就在你被捕的那天早上，他离开了，我不知道他去了哪里，他没告诉我。"她说。

"天哪，普瑞儿。"我生气地嚷道，"天知道什么坏事会降临到他的头上，他可以到哪里去过夜啊！？"

"我有时会去梦境里找他，"普瑞儿说，"找到他，我会第一时间告诉你的。"

"野猫和鹰都会一口把他吃掉的。假如我发现他死了，那我也会当你不存在于这个世界上。"我撂下狠话。

"亚瑟有自己的主见，我又无须对他负责，而且他都没留下只言片语就走了！"普瑞儿很委屈。

"我会当你死掉了。"我喊道，"普瑞儿太可怜了，我再也不会和她说话了，我甚至会忘记她那张傻乎乎的脸长什么样儿！"

普瑞儿前几次来看我就是这种状况，我的舌头咒骂得又肿又干。

你不会知道一年的儿童监狱生活对我造成了什么影响，我也难以描述。一日、一周、一月慢慢地过去了，我变得越来越不像自己。

如果你生活在一群既不认识，也很讨厌的顽皮小子中，而这群小子又多是卑鄙之徒和怪脸人，很快你也会疲于张口。你的嘴巴会渐渐地丧失大多数语言表达能力，只会说"我没兴趣""别烦我""抱歉了哥们儿""你要干吗"等刺耳的话。

因此普瑞儿每次来看望我，离开的时间一次比一次早。因为我很少开口说话，而她也有自己的烦心事要处理。

"我不能待太久，很抱歉，帕迪让我每天都去看摊位，除了没有转让所有权，他基本上让我全盘接管那档子生意了。"她絮叨道。我支吾了两声，努力表现出更关心的神态，但失败了。

"对不起，我有一段时间没来了。帕迪退休了，整日整日地坐在床上和网友玩电子扑克，但我猜那些狐朋狗友都是程序而已。你觉得我该担心吗，也许没什么大不了呢？"她眼神疲惫，说话时嘴巴紧张得张张合合。但我转眼就将她的烦恼抛诸脑后。

我在想着挖隧道。

我身处一条长达八年光阴的隧道中。我每天都在思考，我只需要慢慢地消磨时间，以一天的速度来度过一天的时间，争取用出色的阅读技巧、思考技巧和千钧之力来迎接未知的将来。

但几个月后，你会发现，八年是一段遥遥无期的深久岁月。你会开始想，你看不见这条隧道的尽头，你不知道自己会不会在半途崩溃。

你会发现，两年后，隧道变得更阴暗、更崎岖、更可憎。两年后，你迈入了成年的大关，搬到了成人监狱里。在那里，狱警会胡乱把小小人安插进中中人群体里。那样你就会进入一群比你高大两倍、三倍、五倍的家伙中，脸被打肿的频率会变得高得多，也会有更多人来警告你"二选一，要么加入我们，要么死"。祝你好运，能活着熬过和不可救药、比你疯狂愚蠢的成人们同室为囚的六年。

你会发现，就算在儿童监狱，你也毫无还手之力。假如某一天怪脸人发起狂来，拗断你的脖颈……

假如一个疯子，一个真正的疯子要打你，往死里打，最后不是他杀了你，就是你杀了他。你面临的后果将是死亡，或终身监禁。

假如你正在挖掘的这条隧道只是一个坑。

年月悄然而逝，我渐渐地变成了一个比我原本应该变成的更阴沉、自私、冲动的人。

有人踩上我的床，我冲他大吼大叫。有人盯着我，算不上瞪，只是出于孤独或害怕，我就会一巴掌扇过去。

狱吏和假释官在例行检查时谈起我，他们说："麦毛鼠，你不可能凭着打架出狱的，老实说，你再这么惹事儿，你永远也出不去。"说得好像这是条大新闻，好像我蠢到家了，连这个都不懂。

他们觉得我是最糟糕的孩子之一，一年后，我才反应过来，我知道些什么呢？也许他们才是对的。

我才明白，我并没有在挖隧道，而是大地像蛇一样狰狞地将我囫囵吞掉。

梦幻世界

　　我被捕后大概一年，有一天，狱吏进来了，他们一个个地把四个最顽皮的孩子揪出牢笼，怪脸人头头儿小狗脖子、疯子尼克、粗口鬼斯大林，还有第四位，不用说，正是本人。

　　狱吏用一个网把我们捞了出去，然后扔进一个空空荡荡的小笼子里，里面连张床都没有。我心想，来了！大逃杀！在别人攻击我之前，我应该先制住愚钝的斯大林，他打架最没有章法了。尼克和小狗脖子可以踩在对方的肩膀上逃出去。

　　但狱吏们并没有把笼子放下来，我们脚不着地，打不起来。

　　"好了，捣蛋鬼，"威尔特说，"是这样的，我们有人要做一个关于暴力儿童囚犯的试验。啊，不就是你们了？"

　　我们只能瞪着他。尼克往地上啐了一口。

　　"好极了，"威尔特说，"不想参与试验的说话，开始说话……没人说话……那就是同意了，我们开始吧。"

　　他们把我们拎到了外面，院子里站着一个巨人。

　　但站在那儿等我们的并不是个上了年纪的科学家，而是个富中中人女孩儿，与我们年龄相仿。这个女孩儿至少是双倍比例，接近两倍半，这就是狱吏带我们出来见她的原因，这个幸运的小富婆太高大了，挤不进"小大屋"里。

她看起来有点眼熟，我也说不上来为什么。

"这几个就是最顽皮的孩子。"威尔特对那个女孩儿说，"脖子上有个小狗脸的是头头儿；没头发的那个很玩世不恭，老冲人吹胡子瞪眼，大喊大叫的；皱着眉躲在角落里的这个又笨钝又自私的家伙，我们叫他爹毛鼠，他好几个月都没开口说话了。"

"你们好呀。"女孩儿打招呼道，她的声音也好熟悉。又黑又有钱的女孩儿，我拼命想要记起她是谁，可就是想不起来。

尼克的连篇脏话脱口而出，斯大林出谋划策这架应该怎么打，小狗脖子和我都保持沉默。

"你亲眼看到了，这些小坏蛋很顽劣。"威尔特说。

但女孩儿动了动嘴，犹豫了一会儿，说："他们很好。嘿，我的名字叫基蒂，我在做一个与梦有关的学校项目。"

她说完，我的双眼涌上一种酸涩的感觉，就像我想哭，却流不出泪来。

小狗脖子可能和我感同身受，因为他马上回答基蒂："不好意思，小富婆，我们不做梦。"

基蒂一开始以为这只是个玩笑，后来她发现，这是真话。她慢慢地收起笑容，转向威尔特。

"他们都不做梦吗？"她问。

"基本上是的。"他答。

"好吧。"基蒂说，"嗯，这是个问题。因为为了项目，我得和他们一起做梦。"

"你看，你想要见他们，现在你见到了，但你并没有说明要他们做什么。"威尔特说。

"你们都不做梦的吗？"她问我们。

我应该说话的，但我没有，也说不出话来，我也不知道为什么。

对于这个女孩儿来说，我只是爹毛鼠，只是一个又笨钝又自私的不

098

说话的坏家伙。这个认知狠狠地掌了我的嘴，我的舌头又干又胀，我的声带因为紧闭的嘴巴都接触不到空气了。

因此我仍然一言不发。尼克又开始说些污言秽语，斯大林轻浮道："我当然做梦了，小甜心。每天晚上我都梦到女人敞露胸脯。"

"好。"基蒂顿了顿，终于说道，"多谢你们抽出时间，不好意思，打扰了。"

她站起身来，步履摇晃地走了，我猜这是出于失望，或者出于屈尊俯就地和我们这群穷鬼说话的鄙夷。

狱吏把我们带进"小大屋"，扔回原来的笼子里，毫不客气地嘲笑我们这些"蠢笨的坏蛋"。

两三天过去了，我并不好过。我努力不去想我以前都做了什么梦，努力不去回忆我是怎么认识这个女孩儿的。我很可能什么都想不起来，无论如何，我的记忆如同一个炙热痛苦的梦境，要窥视，就要经历酷刑。

小狗脖子时不时地瞄我两眼，又转头和那些怪脸人说话，可能他在想，是时候揍揍我这张脸蛋和这身反骨了。

一天晚上，他踏上了我的床铺。

"沃纳，我们该来一场……兄弟间的谈心了。"他说。

他把声音压低来说话，也没带着那几个怪脸人。

"随你便。"我说。

"握手言和。"他摊开双手。

"随你便，谈吧。"我重复道。

他眨眨眼睛，说道："兄弟，我敬你是条汉子。你在我们手下挨过不少打，你是条硬汉。我尊重你，甚至可以说我喜欢你这个人。"

"有话直说，浑球。"我说。

"还有一个星期就到我的生日了，"他说，"到时我就十六岁，得去成人监狱了。"

"恭喜。"我说。

"我有一件未了的心事。"他说，"就是你，兄弟。我走之前，我要你做个选择。要么加入怪脸人，要么死。"

"就这样？"我应着，心里却立下决定，做条硬汉，其他的事情管他呢。

他立刻松了一口气，但还是端着架子，摆出一副坚韧精明的小队长派头。

"就这样。"他说，"因为如果我搬出去了，你还没有做出选择，他们就会很不满'小狗脖子'。"

"真可怜。"我说。

"当然可怜。"小狗脖子附和道，"你知道的，成人监狱里的小小人和中中人混在一起，如果不尽到我身为怪脸人的职责，我很可能会被活生生吃掉。某些有厨房特权的怪脸人会把我油炸了，分享给中中人，一起'咔滋咔滋'地嚼下肚。除非我们之间做个了结，不然我猜，他们会那样对付我。"

"想法不错。"我说。

"好消息就是，你要做出抉择。"小狗脖子说，"好好考虑一下将来，告诉我，你想一周后丢掉性命，还是让我在你身上画个怪脸。"

"有趣的是，我两个都不想选。"我告诉他。

狗脖子冷笑了一声，他脖子上的狗脸凸出，皱起眉头。

"沃纳，"他低喝道，"不要浪费你自己。那太可悲，太无谓了。不要浪费你的大脑，不要浪费你的身体。"

他挨近我，说："我走之后，你来做头儿，我的人都尊重你。你来管理这几个牢笼，兄弟。"

这我倒是没想过。我没说话，脑子飞快地转动起来。

"今晚好好想想，明天告诉我答案。"小狗脖子说。我还没来得及拦下他，他就用手拽了拽我的一小撮头发，仿佛我们本就是那种用眼神对话、会小打小闹的哥们儿一样。

所以我的选择有两个：死亡，或做一辈子浑蛋。

一个幽灵在我的一边耳朵嘀咕，另一个幽灵在我的另一边耳朵嘀咕。天使和魔鬼，天使是那个牛仔女孩儿格蕾丝，魔鬼是那个之前遇到过的巨人法官。

格蕾丝说，你不能变成怪脸人，怪脸人都是人渣，但你不是。

法官说，噢，你当然是个浑蛋，承认吧，不必伪装自己的差劲。

格蕾丝说，如果你对那些怪脸人低头，你就永无转圜的余地了。那又是一条看不到尽头的隧道。

法官说，如果你不再是孤身一人挖隧道，那条路会好走很多。想象一下，周围都是友善的挖掘者，不用担心什么拳打脚踢。

格蕾丝说，怪脸人教会就等于新俗世教会，和其他邪教一样，他们在图谋你毕生的功德，除非你积的是阴德，专门偷嫖打杀。

法官说，还有比加入教会更好的事吗？在教会里，你能结识毕生挚友，你这种情况下，结识的还是患难之交，是一个小队，还是一个团队，有很多无畏的兄弟愿意帮你。他们可不像你以前那个白痴队伍，只有一个抛下你、自己升级体型的姐姐，一个生死未卜的结巴兄弟。

格蕾丝说，假如你加入怪脸人，最终从牢里出来，就会成为街头混混；假如怪脸人让你去抢劫小摊贩，他们把我的摊子当目标，你会动手吗？假如你父亲挣扎着要摸索到一把刀，你会杀死他吗？假如你母亲惊惶地要掏出一把枪，你会杀死她吗？

法官说，格蕾丝，你闭嘴。听着，沃纳，你活了这么久，这个世界都没有善待过你。你不欠这乱世一丁点儿东西，更别提一个曾经施舍给你一瓶水的女娃娃。假如你明早起来就会没命，连住在这个垃圾世界的机会都没了呢？

格蕾丝说，那你有想过主君王神吗？

法官说，想他干什么？

格蕾丝说，你死了之后，主君王神会问你，"你这一生都做了些什么，你是否曾为了日子好过些，而沦落为魔鬼"？你会怎么回答？

法官说，沃纳，你知道你一点都不相信这些愚蠢的废话。

格蕾丝说，重点不是你信不信主君王神，而是主君王神是正确的。你扪心自问："为了日子好过些，我必须做出让这个世界变得更糟糕的事情吗？"

法官说，这是你的人生，为了伪装成比本真更好的人，而毁掉了这一生，不值得。

我听着他们的争吵声沉沉入睡。我不知道该信任谁，我喜欢格蕾丝，也相信法官。

那是我一年来第一次做梦。我不明白为什么那么快我就做梦了。

我待在牢笼里，多数时间都是独处。有几个牢里的老伙计晕乎乎地在旁边游荡、转悠、翻滚着。

"砰，砰，砰"，威尔特从门口一蹦而出，嘴里愉悦地咆哮着，冲我射出一枪又一枪。我就像参加枪击游戏一样，浑身浸在血泊里。

"很好，你拿下我了。"我说。

"砰，砰，砰，砰，砰。"他说，"我还以为你不做梦呢，废物。"

"这是第一次。"我说。

"砰，砰，砰，砰；咔嚓，咔嚓，咔嚓。"他喊道，握着很多枪射我。

做这么一个充斥着枪声的梦，非常难受。但我在梦里为自己幻想出了某种橡胶皮肤，防弹的。

"可能这是个傻到家的问题。但是，你为什么要杀我？"我问。

"我在叫醒你。"他说，"不能让你偷溜出去恐吓梦境里乖顺的公民。"

"别担心，我会走的。"我说。

"砰！"他现在开始用炸弹炸我了。

"我们可以谈谈，我可以为你幻想出东西来。"我提议道。

"砰，砰，砰，砰。"他手里拿着冒青烟的炸弹叫道。

"好吧，顺便问问，那个女孩儿，基蒂，是谁？"我问。

他转了转炸弹，似乎不想作答。但他回答了，他的话说明了他有多恨那个女孩儿。

"她是西埃尔曼市那个王八蛋市长的女儿。"威尔特说，"我能怎么办，我上司告诉我必须帮这个忙，让她和你见一面，我别无选择。这可恶心死我了，帮那家人做事儿。几个政坛傻帽还口口声声说要改进体型制度，改善阶级福利，真恶心！"

"你这是什么意思？"我问，但威尔特已经不想和我说话了，他继续扔炸弹、开枪，整个房间都闪烁着刺眼的光，轰响着雷鸣般的爆炸声，没办法睡了。我睁开眼睛，无法回到梦幻世界。

清晨，我必须面对我所了解到的一切，它给予我那腐朽的榆木脑袋重重一击。

我怎么认识基蒂？在种子花鸟屋我就认识她了，就是这么回事。

基蒂拥有最出众的嗓音，她的声音如同馥郁花蜜一般甜美。

基蒂是唯一一个比我优秀的造梦者，一个会歌唱的造梦者。

我有个想法——必须在梦幻世界里找到基蒂，再聆听一遍那嗓音，最后一次。

我幡然醒悟的是，假如我能再听一次她歌唱，一切都会豁然开朗，一定会的。

我必须再听一遍那嗓音，接下来发生任何事，我都欣然接受。或粉身碎骨而死，抑或加入小队，大打出手，滥杀无辜，我都甘之如饴。

因此，小狗脖子向我索要答案时，我告诉他，我还需要一个晚上。

"你不需要。"他说。

"你手下的怪脸人怎么会让我领导他们？"我问。

"首先，他们喜欢坚韧精明的头儿。"小狗脖子说，"但真相是，我吩咐他们这么做，他们就得这么做。我们不是疯子，我们敬畏规则、体制、秩序和忠诚。这不算是个让你为难的选择，兄弟。这条路比你现在的好走，你会收获更好的朋友，见识更大的世界。你这么婆婆妈妈的，我很心烦。"

"就多一个晚上。"我说。

他蹙起眉，用手指节敲了敲我的头，转身走了。

午餐时间，普瑞儿来看望我，她抽泣着，满脸泪痕，下巴不住地哆嗦。她带来了更多坏消息。

"帕迪弄丢了很多梦芒，"她告诉我，"天啊，那么多！"

"怎么弄丢的？"我强迫自己开口。

"都怪那该死的电动扑克，"她浑身颤抖，"电动扑克上安插了该死的作弊机器人，我们的梦芒流水记录都被肃清了。帕迪欠了快餐摊老板和新俗世教会一大笔钱，一团糟……"

我看见贝尔特在偷听，他神情遗憾，不住地摇头，像在说"我早就听过这种睡前故事了"。

"现在情况如何？"我问。

普瑞儿瞪了我一眼，深呼吸了两次，干巴巴地说："好吧，现在可能有两种结果，要么我们卖了快餐摊，要么我甩了他。"

"你觉得结果可能是哪种？"我问。

"我想，我已经心中有数了。"她颤抖地说。

"该死的，好烦人，告诉你，这些视频卡真是有毒。"普瑞儿走后，贝尔特冲我埋怨道。

"对。"我敷衍道。

"别忘了，这些机器比人聪明多了，如果你觉得你更聪明，它们的目的就达到了。"他说着，把我关回了笼子里。

"贝尔特，你能播放一些东西给我看吗？"我问。

"那要看是什么东西了，小鬼头。"他答。

"我只是想要看看高中的照片。"我说。

贝尔特没有再问，他掀开他的翻盖手机，打开图片搜索。他的手机可能又旧又古怪，但在我看来还是很新奇的物事。

"西埃尔曼富中中人高中怎样？"说出这句话时，我的心怦怦直跳。

"当然可以，这所学校不错。"他把名字打上去，很快图片就出来了，是学校的地图。他把图片放大三倍。

这所学校确实不错，可以说，豪华得让人难以置信。这就是一处建在风景秀丽的悬崖边上的酒店式避世胜地，配套设施有体育馆、游泳池、花园、剧院、电影院、天文馆，还有一览无余的峡谷风光，简直就是世外桃源。

"能在这里读书真好哈。"贝尔特酸溜溜地说。

"对。"我拼命地想将这一幕幕印刻在脑海里。

"有钱人的生活啊。"贝尔特感叹道，将手机合起来，拎着我回到笼子里。

那天晚上，我努力想要睡着，好进入梦境，而不仅仅是打一会儿盹，但太难了。那晚疯子尼克睡在我的笼子里，他比往常还要不老实。整个下午，威尔特都在播放枪杀电影，看了之后，尼克一直目露凶光，汗水涔涔，发出些狂妄的威胁。

"你们都给我睡觉去，我等不及想要咬穿你们的脖子。"他张牙舞爪地大放厥词。

我回头看了一眼，吸血鬼疯子正直勾勾地盯着我。

神经病，我在心里咒骂道。

我放松身体，鼻子用力地吸了一口气，合上双眼，放缓心跳。

威尔特在梦幻世界里等我。

"砰，砰，砰。"他一边呼喝，一边手持步枪疯狂扫射。马上他又变出反坦克火箭筒，接二连三地放炮，他整个人陷入了过度杀戮的狂喜之中。

"喂，我要醒了！"为了逗他，我大喊了一句，随即趴在地面上，但我并没有醒。

我钻进地下，一直爬过夜空之底，像一个断线的风筝般，姿态狂野地从空中飘摇下坠。由于没有束缚，缺乏经验，滑翔的速度又快，我的脸直直地栽在了西埃尔曼富中中人高中的屋顶上，屋顶上杂乱的瓦片像地毯一样。

我来了，来到了这美丽宽敞的校园里。周围全是优哉游哉的富中中人学生，他们没有作业的烦恼，赤身裸体地在草地上亲热。多典型的校园梦境。

但基蒂不在这里。

"这么办吧。"我喃喃地说出自己的想法，变出了一只麥毛鼠。

我的计划是要变出一个神情暴躁的巨大老鼠，让它在数里之外都清晰可见。基蒂透过窗户看见这只老鼠，无论身在何方，都会不由自主地想：麥毛鼠！怎么如此熟悉，啊哈！

她就会来找我，我会请求她再为我歌唱一次，她会唱的。

我听完她的歌声，心里就会有结论，是选择去死，还是必须活下去。

因此我坐在这所美丽的高中的屋顶上，变出了一只老鼠。它的卡通面孔暴躁而滑稽，浑身通红，张大手臂，蹬开双腿。这个老鼠的形象完美地传达了"沃纳就在你学校的屋顶上"的信号。

只是……有一个问题，老鼠太小了。

变大点！我对老鼠说。

它毫无变化。

我努力地想象更大的老鼠。

但这是夜晚的梦魇，光怪陆离，毫无章法。

父亲和母亲告诉过我，有时清晨会做美梦，梦里没有魑魅魍魉。我知道，这种梦做起来毫不费劲，但想想吧，伙计，大多数人都不可能想做什么梦就做什么梦。终有一天你会明白，有时梦是无法掌控的。

天哪，这太可怕了，我曾经这么想。好在我是特别的，我不会控制不了自己的梦。

不，你也可能控制不了，沃纳。实际上，在儿童监狱的一年，你都没有做梦，这样当然可能无法掌控梦境了。

加油，我把这只完美的麦毛鼠放在手心里，向它乞求着，努力想把它变大、变大、变大。但它懒洋洋地躺着，不愿意变大，还有可能缩水了。

多么新奇又糟糕的感觉，我竟然无法操控自己的心智。

"不，不，不……"我哀求道。

恐慌之中，我一把抓住这只老鼠，想要奋力将它掷向空中。但它突然变得像一块砖头那么重，扔不动了。

"小老鼠，"我呼喊道，"变大！"

小老鼠理了理胡须，咯咯笑着，在瓦片上溜来溜去。

一时间，绝望之感涌上心头。但接下来，有东西在我的脖子上挠痒痒。

我反应过来这是什么，心里警告自己，该醒了。但我像冻僵了一样瘫软着，一时半会儿醒不过来。

这阵挠痒变成了抓心挠肺的疼痛，我的脑海中爆出暗红色的场面，我的鼻间闻到了臭烘烘的气味。

我在梦境里看见了最后一幕：麦毛鼠终于膨胀起来，像气球一样。

现实世界

尼克在咬我的脖子。接下来发生的事是这样的。

为了不被他弄死，我猛地用手肘顶向他的脸。但毫无疑问，我的脖颈依然受了大面积损伤，留下了永久的疤痕。我住进了医院，监狱里的人管这叫保外就医。

咬伤的伤口感染了并不奇怪，因为咬我的人是个疯子，他高热的口腔里腐臭不堪。医生给我喷的大都是毒药，希望毒死的是细菌，而不是我。

一个星期过去了。吞了那么多药丸，灌了那么多水，我每天都昏昏沉沉，一直无梦，只痛苦地睡着。我的姐姐可能在搞离婚手续，变得一无所有了；小狗脖子已经从儿童监狱搬去成人监狱了，他们也许把他杀了，吃掉了，谁知道呢；亚瑟可能还活得好好的。

一天早晨，我醒了。我脖子上的血管在搏动着，吸进肺里的空气清新洁净。最艰难的时期已经熬过去了。

"好多了？"医生说。

"好一点了。"我答。

"希望如此。"医生说，"今晚你就要搬回笼子和其他人住了。"

她给了我几小时去做心理准备。

　　下午晚些时候，几个狱吏把我从床铺上拽起，放进一个箱子，带我出了院子，一句话也没和我说。

　　院子里站着的又是基蒂。我看着她，她又变回了种子花鸟屋的那个女孩儿，不同的是，她已经是长着一张长脸的少女了。

　　她浓黑的长发盘成辫子，发辫看起来像堆叠的轮胎一样。发青的肌肤很油腻，长满雀斑，坑坑洼洼。皱瘪的双唇挤出一个微笑，像在说"我期待你的赞美"。

　　她有一点斜视，右眼尤其明显，仿佛她看的人不是你，她在看什么呢？

　　"我发现了一个老鼠气球，不知道是谁的。"她告诉我。

　　"我的。"我急急地答道。

　　她解决了这个被抛弃在梦境的巨大神秘气球的谜团，一脸期待地希望我能表扬她。

　　"你为什么对我撒谎？"她问。

　　"我没有撒谎。"我答。

　　一阵静默。

　　"你告诉我，你不会做梦。"她问。

　　"我什么也没告诉过你。"我答。

　　又是一阵静默。

　　"噢。"她说，"对，因为你从不开口。"

　　我想告诉她，我以前经常说话，像个快乐的疯子一样喋喋不休。但在监狱里，所有的事情都被安排好了，就算是虚假的事，没过一会儿，也变成真的了。

　　她真的太大了，我站在院子里，仍然像只牢狱里的小鸟。

　　"但你现在说话了。"她说。

　　"你为什么要研究监狱里小小人的梦呢？"我问。

　　"好吧，这是个学校项目。"她说。

　　"噢，原来如此。"我答，仿佛我知道什么是学校项目一样。

她的双唇颤动，告诉我："我正在研究那些不幸的人、穷人、犯人、精神病人、残疾人的梦。"

"不错。"我暴躁地答道，心里很不舒服。

她的双手握在一起，手指不安地缠绕着。她的心里在天人交战：也许这样做不太好吧。但她还是问了："这周你能抽空和我做个梦吗？"

我的心战栗了一下。

"当然。"我说。

"谢谢你。"她答。

我只愣愣地瞪着地面，目视着一个从不同的星球、不同的世界、不同的生活来的女孩儿，她不是囚犯，不是狱吏，更不是什么小太妹。

"那好，"她说，"我会在梦境里找你，不然你找我。"

"好。"我应下。

就这样，她站起来，准备跨过围墙，离开我的世界，我说："等等。"

她停住，蹲下来，她的呼吸充满了黏糊糊的假薄荷的气息。

"今晚，我要死了。"我告诉她。

她保持着原有的姿势问我是什么意思。我告诉了她我被关进监狱的经过。狱吏变得越来越暴躁，但我发现，他们不可能对她这个富中人小公主做什么，于是我不停地说，发泄般地吐出像裹脚布一样又臭又长的故事。几个小孩儿踩死了我父亲，一只猫咬残了我的母亲；我们想要在法律学院里过上好一点的日子，普瑞儿受到虐待；肩膀脑袋要绑架她，警察却袖手旁观；我用一支偷来的枪吓跑了肩膀脑袋，自己却为此锒铛入狱；监狱里的人想杀了我；我努力做梦；一个疯子咬了我的脖子，弄得我差点一命呜呼。

直到夕阳扎进大海，我们还在院子里谈话。我唯一没有告诉她的事情是：*顺便告诉你一声，我以前和你一起做过梦，很久以前*。

走之前，她警告威尔特："我会搞定这件事，今晚你最好让他继续保外就医，如果他回到笼子里，伤到了一根头发，我父亲很快就会送你进成人监狱。"

威尔特气得不行，但也无可奈何，他只能冲我吼两嗓子，说："那个有钱的婊子没几天就会把你忘记了，小浑蛋，我们走着瞧。天哪，我等不及要擦拭一记重击后你滴落在瓷砖上的鲜血了。"

但她没有忘记。

她找到普瑞儿，采访了她。

她在成人监狱里找到了肩膀脑袋的一个娼妓，也采访了她。

她制作了一个名叫"沃纳不太坏"的案例给她的市长父亲胡恩看。

她和她父亲去见了蒂姆毛斯的市长，她爸爸以私人名义向蒂姆毛斯的公园捐献梦芒，于是蒂姆毛斯的市长便同意放了我。

赦免意味着你的监狱余刑给予减免，错归监狱，沃纳，你自由了。

狱吏为我推开了儿童监狱的中等大门，我缓缓地走出，冲本地新闻社的镜头眨巴着眼睛。基蒂的巨人一家穿着优雅的西服和裙装站在一旁。她的爸爸胡恩向我伸出大手，我踏上他的指尖，他将我拎到他俊美无俦的脸前，他漆黑的双眼闪着亮光，他的微笑迸发出让人炫目的纯洁。接下来发生了……请屏住呼吸，闭上双眼，事情变得越来越让人惊喜。

"沃纳，"他说话的声音像低音炮一样轰鸣，"这是伟大的国家里一个伟大的城市，但它对穷小小人非常苛刻。很多市民对你抱有怀疑之心，认为你不可能在监狱里改造成功。但我相信你，你是一个正直诚实、足智多谋的年轻小伙子。实际上，我对你的善良品质很有信心，我想要升级你的体型，带你住进我家，和我们一起吃饭、睡觉。"

我说不出话来。

"你在说什么？"胡恩咧嘴笑了，他的妻子、儿子和女儿基蒂都温和地冲我笑着，我像身处噩梦之中一样控制不了自己。

无人摄像机飞下来凑近我，我流泪了，身体像蜗牛一样蜷缩起来遮掩我的脸庞，像死蜜蜂一样在他宽大的手掌心里缩着身体号啕大哭。

第四部分

基 蒂

现实世界

他们把我升级为一半比例，是我原来体型的五倍大，还往我的比例账户里存了十万梦芒。

胡恩一家人的体型是两倍半，是我现在体型的五倍大。

但我可以变得更大，也应该变得更大。他们给我分配了二十万梦芒，凭这个数当然可以变得比一半比例更大，我可以升级到五分之三比例，如果你想要更精确的数字，那就是百分之六十一点六。你是不是想问，沃纳到底怎么懂得算小数点的？别傻了，在这个故事里，我总该学会点数学，我们都多少能学会一点。

无论如何，我本可以用这二十万梦芒变大，但我还要操心普瑞儿。可以肯定的是，帕迪开始办理离婚，准备结束这场婚姻了。他要从他那可悲的赚不到便宜的小前妻手里夺回所有的梦芒。

因此，我问胡恩和基蒂，我的姐姐能和我们一起生活吗？

胡恩很同情我们，但有不少疑虑。

"我们没有多余的二十万梦芒可以存入你姐姐的比例账户了，而且这间房子对于小小人来说实在太大了。"他告诉我。

"当然，我会分一半给普瑞儿，我们每人拿十万，我愿意。"我说。

"这栋房子里也没有第二间中等房间了。"他说，"仅此一间。"

"我们住在一起，"我说，"我们共用梦芒、房间，什么都一起分享，我们历来如此。"

胡恩优雅地点了几回头。

他说："我必须直截了当地问你些事，请原谅我的坦率。我们不了解你的姐姐，我们选择的那个可怜的孩子是你，我们决定给予机会的人是你，因为我们相信你会好好把握这次机会。而且到目前为止，我们觉得自己没有看错人，我们相信你会努力工作，用心学习，争取出人头地。但你的姐姐必须像你一样，我们才能给她这样的机会。"

"她会的，"我发誓，"她会的，绝对会的。实际上，她太努力，太聪明了，反而会把我衬托得像个小傻子。"

这话一出口，我立刻后悔了，但胡恩轻声笑了起来。

"基蒂，你怎么看？"他问。

基蒂的声音僵硬，眼眉低垂。我知道，她并不太赞成这个想法，但她说出的话说服了她自己。

"好吧，"她缓慢地开口，"从我们的第一面开始，我就知道她工作确实很努力，具体说，应该是非常努力，工作的时间很长。她的工作对智力要求不高，但说明不了她无法胜任智力环境下的工作。而确实，她被迫卷入一桩不平等的婚姻，被使唤来使唤去。从她的过去，我们很明显可以看出，她是个坚韧的人。是的，我觉得，如果她能克服这些困难的话，故事会有个美满的结局。"

"天哪，还有什么比你的故事更美满的吗？没有。"我惊呼道。

她握住双手，又按捏起来，两个拇指像牛角一样伸了出来，但她露出了一抹微笑。

"如果你不介意自己变不成本可以变成的体型，"她说，"也不介意不能拥有自己的第一个房间，那么好的，我们给她一次机会。"

"沃纳，你真是个慷慨大方的孩子。"胡恩很感动。

"你们一家人真大方，真了不起。"我喊道。

但是，我有没有偷偷地想，这家人能不能更慷慨一点呢？是的，我当然有过这样的想法。这是个可怕的想法，但也是无法避免的，你都升级到一半比例了，收留你的这家人还比你大五倍。

你会想：天哪，他们会不会帮我们变大到他们那样的高度呢？

沃纳，你个傻子，一直帮你变大，他们必须付出两千万梦芒，为一个陌生人付出如此高昂的代价，怎么可能？

但你脑海中的算盘蠢蠢欲动，你开始思考：六个人，每人两千万梦芒，家庭比例账户里肯定有一点二亿梦芒。

如果这一家六口愿意和我、普瑞儿、其他一百一十二个小小人共享梦芒，我们加起来一百二十个人，每人平均有一百万，那我们就都可以升级为中中人。

成为中中人，我们就可以使用中等马路、中等门、中等车、中等手机和舒适的中中人生活。六个人降级百分之六十，但有一百一十四个人可以变大百分之一千，要知道，耶威斯海岸警卫队的别墅里就住了一百一十四个穷小小人。

沃纳，你这个狼心狗肺的浑蛋，你能不能不要这么冷漠，就这样接受富人们的好意不行吗？

又或者说，这家人可以和十倍的人分享梦芒，比如一千一百一十个穷小小人，每个人都变成一半比例，这将会提高很多人的生活水平。那十个警卫队别墅的穷小小人就可以过上正常的生活了。

沃纳，别再胡思乱想了！

不然，这家人可以和少一点人分享，只让六个小小人加入他们的巨人家族，这家人只会降级一点点到两倍比例。给每个人一千万梦芒，他们仍然很庞大，却可以让六个小小人过上精彩的人生。

够了！我很快就停下了这种计算，因为这太忘恩负义了！而我是个懂得感恩的人。对于普瑞儿和我来说，二十万梦芒已经是一笔异常慷慨的大财富，是一次改变人生的契机。

作为穷小小人，我在胡恩的府邸里待了一晚。普瑞儿住在帕迪小吃摊的贮藏室里，她还没有变小，胡恩答应我早上去接她。

胡恩家的大房子里还没有接待过小小人，基蒂的妈妈道恩因此手忙脚乱。她希望我能住得舒适，有什么需要告诉她。晚餐有汤，又有面包。

"任何体型的人都能喝汤。"道恩紧张又希冀地宣布道，"你知道他们是怎么说的，'水适合任何体型的人'，水是液体，汤也是！"

"妈妈，冷静一点。"基蒂说。

"我现在很紧张吗？"道恩惊呼道。

基蒂在一间一半比例的特殊浴室里给我做了一张小小的枕头床，小心翼翼地用她纤长的手指抚平床单。

"我在梦境里造了很多华丽的歌剧院，还在里面演唱。"基蒂有点羞涩地说，"事实上，这是我的学校项目。我觉得梦境里的音乐可以说是一种疗法，我很好奇这种音乐会对生活困难的人们产生怎样的影响。"

我点点头，表示"这真有趣"，希望自己没有流露出"我早就知道了"的表情。

出狱的第一天晚上，我无论如何都没办法进入梦幻世界。我睡得迷迷糊糊，时不时乍然惊醒，整个人沐浴在深蓝色的浴室灯光里。富中中人府邸里的机器发出低沉的嗡嗡声，微风拂过，带来遥远的储藏室里野花的香味。

第二天早上，胡恩、道恩和基蒂用他们有三条车道那么宽的房车载着我去银行。道恩抱着我，把我放在玻璃底，这样房车从上方超越下面的中等轿车时，我就能看得一清二楚。

"你从没坐过这些车，太不可思议了。"道恩告诉我。

"这些车也还好啦。"胡恩低沉地说。下方的警车和救护车转眼就被甩到了身后。

我们把车停到大停车场里，信步绕过银行，往小门走去。监控摄像头不断盘旋，咔嚓咔嚓地照相，记者们蜂拥而来，嘴里叽里呱啦地报道着。

胡恩把我放在门前，我们一同朝着摄像头微笑。

"里面见，沃纳。"胡恩冲我眨巴一下眼睛。银行的玻璃门嗡鸣着敞开，我爬了进去。

如果你是穷小小人出身，那么和其他穷小小人小孩儿谈到梦芒、体型、银行时，你肯定会听到有关银行职员的传说。银行职员是机器人，是幽灵；晚上不要躲在取款室，他们会吃了你；银行职员的体内没有血，所以他们一天会吸十几个穷小小人的血；他们没有良心，当你成为银行职员，他们会让你也没有良心。

因此我很紧张，我做好准备要迎接银行职员的各种诡异行为、袭击和可疑行迹。但他们都很友善正常、温和有礼，脸上带着大大的笑容，握手时力度轻柔。唯一奇怪的是，他们都是中等比例，这一点超级奇怪。

是这样的，变成一个银行职员后，你的比例账户会被永久冻结，梦芒数量停留在一百万。就算你退休了，主动请辞或被炒鱿鱼，也是如此。这是在要求所有银行职员"不许胡来"。意思就是，你不能借职务之便、专业知识之便来变大。

因此，所有银行职员一辈子都停留在中等比例。在银行的大厅和房间里看见的所有人都是中等比例，这种感觉很微妙，就像身处梦境中，所有人都是真实的，只有你是假的，除了你；你不再是人类，而只是某人梦里的一小部分。

因为银行需要设立各种大小的房间来完成各种不同的体型转换，包括所有层次的升级和降级，所以大部分银行都建在地下，你的体型越小，就要下到越深的地底下。在管道里，有一个像罐子般的小电梯载着我，直直地降落到地下。

胡恩留在一个靠近地面的地方。在升级前，我们视频了，他告诉我，他在本地支行和帕迪见面，他们要算清楚普瑞儿的梦芒数量，这样她就不必一路降级到小个子，再升级回来了。

"道恩会接你回家。今晚的工作结束后，我会带普瑞儿回家，我们晚餐时再见。"胡恩说，"好好享受你的新体型，沃纳，我们期待一个不一样的你！"

"我会的，谢谢你，当然，你会看到一个最崭新的我。"我像疯子一样语无伦次。

我猜下一件关于银行职员奇怪的事会是他们的兜帽和大衣。一眼望去，都是梦芒颜色的兜帽和大衣，还有粉色的玩具和满是奶油的蛋糕。

一位银行医生来看我，问了我一些身体上的问题。

"你做过牙科手术，带过牙套、塞过填充物、模具吗？"他紧紧地盯着我的小嘴巴。

"我不知道。"我答。

"你去看过牙医吗？"他问。

"没有。"我答。

"太棒了。那你的身体里有没有任何人工填充，比如螺丝、起搏器，有没有缝过针、转移过血道之类？"他问。

"我不知道。"我答。

"有没有医生往你体内放过异物，也就是原本不属于你身体的东西？"他问。

"医生会这么做吗？"我问。

"不该做的时候，他们就不会这么做。"银行医生眨眨眼，说道。

"第一次，哈，恭喜你。"一个拿着可爱图表的银行职员在升级室外亲切地喊道，"流程是这样的，你吃下升级药物后，我们唱礼歌，然后就让你在浴缸里睡觉。服下药物后，梦境会变得有点奇怪。比如说，在梦境里，你会改变体型。"

"等等，什么，这可能吗？"我问。

"你在现实世界的体型在改变，这是自然现象。"银行职员说道，"还有一件事要说明，你的梦会变得非常清静，只有你一个人，你不会遇到其他做梦的人。"

"天哪。"我说。

"在梦境升级的时候，遇到其他做梦的人可能会让升级的人感到不安，甚至造成伤害。"银行职员指示道，"信不信由你，某些情况下，那种场景会让人变得永远神志不清。因此，这是非常危险的。好在有种药叫'一人梦'，可以让你避开其他做梦的人。所以不用太担心，我们会让你喝下一杯'一人梦'。据目前所知，这种药水对人体无害，也没有副作用，它投入临床使用多年，成功地保证了众多升级者的梦境安全。"

我没说话，实际上，也轮不到我不信。

"药物可以改变梦幻世界？"最后我问道。

"是的，但我们还不了解它是怎么改变梦境的。"这个热情洋溢的银行职员答，"享受你的旅程吧！"

我沉默地看着银行职员们准备浴缸，心里思索着"一人梦"和升级梦境。还存在着多少种能够改变世界的事物，而我是一无所知的？

"你怎么看待地下银行？"一个友善的银行职员问道。

我的脑子一片混乱，但我还是努力想要说个笑话。

"你们今天是特意穿上一样的衣服，还是意外撞衫了？"我问。

"哈哈。"她似笑非笑。

"在这里工作是不是很疯狂？"我问。

"在这里工作的一半时间都很有趣。"她答。

"那另一半呢？"我问。

"你不用操心这另一半，别操心了。"她眨了眨眼。

　　浴缸终于准备好了，里面什么都没有，但四周连接着各种管子。一切按照计划进行。银行职员们递给我一大杯混有升级药水的苦茶，我喝的时候，他们便静静地哼唱着银行歌曲，然后离开了升级室。

　　挂在钩子上的是我将来要穿的袍子，所有一半比例的人都可以穿，在我的小眼睛看来，这件袍子非常巨大。

　　我脱得一干二净，旧衣服散落在地面上，浴缸门敞开着，我走到正中央，躺了下来。

　　浴缸门关上了，我就像放在碗里的一小串孤独的葡萄。室内灯光渐渐变得柔和，变得昏暗，最后灭了。我陷入了一片漆黑中。

　　温暖的胶状物流经我的躯体，轻抚我的手指、小腿、身侧，在我的身下游走，把我带入了梦境之中。

梦幻世界

但这不是梦境，或者说，这是一个其他人都醒着，或死去了的梦境，是我一人专属的梦境。

我在地下世界的地面上游动着，头顶上有一个体育场。我已经变大了，现在它看起来像玩具一样小。我像海豚一样跃过去，看台上或街道上一个人也没有，大个子、小个子都没有。

我的体型已经很大了，但还像吹气球般越长越大，这是我产生过的最奇怪的感觉。所有人都知道，在梦境里，体型是无法改变的。

但在这座空城里，每一分钟，我都会变得更大。在山丘上，我像摘水果一样将房屋连根拔起；在云层里，我翻来滚去；我冲进海里掐捏、拽拉岛屿，探头一口把太阳咬掉。没人看得见我，没人阻止我，也没人能帮忙。

很快，我变得非常巨大，我的身体穿过天空，进入了黢黑的太空中，这颗星球像一块熔石一样融入我的体内。我想要幻想出更多东西，幻想出一个我不会长得太大的世界，脚下踏着一片更无垠的土地。但我却只能触碰、抓住簌簌飘落的彗星和行星这些早已出现的东西。

沃纳，我无声地问，难道你连自己的梦都控制不了吗？这是什么见鬼的情况，快点冲出天空，变成一只惊艳的鸟儿，回罗斯英迪卡地区吧。

我准备行动起来，但我的下方没有出现罗斯英迪卡，也没有出现耶威斯。

我伸出手，开始胡乱拉拽周围这一片虚无。

呻吟声、低语声隐隐传来，但我的拳头里空无一物，只有丝丝缕缕的水汽。

嘎吱声、喊叫声、撕裂声，外太空就是一个漆黑的地下室，墙壁是纸糊的，我用力一扯，一把压下去，星星点点的亮光穿透了进来。

我把手探进一个小洞，抓住一边，想要像打开盒子一样撕开墙壁。

"噢，不。"外太空说。

我的手肘伸了过去，但卡住了。

"不，不，不。"外太空嚷道，"不！"

但我的头已经伸过去了。

"救命！"外太空哭喊道。但实际上，这并不是外太空，这是一个在雪白无窗的地下银行里惊慌失措的银行职员。很快，光线泻了进来。

现实世界

在一个小房间里，我在一个小浴缸里醒来，孤零零，又饿又渴。

但这个浴缸并不小，这是我原来睡着的那个中等浴缸，房间也是原来那个中等房间，而我已经变得五倍大了。

我像条鱼一样喘着粗气，想多吸点空气来填充我空荡荡的肺部。

"你介意我们进来帮你调整一下吗？"一个银行职员透过门镜问我，我说不了话，只能点点头。

银行职员们进来了，我的心跳忍不住加速，现在他们只比我大一倍了，突然有点穷小小人的感觉。但他们不是穷小小人，沃纳，他们还是中等体型，只是你变大了，变成一半比例，成了穷中中人，你这个幸运的小傻子。

我挥了挥我那麻木的粗壮手臂，由于血液没及时生成，我的脸色很苍白，神情恍恍，行动颤巍巍的。

银行职员们递给我一瓶水，那瓶水好小，刚好握在手里，其实也并不小，只是我变大了，可以握得住水瓶子了。我的思绪断断续续的，不太灵活。

我灌得太急，呛到了。我抓着瓶子，啃咬它纤薄的塑料壁，有种自己升级为神的错觉。银行职员们用手臂圈住我，我快要摔倒了，他们就护着我，使我稳住。他们擦干了我的身子，让我站起来，扶着我走到挂在墙上的袍子边，现在那件袍子正好合身了。他们又给了我一瓶水和几根能量棒，我像野兽一样草率又急迫地狼吞虎咽。

我们练习了站立、走路，我花了一小时，才熟悉脚下的地面，熟悉站在缩小了五倍的空间上的感觉。

我看见我落在地面上的旧衣服，弯下腰，捡了起来。这时，我开始号啕大哭，哭得比以前任何时候都要厉害，曾经裹在身上的布娃娃的破烂衣物，曾经渺小可悲的我啊！

正如普瑞儿所说，最平常无聊的事反而很有趣。走路、呼吸、说话、沉默，用喉咙发出各种声音，皆是如此。触碰东西，拿起东西，我手里握着的所有东西都有着非同寻常的质感。壁纸、塑料、橡胶、衣物。身为穷小小人时，大多数时候，织物上的丝线都是一圈圈绳索，没有任何柔软度可言。但你用中等大手去拿起织物时，一股股大绳却融合在一起，柔软得不可思议。

开车回家的路上，我们点了烤鸡。基蒂递给我一整个大鸡翅，我一口咬下去，牙齿穿过酥脆的表皮，人生中第一次尝到柔滑的鸡肉，一种美妙的温暖感觉溢满了我的口腔。咸味、果汁味、香料味，我双唇紧闭，无声地呐喊着。

"你是吃什么长大的？"基蒂问。

不知怎的，我觉得我必须开个玩笑，轻描淡写地一带而过。*正常点，沃纳，这也不是什么大不了的事，千万不能哭。*

"就吃这个，"我告诉她，"我家里养了小小鸡。"

"什么？"道恩问，"小小鸡？我没听说过这玩意儿。"

"是的，在我们家小农场里养的小小鸡。"我想要开玩笑，但听起来却像在胡言乱语，"还有小小奶牛、小小狗。小谷仓里还养着小小马驹。"

道恩看着马路，双唇嚅动，默默地重复着我的话。基蒂那双漂亮的眼睛斜斜地盯着我。

"你在开玩笑。"道恩不带笑意地猜测道。

"我没有开玩笑。"我脱口而出，"我们每天都做这种烤鸡，就在一个小岛上的一座小山上的小农场里。那是一个小小人的世界，富中中人是不可能知道的。不幸的是，那个世界太小了，你们甚至都发现不了，我倒是希望你们看得到。"

基蒂说："对，妈妈，他在开玩笑。"

"真有趣，哈哈。"道恩听完，努力挤出笑声。

"对不起，你不想回答的话，我以后都不会问你关于小时候的事情。"过了一会儿，基蒂轻声道。

"不不，没关系。"我说。她没有回答，但我很开心。

普瑞儿站在胡恩家的阶梯上等我。我离异的姐姐还穿着以前的旧衣服，衣服太大了，松松垮垮地挂在她的肩膀上，她苍蝇拍一样的手臂在褶皱的袖子里晃晃荡荡。

当然，这是个感人的团聚场面，我们拥抱彼此，又哭又笑，一起抱着基蒂的腿告诉她，"你是多么负责任的女孩子啊，我们深深地体会到了，谢谢你为我们做的这一切！"

有姐姐在身边，我在基蒂和道恩面前更容易流泪了。我们无数次地向他们表达谢意。

"你也要谢谢沃纳，别忘了。"基蒂这么对普瑞儿说。

"不用谢，"我说，"你在开玩笑呢，我必须和我的姐姐分享一切，不然她会给我一巴掌的。"

但基蒂没有笑，只是噘起嘴巴做了个鬼脸，说："在我们家里，我们从不打别人耳光。"

"不，沃纳，我真的很感激你，弟弟，千言万语道不尽一句感谢。"普瑞儿赶紧说道。

"当然,我是最好的弟弟。"我得意道。

我们没有时间叙旧,基蒂带我们参观这栋大到没有回声的房子。到处都是挂毯、地毯、窗帘、壁毯。说话时,我喉间的声音震耳欲聋,可我说出来的话依旧平缓和空洞。

显然,阶梯和家具都是富中中人的型号,但穷中中人也可以使用。漂亮的桃花心木、雪松、铜和玻璃制成的所有东西都在一侧摆放了中等阶梯、阶梯凳和脚踏板。

"这都是为了我们做的吗?"我问。

"噢,不不,我们之前接待过穷中中人。"基蒂解释道,"是医学院和理工学院一些荣获奖学金的学生。我爸爸真的很想为西埃尔曼尽到市长的职责,不仅仅是为了西部的富人,还有东部的穷人。所以他在东部花了很多时间巡游各大学校,设立奖品,嘉奖那些优秀的学生。"

我立刻觉得自己没有那么特殊了。

"你们会招待那些孩子多久?"普瑞儿问。

"通常都是一年。"基蒂说。

除了少了特殊感外,我开始觉得害怕。

"我们会努力过好这一年的!"我下决心说道。

"噢,嘿,不不不,别担心。"基蒂说,"你们想待多久就待多久。你们不仅仅参与了我爸爸的项目,也是我项目中的对象,他知道你们是不同的。"

"我们非常感激你们。"普瑞儿露出大大的笑容,真心感激。

我又一次体会到了有姐姐在的好处,她可以代替我做出正确的反应。

府里养了两条高壮的圣伯纳德犬,一条叫威尔法戈,一条叫花旗邦。我们像骑马一样骑在它们的背上,满院子疯跑,直到快把狗儿累垮了,我们才气喘吁吁地一起躺下来。

胡恩家的规矩很简单：

——这是你的钥匙，不能借给别人，这关乎安全问题。

——家庭晚餐定在晚上七点，每个人都必须准时到场，有时一些暂住的宾客会迟到，所以如果能提早五分钟，就再好不过了。

——晚餐后，你可以出门，但宵禁时间是十一点。我们的宵禁非常严格，有些过夜的宾客遵守不了，有一次，有个宾客的秘密职业是在贝利夜总会里跳舞，爸爸把他赶了出去，我查过他的账户，他还在做这份工作，看起来也非常乐在其中，贝利俱乐部也还好好的。

——枪支、灭火器、炸弹、水管、消防门、备用发电器分别分布在这些位置，嘿，你别这么害怕，西埃尔曼上一次发生恐怖袭击事件是差不多五年前了。老实说，我们更紧张的是发生火灾。

——妈妈和爸爸住在顶层，孩子们住在二楼，你们两个住在中部楼层一间我们专门为中等体型的客人设计的中等房间里。剧院、健身房、练习室在地下室，地堡在地下第二层。宾客没有获知地堡密码的权利，非常抱歉。

——这是为你们准备的翻盖手机，对不起，这种手机的功能很基础，能使用的程序有限。但这不算问题，因为本来翻盖手机就用不了大多数程序，尽量不要打开视频或动图。再一次抱歉，你们和我们住多久都行。

——我知道我已经和你们说过晚餐的事了，但晚餐真的非常重要，我们将它看作头等大事，你们也不想让我爸爸误会你们不乐意一起吃晚餐。所以，牢牢记住，六点五十五分准时到达。

当然，在晚餐前的几分钟，胡恩家的四个孩子就在座位上正襟危坐了。我和普瑞儿也是，我们凝望着餐桌上这几个形容完美的模范市民。

大儿子叫胡亚根，十九岁，在医学院读书，是一个友善安静的强壮小伙子，每天都早早起来跑步或举重。他学习很刻苦，是年级第一。他很少发言，经常露出傻乎乎的笑容，笑容里含有真诚的善意，但总有点怯生生的。

二姐黛西，十七岁，是一名高三的学生。道恩对她小时候表现出来的过人天赋如数家珍：研究高级理科，制作动漫，3D打印出自己做的疯狂梦境。但奇异的是，这种超高的童年天赋却盛放殆尽，她成长为一个普通的阴沉青少年，经常在她的房间里被让人不快的手足激怒。

三妹基蒂，十五岁，和我同龄，读高二。显然基蒂是胡恩最疼爱的孩子。那基蒂享受成为父亲最宠爱的人吗？这就不得而知了。

最小的弟弟托尼，十三岁，穿西装，一头短发。很明显，他希望自己能取代愚笨的基蒂，变成父亲最喜爱的孩子。于是在着装、发型等方面全盘模仿父亲，但在细节处做得不到位。托尼为人有些夸张，紧张的时候比他父亲爱说笑话，不好笑的场合也忍不住发笑，也更操心自己能不能赢得别人的喜爱。因此，胡恩很可能在府上养了一个假扮成他的样子四处转悠的小丑，但可悲的是，还是个拙劣的版本。

没什么好期待的，他只是个孩子，也许他会慢慢地做回自己，不过最好如此，他真的需要冷静点。

"我今天在课堂上和橙党同学进行了一次，这么说吧，让人耳目一新的交流。"我第一次参与家庭晚餐时，托尼这么宣布道。他所说的"橙党同学"指的是具有橙党信仰的孩子，橙党是胡恩所信奉的黄党的死对头。

"你当然敢这么做。"胡恩立刻说道，"沃纳，普瑞儿，谢谢你们准时到场，相信你们也看得出来，对于我们来说，每天晚上聚在一起享用家庭晚餐是一件非常重要的事。原因是这样的：体型更大的富中中人所面临的一个主要问题就是，有了视频和科技产品后，我们通常会忘记腾出时间去关心彼此。因此家庭晚餐就变成了我们签到团聚的时间，用来提醒自己，要关注生命中真正重要的事情。"

"这真的很有意义，你们很热爱生活。"普瑞儿说。

"沃纳，普瑞儿，爸爸，这次交流真的让人神清气爽，因为我用辩论击败了他们，于是他们就喷了我一脸清新的果汁。"托尼解释道。

"好吧。"胡恩说，"沃纳，体验新体型的第一天，你感觉如何？升级是什么感觉？"

"真的太棒了，非常美妙。"我说。

在胡恩面前，我觉得自己是个很渺小、很腼腆的孩子，于是我很快沉默了，这时托尼插话了。

"就像完成了天才之作！"托尼说，"现在没什么人敢喷我果汁了。"

"又没有问你，托尼。"胡亚根嚼着一口猪腱子肉，含糊不清地说道。

"沃纳，普瑞儿，你们应该知道，胡恩是穷中中人出身，进入青少年时期前，他一直都是一半比例以下。"道恩告诉我，"所以他知道大幅度升级是什么体验。"

"哦，哇。"普瑞儿叹道。

"不会吧？"我说。

"是的，这是真的。"胡恩说，"我爸爸是个水暖工，我妈妈专门缝制商务衬衫。我凭个人经验得出，在耶威斯，我们的体型无法限制我们发挥潜能。这是我所认识的耶威斯。"

黛西发出一声急躁的喉音，道恩立刻狠狠地瞪了她一眼。

"还有，"胡恩继续道，"我们必须加倍努力工作，为穷人创造机遇。太多富人和中中人先入为主地认为，穷人不可能把握好机会。沃纳，普瑞儿，你们之所以坐在这里，是因为你们值得拥有新生的机会。我希望你们能以身作则，帮我证明他们的看法是大错特错的。"

"爸爸，好了。"黛西说。

"黛西，我们还有客人！"道恩说。

"我不是在开玩笑，妈妈，我们没有不接待客人的时候。"黛西嚷道。基蒂苦笑着向我投来愧疚的眼神，*请见谅，我这个浑蛋姐姐不懂事。*

"我真的不明白你怎么总做出这种行为。"道恩恼怒道。

"我不明白的是，为什么爸爸要在晚餐时间对着一家人高谈阔论，噢，还有这两个紧张得哑口无言的小孩儿。基蒂在监狱里转悠，碰上了他们，就带了回来。因为她想要人人都喜欢她，因为她就是个'爸宝女'！"黛西发泄着自己的不满。

"什么？黛西，你过分了。"胡亚根讪笑着制止。同时胡恩低声道："好了，黛西。"他的声音与以往不同，更轻柔，更低沉，带着一种家长的派势。他脸上露出不忍的表情，*我可怜可悲的女儿！也许某天早上醒来，她就会改邪归正，不那么反社会了。*

"普瑞儿没有坐牢，是我坐牢，普瑞儿嫁给了一个该死的老浑蛋，日子忙得很。"我紧张地纠正道。

"你也应该到监狱里去转悠转悠，黛西。"基蒂讥讽道，"你可能会遇到和自己同类的人。"

"天哪，你听听你都说了什么！"黛西叫道。

"黛西，你这么攻击可怜的基蒂本来就不对。"托尼为基蒂辩解道，"如果说有人和爸爸很相似的话，要么就是我，要么就是胡亚根，但胡亚根读的是医学院，我更偏好政治。所以我更擅长启发他人。"

"大家安静下来，"道恩喊道，"黛西，你必须马上向沃纳和普瑞儿道歉。"

黛西的目光锁定我，然后投向普瑞儿，再转向我，但称不上生气。

"沃纳，普瑞儿，对不起。"她站起来说道，"对不起，我这浑蛋一家人想拿你们当枪使。"

"大家都没有这么看待过你们。"黛西走后，基蒂解释道。

"她是个与众不同的小女孩儿！"道恩告诉我们。

托尼傻乎乎的话却在我的脑海中回响，*攻击可怜的基蒂本来就不对。*这是什么意思呢？但我没有问。

梦幻世界

在舒适的一半比例卧室里，我和普瑞儿终于可以叙叙旧了。我们挤在一起，小声聊着。我觉得自己的声音听起来仍然像怪兽在轰鸣，但普瑞儿向我保证，我说话很小声。

"你还不习惯现在的体型，但相信我，在房间外面听不到我们的说话声。"她安抚我。

她和胡恩度过了非常愉快的一天。她说胡恩似乎挺欣赏她的，一直强调她很彬彬有礼，很有教养，甚至很迷人。胡恩也把话说得很清楚，他希望未来的日子里，普瑞儿能兢兢业业地工作。

"其实基蒂不太想让我留下来，所以我必须争取她爸爸的认同。"普瑞儿筹划着。

"什么？你疯了吧，基蒂当然想你留下来。"我说谎了。

"弟弟，拜托你！"普瑞儿说。

"你为什么觉得她不想你留下来？"我问道。普瑞儿夸张地耸了耸肩，翻了个白眼，事实上，我确实知道，不然我怎么会又耸肩又翻白眼，你怎么不换个话题呢？

所以我问她，她是不是对这段失败的婚姻很伤感。不不不不，她使劲地来回摇头说："如果我还得见帕迪，那才伤感呢！"

其实帕迪不残忍，也不邪恶，他只是太自私了。对他而言，普瑞儿只是一匹代价高昂的驮畜，她为他干的活儿越多，他就越窝在床上、守在屏幕前，他越偷懒，他们的梦芒就越少。

"我有一点明白变小的感受了，太痛苦了。今天我从五分之三降到一半比例，就这种程度，我也觉得恶心、难受、虚弱、无助。你的肺呼吸不了足够多的空气，你的胃也装不进足够多的食物。"她难过地说。

"该死的。"我咒道。

"但算了，我会慢慢习惯的。你怎么样，是不是感觉很棒？"她问道。

"是的。"我承认。

"呼吸、吃东西、穿衣服，你不觉得都很棒吗？"她又问道。

"超级棒，最棒。"我也赞同。

普瑞儿一直追问我，出狱了、被赦免了的感觉如何，开心吗？但我的回答都很短，我说不出很多话来，很快，她又必须开口来填补这片沉默。

"这段婚姻真的很糟糕，但我也学到不少，弟弟。"她坦言道，"真的学到不少。和顾客们交流、卖东西、在外面奔波，老实说，我觉得现在我算是个成年人了。和一年前的自己相比，现在的我截然不同了，那个小女孩儿一无所知，但中等体型的我懂得如何去经营生活、抓住机遇、获取知识。"她不停地说着，我的意识渐渐模糊，她不停地呢喃着咒语把我送进甜美的梦境。

基蒂已经在梦境里等着我了。花房变得比记忆中的更整洁，不太像卡通房子，反而更专业化了。但这次，我轻轻松松地就走了进去，穿过一扇门，踏入了我那个小小的影厅里。

花房的内部是一个宽敞的音乐厅，圆穹顶，蜂巢结构，周围分布着舒适的小房间，可以容纳上千个幸运的做梦人。基蒂就站在中央的泡沫上放声歌唱，厅里放着多年以前我听过的那首伴奏。

我该怎么形容这再闻梦中曲的感觉呢？无以言表。

但听起来比记忆中的更美妙，她唱得更嘹亮，更确切，更甜美，重点是，我记不住这韵律。

因此，我只能在我的影厅里飘浮着，静静地聆听，放松身心，让一个个音符抹掉过去一年每一个恐惧焦躁的夜里形成的心结和心上压着的沉甸甸的石头。

于是，第二天晚上，第三天晚上，第四天晚上，我都会到这里来，聆听着，飘浮着，我的身体变成了行云流水。

也许每一次唱的都是同一首歌，我不知道，也没人知道。太多音符，太多旋律，太多质感，太华丽，你的耳朵无法集中精神，就像一条街上走过千人阅兵队，一生中遇见千条鲜活的生命，每一秒钟都经历千年生死枯荣。

我逐渐意识到，这就是"变大后对世界的体会"的音乐。

当然，这里说的体型比基蒂还要大，基蒂只是两倍半比例，高四码左右，还算不上巨大。

比十亿梦芒的比例还要大，富大大人，八倍比例，身高十二码，但这种大也不及音乐带给你的体会。

也许得和万亿富翁一样大，六十四倍比例，一百码高，可能比这还要大。

你变得越大，其他东西就变得越小，一次性能摸到的东西就越多，它们躺在你的指尖、脚尖、舌尖上的细微感觉就越美妙。

在梦境里，耳朵听见乐声的感觉就等同于你合起手掌心，裹住胡恩家所有东西的感觉。你裹住窗户、砖块、檐沟、常春藤、板岩屋顶、房柱，指节发出"吧嗒吧嗒"的按压声。

你宽大的脚掌摩擦过森林的地面，枝叶茂密的大树在你的趾间踩踏，涓涓溪流在你的足弓上汩汩淌过。

攥一把山间的风光，细薄的冰层在你指尖的温度下融化，尖锐的石壁刺入你的指腹中。

　　你仿佛是一尊神，将世间美景尽拥入怀，用嵌入怀抱的力度来感受每一件壮阔或渺小的事物，提醒自己还活着。这就是基蒂的乐声创造的魔力，这就是让我每天晚上都陶醉其中的天籁之音。

　　也许这听起来太夸张，太费力，太疯狂，但对于一个蹲过牢房的孩子来说，这是一种治愈自己、重获新生的方式，至少那一刻，他不再是那个精神紧绷、暴躁不安的无梦人，他找回了泰然自若的自我。

　　是的，这是一种治疗法，可以治愈一个生活在水深火热之中的苦命人，毕竟她自己也用这种方法自愈。

　　当然，我也想做个疯狂的梦，很想，但我不行。

　　每次，我想要梦见以前的自己，都徒劳无益，太难了，不可能再梦见了，我已经不是我了。承载的东西越多，反弹在我心上的力度就越大，这是噩梦的风格。

　　梦到雪凝成的花儿，雪化作雨，花儿变成了画。

　　梦到几只可怕的空气狗，狗变身为鲨鱼，鲨鱼卡在空气中死了，飘浮的气球尸体慢慢腐烂，"砰"地爆炸了。

　　梦到水，洪水淹没了你的房子；梦到树，树木挡住了你的路；梦到房间，房间里没有你想要的东西。你在找什么，你自己都不清楚，但时间一点一滴地流逝了。

　　我的脑子里有东西破碎了，我的梦和其他人的一样，残缺不全，无法控制。

现实世界

与此同时，我忙得天翻地覆。我突然过上了忙碌的富中中人的生活，开始接受一流的教育。剧透一下，这简直就跟做梦一样。

第一步，买衣服，好吧，这一部分不太像做梦。胡恩和托尼带我去"精英男士"服装店买一些正式的办公西装，去"运动风尚"买在家里穿的休闲运动装备。道恩和基蒂为普瑞儿在"好学姑娘"和"忙碌蜜蜂"服装店里买了朴素实用的套装。

第二步，看医生，体验很棒，甚至称得上非常好。我们进行了抽血检验，嘿，好消息，没人得性病，也没人得癌症。一个中等贫穷中中人的牙医把塑料石头放到我的嘴巴里，给我镶了假牙，颜色比真的牙齿还要白。"提醒你，如果你要改变体型，假牙不会随着升级或降级而变大变小，所以你必须先把假牙拆除，否则会受到严重的伤害。"牙医说话很快，很无聊，这话他一天肯定得说上个二十遍。

第三步，就读西埃尔曼富中中人高中。不好意思，可怜的孩子，这才是真正不可能之处。

上学的第一天非常漫长，没完没了的学习任务和羞辱铺天盖地地向你砸来。你以最快的速度穿过偌大的校园，大跨步跃起奔跑，而最后却还是迟到了。你站在被锁上的门前，连门把手都够不着，急得在门上左挠右抓。一个一脸严肃的老师"咔嚓"一声推开门，下次请直接敲门，不必像条要撒尿的野狗一样胡乱抓门。他们的讨论你都听不懂，如坠云雾般，什么符号演算、化学加工、世界文学……但身为穷中中人，你的声音太小了，想问老师一些基础的问题，重复了好几遍，再问一遍，谁是托妮·莫里森？你的周围全是双倍比例的孩子，他们的鼻息带着不耐烦，呼吸时，你像置身于一个响彻着喃喃自语的森林中一般。而短短的午餐时间，你都在找饭堂，哦，对，沃纳没有午餐，只能整个下午都饥渴地盯着垃圾桶，幻想着里面有比萨饼。

在家庭晚餐上，胡恩问我们，第一天上学感觉怎么样？

我们就像闯到车头灯前的小鹿一样，戛然愕住。我们该说哪一部分呢？

"环境很新鲜，很刺激！"普瑞儿大声说道，"这是肯定的。"

胡恩向沉默点头的我投来同情的眼神，说："我知道这不容易，一开始会有个适应期，但相信我，留下来，你会抵达你从未想象过的高度。"

上学的第二天也一样，而且更糟了。你听不懂课上的内容，但老师会问，沃纳，你完成昨天的作业了吗？沃纳，我建议你做笔记；沃纳，我们必须在上课前准时赶到课室，这是你作为学生的责任，你怎么来都无所谓，也许你可以买一辆小儿车。

第二天晚上，充满自信的普瑞儿噼里啪啦地说了更多她遇到的新奇刺激的事，而我颤抖着，更沉默了。

"沃纳，尽你所能，你是一个英雄，我相信你一定行的！"基蒂为我加油打气，黛西一直在使劲儿地翻白眼，都快要把眼睛翻到后脑勺去了。

但情况并没有改善。沃纳，你这篇文章根本不能看；沃纳，你的展示没一点连贯性；沃纳，你的考试成绩比胡猜乱蒙还要差，严重拉低了全班平均分，你不用学了，我建议你直接在键盘上胡敲一通。

又过了几天，我们折腾得够呛，看，最后我都无法自欺欺人，说留下来对我们很有意义。

那天在天文馆，我无意间听见了几个语气嘲弄的孩子在讨论我们，这让我最终下定了决心。

但他们不是在嘲笑我和普瑞儿，他们在嘲笑基蒂。

那个白痴的官家女孩儿带了两个顽皮倒霉的穷光蛋到咱们学校来，他们可能大字都不识一个。她这样做只是为了自我感觉良好，啊，愚蠢又自私的婊子！你倒是希望她是一个婊子，满脑子色情思想。真的，要是她没那么矜持，我就冲上去了！你知道谁是婊子吧，芬恩就是个臭婊子……

很快，这几个男孩儿就不谈论基蒂和我了。但那天下午，我在校园里漫无目的地闲逛，心中明白，我们不能再留在这所专门收受良好教育的富家子弟的学校里了。说到底，这就是一所法学院，我们不属于这里。

晚餐前，我想要把话和普瑞儿说明白，但她生气了。

"沃纳，你太傻了，你这么说，我们就要一无所有了！难道你觉得胡恩会把我们从一所这么好的学校转到另一所差的学校去吗？不会的，你错了，恰恰相反！"她呼哧呼哧地说道。

"但我们什么都没有学到，所有人都讨厌我们。"我指出关键。

"我们只是需要更努力些，刚起步肯定很难，但我们想要融入的话，肯定可以融入的，努力点就行了，傻子！"普瑞儿骂道。

"我们就是融入不了。"我喊道，"下次去学校，你认真看看周围，告诉我，有人和我们体型一样吗？没有，一个都没有！我告诉你，普瑞儿，你融入得比我还艰难，你认字比我慢，跑得没我快，他们让你读初级班，对你来说都太前沿了！"

"好，"普瑞儿尖声说道，"我要上最高级的班。我会超过所有人，全部科目都拿 A。我对成功有强烈的无止境的渴望！没有什么能阻止普瑞儿！"

但晚餐时，我还是突然开口了："各位，我真的超级感激你们给予的这一切，但我必须说，我觉得富中中人学校不太适合我，我想穷中中人学校会更好些。"

周遭一下子陷入了低气压。胡恩的脸色最阴沉。普瑞儿还在桌子底下用叉子戳我。

"沃纳，我就直说了，"胡恩低声说，"在你这个年纪，就算你不想，也有一大堆事情要做，而且没有足够多的时间去做。所以我很怀疑，穷中中人学校能不能给你你想要的。"

"每个人都觉得你是个傻子，难道你就不想证明你自己吗？"托尼帮腔道。

"胡恩，托尼，各位，请容我用一幅思维图来解释。"我请求道，"想象一下，学校是通往知识的楼梯，但每一级阶梯都太高了，你爬不上，甚至第一级阶梯远远高过你的头顶。你就是登不上这个楼梯，无论你多努力，你就是迈不进知识世界的门槛。"

普瑞儿小声叫我别说了，但我仍在继续："我相信引领我到宝贵的知识宝库的是适合我一半比例的双腿小一些的阶梯，也请你们相信，我会尽最快的速度冲上楼梯。如果那些差劲的学校不足以提供足够的挑战，别担心，我会挑战我自己。我知道你们也会如此，请给我合适的阶梯。普瑞儿，你别再用叉子戳我了。"

"很形象生动的比喻。"胡亚根嘟囔道，"也许他应该投身政治。"

"作为政坛老手，我可不同意。"托尼反对。

"普瑞儿，你也认为西埃尔曼富中中人高中太难了吗？"胡恩问。

"你别说笑了，我怕我会被人拽出去又踢又骂。"普瑞儿夸下海口，"我最喜欢挑战，其次才是成功。各位，我告诉你们，既然读了这所学校，我就一定要学有所成！"

"基蒂，你怎么看？"道恩问道。

"我会想念有沃纳在学校的日子。"善解人意的基蒂轻声说道，"我理解他。"

"你为什么要想念他？这样所有人都会讨厌你的。"黛西大大咧咧地问。

最后，胡恩同意我转学了。但他的警示和条件是，我要做出成绩来。我没有问是什么成绩，他也没有说。

就这样，我转学到了最近的穷中中人学校。学校位于东埃尔曼，名字很炫酷：东埃尔曼穷中中人职业技术学院，简称东职学院。

东埃尔曼是一片平原，从来不发洪水，烟尘滚滚的炙热沙漠与西埃尔曼山丘遥遥相对。两个城镇都叫埃尔曼，确实有点奇怪，我觉得这就像一对不同体型的兄妹。西埃尔曼是富中中人或富大大人的聚集区，而东部则是另一个世界，到处都是煤渣砌成的建筑物、工厂、代理店、血汗工厂和梦芒世界。

梦芒世界是连锁的大型商场，在穷中中人区域非常常见，东职学院的停车场对面就有一家。

实际上，东职学院看起来就像是脏兮兮的梦芒世界的小型复制品，相似的煤渣用料、扁平结构，相似的宽敞仓库、拙劣的画作，相近的警察数量。说到这里，东职的学生数量也相近，因为这个点很多学生都没有上课，到梦芒世界吹空调去了。

东职是一所什么样的学校？很高兴你问了这个问题，东职最大的特点是"轨道系统"。

轨道系统指的是，你一入学，他们就判断出你最适合做什么，再把你放到那条"轨道"上，让你一直做你适合的事。

他们通常会先观察你是否擅长数学，如果你在学校表现出对数学的天赋，恭喜你，你进入了数学专业，你可以去数学、科学课堂学习。毕业后你可以到实验室工作，梦芒会源源不断地涌进你的口袋里。

数学不好，但识字、会写作，没问题，你会进入文学专业。写写东西，学习编辑，为那些有需要的人提供华丽的辞藻，这是一份体面的工作。

读书不太好，但说话机灵、自信、激昂，你可以进入商务专业，投身销售行业或商业。大多数情况下，这一条轨道赚的梦芒比文学专业多，但工作起来会有点忙乱。

目前为止什么都不会，但双手灵活细致，那你可以进入手工专业，修车或修机器。双手笨拙的，欢迎到驾乘专业学开车，或者到抬举专业搬重物，到清洁专业打扫和擦洗，还可以到服务专业，闭上嘴巴，好好服务。

我在东职的第一天过得不怎么样。我和两个昏昏欲睡的穷中中人顾问坐在一个没有窗户的房间里。见到这个叫沃纳的神秘新生，他们兴奋吗？不，一点都不兴奋。我们快点弄明白这个傻瓜轨道，就能快点去吃午餐，待会儿我们穿过停车场，去梦芒世界搜罗些好吃的。

我们从数学开始，我还是有点幸运的，我的数学也没有那么糟。我能理解各种数字，但当你在数字里穿插字母，我就看不懂了。

"选择你认为是正确的答案。"他们说，共有 A、B、C、D 四个选项。

"能劳烦你们念一下题目吗？"我问。

"X 减三等于三。"他们念。

"好，好。"我说，"这道题不是已经给出答案了吗？我非常肯定这不是一个问题。"

"你的选择是 0、3、6、X。"他们说。

"答案就是 X，错不了！"我答。

"不巧，你错了。我们跳过数学轨道，继续。"他们宣布道。但接下来的阅读材料简直是第二次灾难。他们给了我四页与火山和岩石学有关的短小文章，里面有一半的词都是可怕的元音音节，我用了十五分钟都没读完第一页。

"文字轨道也不适合你，"他们说，"要不你试试向我们推销这支笔？"

"你想要买这支笔吗？"我说，"超级棒的笔。"

"那可不一定。"他们说。

"那你们认识想要买笔的人吗？"我问。

"不认识。"他们答。

"看来这支超级棒的笔要留给自己用了，该死的。"我说。但他们把笔拿了回去。

"这是一个拼图。"他们递给我两根缠绕在一起的弯曲电线，然后看着我像一只浣熊一样和这两根线做斗争。运气真不好。

"我们来试试开车游戏。"他们递给我一个小小的驾驶屏，马上撞车了。哇，程序员的工作真好玩，把尖叫声都放了进去。

"你看起来很会做俯卧撑。"最后他们这么说。于是我趴到满是沙砾的地面上，开始做俯卧撑。做完五十个后，我抬起头看他们。他们满意地看了眼对方，我们早就知道他会进这个轨道。年轻的那个说道："欢迎进入抬举专业，请在这些表格上签名，不需要签全名，只写一个字母 W 就好，对。"

"这就是我所担心的。"胡恩皱着眉头说道。

"他会跟我学习，六个星期后再考一次试。别担心，爸爸，他肯定会去别的专业的。"基蒂保证道。

"但愿如此。"胡恩严肃地说道。

"我也希望如此。"我表示赞同，尽管现在这么回答不太合适。

梦幻世界

普瑞儿怎么样了？问得好。她在西埃尔曼富中中人学校一团糟：语言不通，还有一大堆应付不来的难题，甚至连想去的地方都远得怎么也走不到。

她的问题已经上升到"不及格，请重写"和"去见导师之类"的级别了。她又迟到了，她又没来上课，她又被卡在储物柜里了。她的生活苦不堪言，冷嘲热讽更是家常便饭。但她下定了决心，无论如何都要成功。

然而她必须付出沉重的代价。我看得出来，在梦幻世界里，她比我更需要基蒂的音乐。她只要像个僵尸一样躺在会唱歌的房子里就好，任由一首首歌曲给她按摩，将她包围。

每天早晨我都会第一个起床。我的学校很远，我要走很久才能到公交车站，再坐上很长时间的车赶到东埃尔曼。所以，我走之前都要摇醒她。她的脸上总会闪过那么两三秒钟的恐惧，她恳求的眼神似乎在说：噢，不，我再也受不了了；她下垂的嘴角似乎在说：请不要让我再花上一天的时间来佯装这样就算成功。

接着，她要么抖擞下精神，要么咽下这些不快，勇敢地冲我微微一笑，说道："谢谢你，弟弟。祝你在学校过得愉快，能像我一样学到很多东西。"我这个姐姐真勇敢。

现实世界

我能像普瑞儿一样学到很多东西吗？当然不能。我不得不承认，胡恩说得没错，学习抬举专业，那就是开玩笑。

抬举专业的教室其实就是体育馆，我们整个上午就只是活动手脚而已：把铁球扔得到处都是，在仓鼠轮子上慢跑，在泥泞的水池里同水浪搏击。当然，我们还会抱着杀死对手的念头来场残忍的比赛。

我们下午也不会坐下来老老实实地看书，通常就是演练下采矿、钻探、航海、捕鲸、捕鲨、盖房、修房、灭火、抗洪、清理瓦砾、抢险这种抬举专业最普通的工作，为将来上班做好准备。

我们大部分时间都在自由活动，因为老师太少，根本顾不过来。嘿，孩子们，接下来的一小时二十分钟，你们就和小组成员一起去梦芒世界或是停车场里放松一下吧。希望你们能结伴而行，否则那段时间会很难熬。

对于一周前还只有老鼠那么大的孩子来说，即便只是独自一人在梦芒世界里散散步，也足够令人兴奋的了。

在我看来，梦芒世界也很神奇，过道长达数英里，每条过道两侧都有很多商店。事实上，梦芒世界的广告就唱着"数英里过道"。"数英里"甚至还是商店吉祥物的名字，说是吉祥物，实际就是一块大屏幕，还有胳膊有腿，在门口附近没完没了地跳着舞。

梦芒世界的特别之处在于，这里有穷中中人需要的一切，他们用不着再去别的什么地方。食物、椅子、药品、电话、自来水、马桶、小狗、手枪、冷冻食品、微波炉、彩票、游戏门票、娃娃、炸弹、吉他，只有你们想不到的，没有这里不卖的，请你们把梦芒都花在梦芒世界里吧。

所以，梦芒世界就是天堂，也正因为如此，它还是非常危险的恐怖地带。之所以说它是天堂，是因为这里的一切都那么适合我，它们就待在我触手可及的地方乞求着我将它们买走。快把为你量身打造的神奇物品带回你的中中人房间去吧，拥有的感觉简直好极了。注意，店内还有平板电脑、滑板、发胶和身体喷雾。

最棒的是衣服，款式一流，叫人爱不释手。

梦芒世界的鞋都很合脚，就像鞋厂认识我一样，确切地说，是了解我的生活一样。鞋厂全心全意地为我打造了成百上千双完美的鞋子，把漂漂亮亮的鞋子堆满了鞋架。这里的帽子我戴上刚刚好，穿上衬衫，胳膊和腰部异常合身，裤子还能把我的臀型衬托得非常好看。

商店里还有柔软凉爽的纯天然面料，配色明亮大胆，款式时尚新潮。

梦芒世界里还有高端服装品牌酷睿，每一件衣服都是一半比例。

酷睿的衣服都是我最喜欢、最梦寐以求的款式，布满网眼和凸条花纹的连帽衫，印满神秘商标的柔软 T 恤衫，破破烂烂的紧身裤和脚链，双人汽车一样笨重却闪闪发亮的鞋子。对了，还有细腰带。

"快看看这个性感的男孩儿呀，他比酷睿的海报模特都要帅。"我第一次试穿全套服装时，风骚的店员莱斯说，"请让我崇拜你十秒钟好吗？"

她一副垂涎三尺的模样，我只好转个圈儿。然后，我扭过头看着她，还像个淘气的孩子一样晃了晃屁股。

"简直帅呆了，琼斯，过来看看呀，他跳舞就跟飞起来一样。"莱斯大声地冲她的同事说。詹尼没准儿会怪她大惊小怪。

琼斯急匆匆走了过来。她们两个啧啧称赞，不出几分钟，我就成了梦芒世界的迷人王子。

"你要是不穿着这套衣服走出去，简直就是在犯罪。"莱斯忧心忡忡地说。

可这套衣服要两百五十梦芒，相当于我五个礼拜的零花钱，我的流动账户里都没有这么多梦芒。

"我买不起。"我不好意思地轻声说。

"告诉你吧，"琼斯和气地说，"只要每个礼拜花上一百梦芒，你就能成为酷睿的终身会员，我们会定期将最炫酷的款式寄到你手中，你就能永远赶上时髦，这是迄今为止最优惠的价格，就像这套衣服一样，六折就是最低价了。"

"这衣服的价格是我的零花钱的一倍，我的梦芒流动账户里没这么多。"我说道。先前的舞步让我精疲力竭，羞愧更是令我的声音尖了不少。

"等等，你是在说，像你这样年轻的壮小伙儿没有工作，就靠着一点儿可怜的零花钱生活？"莱斯的态度有些强硬。

"如果你需要钱，我觉得梦芒世界总会需要雇人的。"琼斯满怀希望地建议道。但我已经丢了面子，只好躲进更衣室，换回自己那身硬邦邦的普通校服。

这就是我说梦芒世界总是很恐怖的原因。我的零花钱太少了，我真该把它们都存起来，一个梦芒都不花。更糟的是，我知道我没法相信自己，一旦你纵容自己花上一次钱，就会沿着滑坡跌落下去，你一下子破了产，还摔断了腿，怎么也爬不回原点。

就连买瓶微不足道的身体喷雾也会令我像做了噩梦一样忧心忡忡，如果我对自己说，没事儿，沃纳，你只是破例买了瓶身体喷雾而已，要是你闻上去不够清新，女孩儿们会讨厌你的。第二天就会再破例买瓶发胶，将隐形颗粒抹在头发上，头发就能竖立起来，让你看上去没那么穷困潦倒。很快，我破了十次例，还花大价钱成为酷睿的会员，一下子破了产。我看上去倒像个人见人爱的老板，却连巴士都坐不起了。

在抬举专业学习，我们有时还能听听不同企业发表的演讲。这些企业打算在演讲当天，就为盼着拥有美好前途的学生们提供提前就业的机会。

招聘人员的演讲最为成功，嘿，抬举专业的学生们，快来为按需海军保卫油船吧，你们还能舒舒服服地坐在哈沃堡姆·阿拉卡特的燃料库里对付真正的海盗。你们不仅能获得宝贵的工作经验，还能感到战争的刺激，况且七成的战斗都是为了保护耶威斯政府，你们难道不想成为最伟大的爱国主义者吗？

我上学的第三天，一个西装革履、汗流浃背的家伙推开校门走了进来，还让我们称他"授权主义者"，可我始终搞不明白他到底要雇我们做些什么。

"你要想过上未来权利生活，要想拥有更加光明美好的前途，今天就可以和我一起走出校门。"授权主义者宣称，"组建团队、发展团队、在家办公、成为领导，未来就掌握在你的手中，你所需要做的就只是说'好'的勇气而已！"

"我有个问题。"一个叫布兰德的孩子说道。

"不回避问题是未来权利生活的人该有的态度！"授权主义者说道，"对了，我很欣赏你的活力！问吧！"

"你们怎么赚梦芒，梦芒从哪儿来？"布兰德问。我敢说，布兰德这个孩子没什么特别的活力。

"噢，天哪，问得好。"授权主义者大声说着，"既然你提了这个问题，未来权利生活在做什么买卖呢？这是每个企业都要面临的最基本的问题。现在，问题是这样的，如果你所做的事儿不是老百姓关心的事儿，就算不上企业，只能看作公司而已。但我们远不止这么简单，因为我们是……"

没有人应声，所以他大喊道："企业！哈哈！没错！"

"可谁付给你们梦芒，为什么付给你们梦芒呢？"布兰德说道。

"年轻的寻权者，让我们换个角度来思考你的问题。"授权主义者说道，"未来权利生活隶属哪个行业？教育业？营养业？家庭农业？制造业？回答，是的，是的，是的。但更重要的是错，大错特错，哪个行业都不是。那我们和订阅相关？当然。但是错，又错了，因为我们所做的是最深层次的事儿，我们隶属于生活方式行业。作为未来权利生活的一员，我们的产品将改变你的生活，然后，你们能够也一定会告诉你们认识的所有人：朋友、家人，甚至巴士上遇到的陌生人。我敢肯定，你们一定会告诉他们，我在为大家提供改变一生的产品，因为这些产品真的改变了我的生活。你们知道'真的'是什么意思吗？它的意思是，我没有虚度光阴。你们会告诉你们挚爱的人，我订阅了未来权利生活的信息光盘，猜猜结果怎么样？它们真的让我看到了全新的世界，我从未想过会发生这种事儿；我订购了未来权利生活的矿物奶昔，我觉得我的身体和大脑每天都变得越来越强壮；我定购了种子袋，我的晚饭和调料真的都是自己种出来的；我定购了 3D 打印软件，以及每个月都会邮寄的专用塑料板；我在自己的家里、盘子里、叉子下和杯子里生产出了需要吃的所有食物！"

我瞥了眼老师，我们四目相对。他皱着眉头，耸耸肩，似乎在说：没错，我猜也是，为什么不呢？

"所以，您打算雇几个销售代表？"布兰德说。

"不，"授权主义者说道，"不不不，看吧，你有点儿没抓住重点，但我依然很欣赏你的活力。你叫什么名字？布兰德。噢，这名字不错，谢谢。布兰德，不管怎么说，我们只在最肤浅的层面上做销售这种事儿，因为我们所做的事儿远不止销售那么简单，而这才是最棒的地方。你不光要把东西卖给你认识的人，还要让他们加入未来权利生活，当你雇来的人卖了货，你猜怎么样？这种协作成了你的生活方式，你就能分一杯羹。不断有人成为你的下线，你会惊讶于它的发展速度，这就是我所说的未来。唯一制约你发展的事儿就是你说'好'的能力！布兰德。每个月，你的团队都会为你带来十万的收入，根本用不着你亲自出马。二十万！四十万！就因为你有远见，你给人们带来了更加美好的生活，这就是你的生活。"授权主义者又兴致勃勃地讲了一大堆类似的话。看，这种事儿要是写在纸上，可能会有些不可思议，但是挤在闷热的抬举专业的体育馆里，老实说，一身臭汗的我还真有点儿动心。

我的意思是说，听上去，你似乎连货都不用卖，只要雇几个人卖货，从中赚钱就行了。雇人多难啊，我是说，当你大喊"工作，这里有最新最热门的工作，我这个和善的老板会立刻聘用你"的时候，根本不会有人跑过来报名。

特雷恩见我竖起耳朵，圆睁的眼睛还放着光，他嘟囔道："沃纳，冷静，这不是什么好主意。"所以我冷静下来，授权主义者那天才汗淋淋地无功而返。

特雷恩是提举专业里的一个胖乎乎的孩子，他没有棱角分明的肌肉，也不会耍泼无赖，更没有文身，所以大家不太喜欢他。恰恰相反，他成了少数几个愿意和没有朋友的沃纳做朋友的人。沃纳可是抬举专业里脑子相当好使的家伙，不过他常常郁郁寡欢，还总是耷拉着脸，什么事儿都看不过去，觉得一切都没有意义。

清理瓦砾时，他向我解释道："我表哥格雷姆就在一家这样的食物链公司工作，那里每天都在摧残着他的生活。"

"你说的食物链公司是什么？"我说。

"就是像吸血鬼食物链一样的公司。"特雷恩说，"最顶端有个捕食者，他让你缴纳会费，咬牙切齿地将吸管插在你的脖子上，每个月吮吸着你的血。所以，你成了猎物，你唯一的出路就是成为下一个捕食者，让其他猎物来定购你的产品，把你的小吸管插在别人的脖子上。"

"你说的吸管是什么意思？"我一边说，一边想着鲜冷店，不禁浑身发抖。

"会费就像吸管一样，每个月都会把你的钱吸走一部分。"特雷恩说，"最糟糕的是，吸管似乎卡在你脖子里，永远也拔不出来，因为吸管一挨着你的脖子，就会有个真正的食物链捕食者在上面挂上各种各样的钩子，涂上形形色色的胶水。"

布兰德摇摇晃晃地说："钩子、胶水，你到底在说什么？"

"事情是这样的，你想打电话去拔掉吸管、取消会费，公司会说：'糟了，真对不起，我们只是中间商，你必须和另一家公司联系一下。'另一家公司还是这一套说辞。当你终于找到了分销商，他们会说：'对不起，我们把这项业务外包给了五家不同的公司，你需要直接联系他们。联系他们之前，我们需要收取服务费。'对了，承包公司也会收取一定的服务费。你会说着'该死''废话''太糟了'之类的话，然后他们会说：'呃，不过，嘿，我们可以下调你的会费。'你可能会说，听上去不错，他们便在这个月下调了你的会费，然而下个月，你会发现会费涨到了原来的三倍。噢，天哪，这分明就是八种不同的疯狂掠夺行为。格雷姆的身高已经缩小了一半儿。"特雷恩使劲儿清理着瓦砾说道。

"该死。"我说着，像个冠军一样抓起碎石。我觉得清理瓦砾真了不起。

"不过听上去，你要做的就是找到其他的猎物。"布兰德说。

布兰德也长得胖乎乎的，一脸蠢相，就像我先前说的那样，他没什么活力。但至少头脑清醒，也没什么坏心眼儿，他是另外一个愿意和新来的沃纳交朋友的孩子。学校的大部分孩子都对新来的学生指指点点，把他看成怪人。所以，欢迎加入沃纳和呆子布兰德的小组。

"布兰德，"特雷恩说，"有两个答案可以解释你的问题，理论答案和实践答案。第一个答案要从理论上看，食物链是无限的吗？不，底层有一群惨遭猎食的食草动物，它们支撑着其他各层的动物，所以，它们的数量应该是最多的。所以，从数学计算上看，如果你进入食物链，很可能成为食草动物，你会惨遭攻击，被食肉动物猎食，却找不到可以吸血的地方，只能啃食植物过活，数量自然会越来越少。对我来说，目前的情况就是这样的。"

"不对。"布兰德四处盯着瓦砾，想找到下面埋着的塑料模特。

"没关系，因为还有实践答案，去问问我表哥格雷姆他好不好找猎物吧。"特雷恩说，"这下更好了，他根本就找不到猎物，他想把你变成猎物，我们全家一起吃烧烤时他就这么做过，这就像是一场噩梦，现在大家都恨透了他。"

"找到塑料模特了。"几个衣衫褴褛的小坏蛋在瓦砾堆的另一头喊道。他们猛地抓住模特，一下子拽掉了模特的一条胳膊。"老师，我们救下它了。"

"好的，小心点儿，我们手头的模特可不多。"老师大声喊着，急匆匆地赶过去，生怕这几个得意忘形的小坏蛋把模特举起来。这几个小家伙正满场跑着奚落没有找到模特的孩子们：我们赢啦，你们输啦，等我们毕业，就能盖房修房啦，而你们只能让油岩矿慢慢毁了你们的肺，哈哈哈哈哈哈。"

不过他们完全没有理会我们几个。他们才不愿意把时间浪费在两个胖子和一个新学生的身上。

特雷恩、布兰德和沃纳，我们可不是学院里人见人爱的孩子，反倒更像是最无人问津的几个人。不过你看，这样挺好，无人问津也不错，可以说是相当完美。

我只是无人问津，但还谈不上完全没人理睬，有个孩子一下子就发现了停车场里的我。

"你是新来的沃纳，对吧？"他问道。

他猛地伸出手，手背上文着牛脸，两个牛角文在了大拇指和小拇指上。噢，不。

公牛本该既叫人感到开心，又叫人悲伤，就像你有时看到的戏剧面具一样。然而他手上的公牛却是疯疯癫癫、昏昏欲睡。疯疯癫癫的那头公牛喷着火，昏昏欲睡的那头公牛则活像只山羊。

"不，不，你认错人了。"我冲着这个怪脸人说，做好了跑开或是把他打个稀巴烂的准备。

"伙计，冷静点儿。"他命令道，"我再也不是什么脸男孩儿了。我金盆洗手，离开了桑德蒂姆毛斯，他们根本不知道我在哪儿。我只是想说，我知道你在那里的离奇经历，我也遇到过那些事儿。"

"我们最好不要说这些，斗牛士。"我恳求道。

"菲拉普，我叫菲拉普。"他说道，"只要用得着我，就到驾驶专业来找我。同样，我得知道，我要是和别人大打出手，你能不能帮上忙。"

"好吧，菲拉普，我一定鼎力相助。现在，千万别声张。"我祈求道。我用干净的红手拍了下他昏昏欲睡的牛脸，这样，他就会离开。我生怕别人看见我在和昔日的暴徒打交道。

"对了，怎么从来没听你提起过你的家，还有你的家人？"布兰德问道。

"有什么好说的，不过是些普通的穷中中人罢了。嘿，给我看看你的摔跤录像怎么样？"我撒了谎。

梦幻世界

我可不想被我的组员看成是城市里某个老板养的宠物，所以我什么都没有说。在布满沙砾的脏兮兮的东埃尔曼谈论胡恩那宫殿般的家，实在很荒唐，就像你假装每天从童话里赶来上学一样。

事实上，西埃尔曼的一切对我来说都像是梦幻世界。

乘坐巴士从东埃尔曼到西埃尔曼，我昏昏欲睡，当你沿着蜿蜒的中中路一路向上赶往巨人生活的天堂时，职业技术学院的车站咆哮着，不停地在你耳畔回荡。

跳下巴士，我要走上半小时才能回到胡恩家，这段路程就成了梦幻的开端。我闻着四处飘来的香气，在整洁恬静的草坪中漫步，还要穿过林荫下忙碌的小屋。

一进屋，我就能闻到饭菜的香气，烘淀粉根茎、烧鸟烤鱼，整个花园里的蔬菜都在案板上被切成了碎片。

你本该好好学习重新选个好专业才对，有时却被富中中人的梦幻魔力天堂所吞噬。你还没回过神来，就已经骑着狗到处跑了，或是看着录像，或头晕目眩地绕着屋子乱转、把手指插进美味的食物当中。每天晚上你都在琢磨，这是真的吗？

然而每当我心慵意懒、东游西荡时，基蒂便会出现，她总是这么说：

"嘿，真巧啊，我正好拿了些学习资料给你。"事实上，不知道有多少次，我到家的时候，她已经拿着平板和书在阳光房等我了。

她坐在藤椅上，我坐在她膝盖之间的脚凳上，我们面前还立着台平板。我努力去读文章和故事书，努力学习如何解方程，努力去记科学、历史和人类学的基础知识。渐渐地，世界在我饱受折磨的脑袋里变得越来越开阔。

我是不是有点儿爱上了这个梳着小辫儿的可爱女孩儿？她不但救了我的命，还盼着我能成功。当然，是有点儿。我是说，当然，你也会爱上她的。

不过，这并不是那种我要把你拥入怀中度过无数个日夜，如果我娶不到你，就要把自己饿死的那种爱，而是另一种爱。要知道，这个女孩儿要比我高出五倍呢。

你也许会问，沃纳，你知道什么是爱吗？听着，我知道我年轻，没有像亚瑟那么深的感情，但我对爱还是有些了解的。沃纳吻过几个女孩儿，不光是梦幻世界的女孩儿，还吻过现实世界里的女孩儿，甚至跟一个女孩儿做过爱。

我和那个女孩儿做爱是在我父亲被踩死的几个星期后，当时我们还住在废弃的海岸警卫站里。那个女孩儿比我大，叫凯莉，她把我拉到一边，说："嘿，可爱的小不点儿，看你难过的，我知道怎么能让你好受点儿，跟我来。"说实话，我并不想去，但也懒得拒绝。长话短说，我们在一个沙坑里做完爱，我便一溜烟跑了。普瑞儿发现了我，她冲我大喊："沃纳，你要是和凯莉做爱，就会染上几百万种疾病。"所以我开始躲着她。几周后，她跟着几个精神错乱的蓝骨托德人去了沙漠。这就是我第一次做爱的经历。我为什么要告诉你们这些？跟爱情根本扯不上关系。

我是想说，我知道什么是爱情吗？呃，也许知道一点儿。爱情并不是那种喜欢比你个头儿大的人、喜欢比你有钱的人、喜欢有权力的人的那种感觉。我觉得爱情就像是爱着一个你能看到的神。

你不能亲吻神，也不能和神搂搂抱抱、亲热一番，你甚至不能坐在神的膝盖上，那样就太奇怪了。

相反，你能同神交谈、相互照顾、彼此鼓励。当神也爱上了你，她对你微笑、夸你做得好时，那种感觉简直棒极了。然而要是神把你丢在一旁而独自去打电话，你就会心如刀绞。你心里的一个声音说：当然啦，她是神，本来就不用在乎你啊。但另一个声音却说：她生来就是愚蠢的神，我要是生来就那么高，也能成为神。

即便你和神待在一起，大部分时间也只能紧闭着嘴。你对她不能像对普通穷人一样。你的话很晦涩，玩笑也很尴尬。你唯一一次敞开心扉是向她讲述你悲惨的过往，讲述穷小小人的不幸。你只有化身成为高尚的受害者，才有资格和她待在一起。

"该死，要是穷小小人从小就学方程式，生活也许会大不一样，多么可悲啊。"我听到自己嘟囔着这些蠢话。

"我一直在问爸爸，要是罗斯英迪卡是第一个在耶威斯建立小小人学校的城市，会是什么样。"她说道。

"要是有所小小人学校，谁知道我到底能活成什么样子，我没准儿还会当上总统呢。"我听到自己像个机器人宠物一样附和道。

我的意思是，她并没有错。我只是希望我们能换个话题，可你要是和一个庞然大物聊天的话，身高就成了你们唯一的话题。

"沃纳，"有天吃过晚饭，她问道，"你想要什么？"我趴在她香喷喷的床上，拿着平板玩数字战争游戏。

"当然是重新选个好专业啦。"我说道。

"我是说，你有什么愿望？"她说道。

我看上去肯定是一副不知所措的样子，因为她解释道："如果你能拥有世界上你最心心念念的东西，那东西会是什么？"

我当然是希望父亲和母亲能在身边，要是母亲没有残疾，父亲也没有被踩死，那该有多好。

可我没有说出口，我只是清了清嗓子。

"比如希望自己能有多高？"她举了个例子。

我说道："我希望能和你一样高。"

"变高后，你会做些什么？"她问道。

"其实没什么可做。"我说道。我没有开玩笑，但她却觉得我很滑稽。

"天哪，你真搞笑。"她咯咯咯笑了起来。

我环顾四周，想找点儿什么来转移话题。壁橱里，从裙子后面可以看到吉他的一半琴身。

"对了，你有没有在现实世界演奏过你的梦之曲？"我问她。我真是转移话题的高手，悄无声息地便将话题从我身上转移开了。

她低下头，用手捂了几秒钟眼睛。

"没有。"她说道。一时间，她成了心里犯嘀咕的那个人。

"我想一定特别难，"我意识到，"初学者要花费很大力气才能弹好。"

"只是对我来说，我不可能弹奏曲子的。"她嘟囔着。

她的言外之意是——她不愿意解释这件事。我突然意识到，我们聊到了托尼可怜她的原因。

看到这个富有的女孩儿咬着嘴唇，我心里隐隐作痛，我突然觉得该去安慰她，不能让她再说下去，否则她会恨我的。

所以我点点头，又像个疯子一样摇摇头，想用我紧闭的双唇和圆睁的眼睛告诉她：太好啦，我明白了，就说到这儿吧，我们还是聊点儿你喜欢的事情吧。

她没弄明白我摇头晃脑的蠢样儿是什么意思，以为我要她继续说下去。

"那好吧，"她叹了口气，"我出生的时候有点儿问题，早产，脊柱扭伤，在我还是个婴儿时，医生不得不给我做了很多手术。现在基本上没事儿了，只是用最简单的话来说，我的大脑与身体的其余部分并不是完美地成为一体。所以我弹不了琴，也做不了运动。我的控制系统协调性不足。"

"噢，该死。"我傻乎乎地说。

"我的意思是说，这的确是个问题。"她说道。

"我觉得你做不到的事，才是你最想要的。"我像个白痴一样把心里的话说了出来。

"其实不是。"她厉声说道，"我现在可以在梦幻世界里奏乐，老实说，这也是我擅长做这些事儿的原因。"

"当然，当然，"我道歉，"这个……我甚至想说，我们永远别再提这事儿了，怎么样？"

她看着我语无伦次，又温柔了起来，抿着嘴唇微微一笑。

"我能告诉你我的愿望吗？"她说道。

"只要你愿意。"我催促道。

"我想成为受人爱戴的独裁女王。"她袒露心声。

就连不敢多说话的我都咯咯笑出了声。

"喜欢我的人越多越好，"她遐想着，"成为百姓不二的选择，所有人都不由自主地喜欢我，狂热地崇拜我，热情地将我选举成为耶威斯女王。"

"说实话，我觉得黛西不会投票支持你。"我一针见血地说。

"那我就找人把她干掉。"基蒂附和道。

开个玩笑，随便聊聊真好，短暂的快乐时光稍纵即逝，我很快又变得战战兢兢，不敢胡言乱语。我们接着聊起了刚才的话题。

吉他一直盯着我，如果她真的不希望有朝一日能拿起它，弹出她听到的歌儿，它还会在那里吗？

"对了，这倒没什么大不了的，但你要是不把我身体的事告诉别人，我会不胜感激。如果可以的话，最好也别告诉普瑞儿。"她后来说道。我发誓我绝对不会把这事儿声张出去。

我们两个有点儿像，但相似的只是我们心里都埋藏着无法说给别人听的话罢了。一个漂亮的总爱捏手指的巨人和抬举专业的孤儿宠物，两个孩子就这样肆无忌惮地聊着他们根本实现不了的愿望。

那晚睡觉前，普瑞儿跑来质问我。

"你不会喜欢上基蒂了吧？"她想知道答案。

"没有。"我撒了谎。

"这种事儿你想都别想，你和她要上演一段浪漫的大小人之恋？我知道，我在这方面还是有经验的。"她说道。

"我们没有坠入爱河。"我说道。

"骗人，她肯定有点儿喜欢你。但你们俩根本就不可能，所以请千万别因为伤心而把事情搞砸了。"她说道。

"等等，你说她喜欢我是什么意思？"我说道。

普瑞儿盯着我的眼睛，吓了一大跳。

"不，沃纳。"她说道，"该死。"

"什么？"我说道，"闭嘴。"

"你爱她爱得要死。"普瑞儿意识到，"不不不，沃纳。别把你自己和我毁了，求你了。"

"闭嘴。"我说道，"你以为我不知道我们之间根本就不可能？你以为我会傻傻地盼着和这个女孩儿结婚？不，所以请你闭上嘴。"

"如果你必须喜欢什么人的话，请千万别喜欢基蒂，你这样会毁了我们。找个一半比例的女孩儿恋爱吧，这样才不会毁了你的幸福，也不会要了咱们俩的命。"普瑞儿告诉我说。

"快给我闭嘴。"我把脸埋进枕头里，大喊道。

"不过你最好不要喜欢任何人，最好别动个心思。"普瑞儿建议道。

可是，普瑞儿，太糟了，我第二天就喜欢上了一个和我一样高的女孩儿。我以前见过这姑娘，你也见过。

现实世界

那天，我正和特雷恩、布兰德在梦芒世界溜达着寻找枪战片，于是就看到她和几个女孩儿在珠宝香水区挑选手提包和手机壳。

一开始，我琢磨着在哪儿见过她，她看上去十分眼熟。

我记得她比我大四倍，我记得自己藏在垃圾桶里，这个女孩儿可怜我，给我喝过甜甜的酸橙水。

在桑德蒂姆毛斯，她们一家不是经营邻家汤时光，卖香喷喷的牛仔摊面吗？天哪，是格蕾丝。

没错，就是格蕾丝，她长得很漂亮，紫红色的脸上还有点点雀斑。只是她不再比我高出四倍，如果你相信的话，她其实还比我矮了一些。

我盯着她看了很久，她的朋友们注意到了我，我的朋友们也觉得有些奇怪。

"别犯傻了，大帅哥。"特雷恩说着，一巴掌拍在我头上，我们逃进了枪战游戏厅。

我对枪战片一点儿都不感兴趣，倒是特雷恩和布兰德对每部枪战片都爱不释手。事实上，我敢说，这是唯一能够令特雷恩开心的东西。成为星际战士或蝙蝠侠，那样一来，他就可以杀人如麻，在地狱里来场噩梦般的冒险。

这项技术倒有点儿意思。站在自己的游戏台，在三百六十度全向跑步机上猛冲、扭动。我喜欢随心所欲地徜徉在奇幻的空间，比如荒野、战场、路边暴力场、神奇的下水道。我喜欢魔戒、锚窟和外太空。这其实有点儿像梦幻世界，毫无疑问，穷人都喜欢逃进这种地方。

然而一旦被敌人发现，你的旅程就会很快结束。要是你小时候没玩过这种东西，算了，你真没用。死得轰轰烈烈，尖叫声不绝于耳，血肉喷得满墙都是，还有一张张狞笑的脸。嘿，没用的家伙，真可怜，不管你多么努力，都没法在罪恶中生存下去。无所谓啦，要不要再试一次，嘿，你要去哪儿？

我小心翼翼地走出游戏台，却看不到格蕾丝的影子。我看到警察从手机区的洞穴里把几个穷小小人拽了出来。梦芒世界随处可见小偷和阴谋家，警察们在这里巡逻，全年无休。

我第二次是在停车场另一边见到的格蕾丝，她和一个皮包骨头的傻瓜待在一起。这个满脸青春痘的家伙举着手机给她看，一定是他写了什么东西。不过她倒是挺喜欢看，不时点点头，*你写的东西真让我大吃一惊，你讲的这个蠢笑话太搞笑啦*。

与此同时，布兰德让我看他手机里的摔跤视频，真的很没意思，更何况他放的都是大力士摔跤比赛。

大力士摔跤比赛是耶威斯摔跤俱乐部举办的年度摔跤大赛之一，也是耶威斯排名第一、世界排名第三的摔跤娱乐表演赛。大战中，三十名摔跤手被放入一个巨大的鱼缸当中，鱼缸壁和地面都是滑溜溜的排水口。摔跤手需要将对手塞进排水口，把他们冲到大海里去。最后一个留在鱼缸里的人就是冠军。

所以，兴奋的布兰德和佯装被勾了魂儿的我就这样盯着怒气冲冲的摔跤手，他们浑身油乎乎的，拽着对手打着转儿，或是用头撞着对手，然后疯狂地把晕了的家伙拖到排水口，使劲儿将他塞进去。就在这时，晕了的家伙假装在排水管中苏醒过来，他拼命挣扎，使劲儿摇晃着身子往外逃。就在这时，我看到格蕾丝读完了那个傻瓜写的东西，她谢过他，便赶着去上课或是做别的什么事儿了。我想跑过去介绍一下自己，嘿，*格蕾丝，还记得我吗？*

可几个小痞子晃悠过来大喊："天哪，你们在看大力士摔跤比赛吗？真见鬼。"一大群吵闹的傻瓜把我们团团围住，他们欢呼着，也开始摔起跤，要把对方塞进什么地方。格蕾丝瞥了我们一眼，我想都没想就弯着腰跑开了，我可不想被她发现和这样一群神经兮兮的傻瓜待在一起。那时我才发现，我一定是喜欢上这个女孩儿了。

我第三次还是在梦芒世界见到的她，我盯着她看，又被她那个又矮又聒噪的朋友逮了个正着。这一次，她的朋友在我跑开前，羞辱了我。

"嘿，傻子，别再盯着我朋友看了，要么买礼物送给她，要么找个地缝钻进去吧。"她大喊道。

另外几个女孩儿咯咯笑着，还低声说着什么，而格蕾丝却难为情地一言不发。

"好吧，当然，我会给她买礼物的。"我无缘由地冒出这么一句。

"太好啦，你打算给她买什么？"她的朋友兴冲冲地说道。

我看着格蕾丝，格蕾丝也仔细端详着我，等等，我是不是认识这个家伙。那天，她的眼睛是蓝色的。

我说道："嘿，格蕾丝，请问我能给你买杯摩卡吗？"

"天哪，这个傻子知道她的名字。"她的朋友大喊，"这傻小子有一手啊。"

"天哪，是你，你出狱了？"格蕾丝大喊。她终于认出我这个红皮肤、兴奋过头、塌鼻子的小子是谁了。

她那几个朋友非常兴奋，他们一边为格蕾丝有这么可耻的秘密而欣喜若狂，一边又怕极了我这个令她们毛骨悚然的罪犯。她的两个朋友为了保护格蕾丝将她围了起来，另外一个尖叫着跑开了。

"你曾给过我一杯好喝的饮料，现在我也许有机会回报一下。"我建议道。她紫红色的脸庞泛着白光，她不好意思了。

善良的格蕾丝同意在超甜奶昔饮品店约会。饮品店在梦芒世界，很吵闹，出售摩卡奶昔、奶油咖啡和珍珠奶茶，店里还不停地播放穿着高领毛衣的名人兰迪主演的流动音乐电视。

其他几个女生答应坐在另一张桌子上，条件是我要给她们买饮料。

"你用不着买这么多饮料的。"格蕾丝开口说。

个子矮嗓门大的朋友安琪儿插嘴道："漂亮的格蕾丝，他完全应该这么做。你的朋友们需要一边喝着饮料，一边警惕地盯着他，他可别想耍什么花招。"

"她说得不错。"我说道，"大家都想喝点儿什么，请随意，想喝什么点什么。"所以，你觉得会发生些什么？当然是每个朋友都点了最贵的超大号饮料，还额外点了些珍珠、一大堆糖浆、昂贵的浓咖啡、冒着泡的碳酸饮料。

我漫不经心地笑了笑，佯装这根本算不了什么，然而事实上，我一半的零花钱都进了这几个咯咯笑的少女的喉咙里。

格蕾丝最后一个点的饮料，她只要了一小杯普通的摩卡。

谢谢，格蕾丝。我在心里默默地说。

我们坐下来，格蕾丝抿着咖啡。我用寥寥几句话解释了当时的情形：真对不起藏在了你的垃圾桶里，一个有文身的坏蛋要绑架我姐姐，我向他开了枪，所以一连几天都躲在你的垃圾桶里。我最后妥协了，我的律师让我认罪，法官判我有罪，我在监狱里待了一年，接着，市长的女儿听说了我的事儿，把我救了出来。现在，我和姐姐就住在他们家里，他们给了我们钱，所以我们才可以变大，我们希望能够尽可能地利用这次机会。

但是，我讲述自己的经历，听起来却像是发生在别人身上的事儿。这经历听上去就像是个更粗暴、更笨拙、更卑鄙的暴徒在说服别人去相信他不喜欢暴力一样。

我听到一个戴着假牙的小偷对一个女孩儿说过这样的话："是法官判我有罪。"我不在乎这是不是实情，也不在乎这段经历的主人公是不是我。我始终觉得那女孩儿在想：*不，快转身，快跑，你可不能让这个家伙卷入你的生活*。

但是格蕾丝静静地听着，她小口喝着咖啡，还一直凝视着我的脸。她不觉得我在撒谎，也不觉得我是坏人，更没有看到我眼中那种焦躁不安、连自己都信不过的感觉。也许她的确那样觉得，但是她懂得同情，谁知道呢？我只知道，终于出现了一个能够聆听我心声的女孩儿。

"埃尔曼离蒂姆毛斯可远着呢，你过得怎么样？"我问道。

没错，桑德蒂姆毛斯的租金太高了，而生意却格外不景气，因为富中中人绝不会在穷中中人摆的摊上吃东西的。一倍半比例的中中人似乎接管了桑德蒂姆毛斯，他们打算一条街区一条街区地重建这里，拓宽街道、合并楼层，个子比较矮的中中人眼看就要大难临头。所以，格蕾丝家的牛仔浓汤小摊铺搬来了东埃尔曼，盼着这边的情形能好些，不管怎么说，这里不但住着很多穷中中人，小小人也多出不少。

不过格蕾丝顺利进入了文学专业，她热爱漫画，所以阅读能力极强，还能说三种语言，父母希望她能考入法律学院。"你呢，沃纳，你的生活令人羡慕，还是有些悲惨？"

"我在抬举专业。"我又一次含含糊糊地承认道。

她笑得更开心了，她瞥了眼我的胳膊，说："看上去倒是你的强项。"她的笑令我心旌摇曳。

"告诉你个秘密，在抬举专业，力气只占百分之十，头脑则占百分之九十。"我告诉她说。

"真的吗？"她说道。

"对，是真的。抬举专业是天才的秘密家园。"我说道，"昨天的常见遇险应对课上，三个家伙合力发明了被困在公交车下的新方法。"

她开心地哈哈大笑，我的心都乱了。她的朋友和我们只隔了两张桌子的距离，她们推搡着彼此，伸手掩着嘴偷笑，还露出了惊恐的表情。

她的笑让我放松下来，我们真正地聊起天来。

我告诉她我想转学到数学专业，但那的确是个漫长的过程，我担心这对于像我这样的傻子来说太晚了，需要学的东西太多了，时间又不够用。胡恩一家的确给了我很大的压力，我一旦失败，他们就不会再养我，会把我和姐姐赶出他们漂亮的房子。

她告诉我，她的情况也差不多是这样。她的父母给了她很大的压力，她要是考不进法律学院，他们八成会把她赶出家门。可她也没什么时间学习，她在家得招呼客人，还要刷盘子刷碗、倒垃圾，但法律学院的入学考试超级难，况且没有几所法律学校有穷中中人能用的教学设备。所以她选择的余地很小，这可真伤脑筋。还说真抱歉和我唠叨那么多。

我告诉她，没事儿，没事儿，请随便唠叨。我问她，父母让她工作，还让她学那么多东西，有时间睡觉吗？会定期去梦幻世界吗？

她告诉我，她大概一周会去梦幻世界两次。每天在学校的时间当然是最轻松的了，她会在停车场或是梦芒世界随便转转，她在家连漫画都看不了，要是被父亲发现她在读漫画，他会一把把漫画书抢过去扔掉。

我问她喜欢什么漫画，能推荐几本吗？我在努力提高阅读能力。

她告诉我，现在就有几本不错的漫画。她特别喜欢《王与宝剑》，讲的是中土世界的事儿，只是更疯狂了一些，当然，也会更暴力。

她的朋友们盯得不耐烦了，安琪儿大喊道："该走了，我们要迟到了，疯子。"一品脱冒泡的冰饮让她们活力四射。

我脑子里想着最后一件事儿，沃纳，别忘了，你在这个女孩儿的垃圾桶里住了两天，知道点儿廉耻吧。所以我觉得有些不好意思。

但她尖声道："看到你变大真是太好了，好吧，我把电话号码留给你，我们下次还能找机会聚聚，我没准儿能给你带本漫画书来。"

我说道："你不会在开玩笑吧？我求之不得。"

她用闪闪发亮的手指将号码输进我的手机。"谢谢你的饮料，沃纳。"她微微一笑。我的名字从她嘴里说出来，那两个音节就好像是两颗珍珠一样。

"帅哥，你什么时候认识这个女孩儿的？"特雷恩质问道。他看着我大摇大摆地拿着女孩儿的电话号码从饮品店走出来，但我依然缄口不言。

不但拿到了格蕾丝的电话号码，还拿到了一本漫画书。事实上，她给了我两本漫画书，还一直给我发信息，嘿，看了吗？你觉得怎么样？她还插了几张眨眼睛和挥剑的图片。

不，对不起，格蕾丝，我还没有时间读漫画，不幸的是，我的时间都用来做无休无止的数学题了。

数学专业是我重新选择专业的唯一机会。文学专业注定会与我失之交臂，因为我的阅读能力还是一塌糊涂，况且胡恩也不想让我转到其他学校去。

"我知道你的目标是充分发挥自己的极限，"他告诉我，"所以，让我们绕开那些会限制你潜能的职业学校。相比于关上的门，我认为数学和文学会为你打开更多的门。"

"商务专业呢？难道沃纳有朝一日不能开家了不起的公司吗？"普瑞儿想帮帮忙。

"让我们开始学习数学吧。"胡恩坚定地说，他的语气似乎透露着这不是什么值得讨论的大事儿。

不管怎么说，数学专业的确对我有些意义，我正在学习如何整齐地将数字点在一起。况且我少不更事时，就似乎懂得些数学，比如，当我还是个孩子时，你如果问我："嘿，沃纳，小测验，五万块钱有多高。"我会立刻告诉你，十分之四比例，比三分之一比例还高，不足一半比例，不管你怎么问，都难不倒我。

所以，毫无疑问，在所有的课程当中，如果我能花几年来学习的话，数学应该是最适合我的。但我只有几周时间，而且我所学的数学大厦里有太多的房间了。

数字、负数、加减乘除、百分数和分数，你以为自己用不了多久就能学会这些东西，好吧，祝贺你，傻瓜，这只是第一个房间。走进第二间屋子，你会看到满屋子乱窜的字母，这些字母可能代表数字，也可能不是，所以，好好享受解题的乐趣吧。有时，你得求 X 的解，X 是你必须抓住的神秘罪犯，有时它又不是什么罪犯，摇身成了爱情小说的主角，和 Y 扯上了关系。

下一个房间、下一个房间，再下一个房间，里面出现了更多的符号、曲线、π 和根、同类项、图论、圆括号、中值和平均数。

同时，装满形状、角、格子、线条、图表的房间和画满数学图形的艺术房间将所有恐怖的计算分成了左右两半，两个房间之间的门关系错乱。不知道怎么回事儿，正方形既可以是一句话，又可以是一串数字，P 等于四个 S，真是难死了我这个数学奇才。

你心想，好吧，虽然有些令人恼火，但只要别再搞出什么别的东西，你还是应付得来的。接着，你发现又多了几级通向高处、再高处、再再高处的楼梯。不，又多了一层，你晃晃悠悠地爬上楼，却发现那里更是乱七八糟，每道题都有函数计算，还都括在了括号里：二项式、求和、积分、正弦余弦、对数。艺术房间里的图形也发生了变化，3D、4D、圆柱、角柱、标量、矢量、张量、流形。而且，请走这边，我才能向你介绍一下数字 I 和负根，它们生活在下一个世界当中，你在这个世界里找不到它们的影子，一个呻吟着的数学幽灵却一直缠着你不放。

你慌张地四处张望，想知道那里到底有多少数学题、到底有多少层楼，你把头探出窗外向上看，天哪，糟糕，你目之所及都是一道又一道数学题，一层又一层的楼像塔一样摇摇晃晃直入云霄，你永远也登不到顶。

现在，来最后一击，望向窗外的街对面，无穷无尽的塔里有着无穷无尽的房间，机械、电子、化学、医学、编程、逻辑。要是想让导师允许一个十五岁的孩子在职业学院重新选择专业，那你无论学哪个专业，都至少需要掌握一楼的知识才行。

胡恩官殿般的家就是梦幻世界，这里香气扑鼻，还开着冷气。每一天，我变得越来越害怕，我要同绝望抗争，有时还努力解决难题取得个小小的胜利，然而每一次胜利都淹没在了浩瀚的数学当中。

"沃纳，放了学或是周末，给你找个数学家教怎么样？"一天晚上，胡恩问道。

"请个专家什么的，西埃尔曼的顶级数学家之一，老实说，是个神秘的天才。"基蒂补充道。

"我想，你们真的觉得会管用吗？难道我的问题不是在数学方面不够灵光吗？"我问道。

"千万别这么想，一秒钟都不行。事实上，你现在就赶快用额叶切断术把那种想法切除。"基蒂大声说道。

"这个数学老师该不是我想到的那个人吧，对吗？"黛西想知道答案。

每个人都紧张得不敢出声。

"黛西想到的是谁？"托尼问道。

黛西说道："该不会是那个开车撞……"就在这时，胡恩、道恩和基蒂一起大声叫了起来："好啦，黛西，够了。"托尼还没搞清楚状况，就也跟着大喊大叫了起来。

数学老师是个名叫马克老五的小伙子，是西埃尔曼高中数学最好的学生之一。说他是神秘的天才，我猜大概是因为这个孩子能在数学方面崭露头角的确是个谜。因为他还是个笨手笨脚的瘾君子，他总是不停地将豪车撞到树上、房子上。到了最后，高速公路上的警察再也不能坐视不管了——我们得想办法惩罚下这个孩子，不过不能把他的生活搅得一团糟。

幸运的是，有个好办法，马克老五的母亲常常为胡恩组织的活动捐款。所以，马克老五，你的惩罚来了，去做社区服务，给穷中中人辅导数学吧。马克老五见到了一头雾水的小沃纳。沃纳，你大饱眼福的时刻到了，看看这个裹着天鹅绒头巾、穿着紧身牛仔裤的懒家伙，他十分英俊，还长着一头红色的卷发。

他为什么叫这么个名字？显然，他父亲也叫马克，而他正好是家里的第五个儿子。马克和他的不少部下生活在巴鲁斯特德海边广阔的郊区，他们做着大大人该做的事儿：开着坦克和驳船四处游荡。

不过马克老五和他母亲并不是大大人，因为他们的梦芒没有汇集到他手中，而且他母亲也不是马克的妻子，只是他众多情妇中的一个罢了。所以，马克老五没能在巨人村里变大到十二倍比例，却在西埃尔曼长到了两倍半比例。他和母亲在悬崖边空荡荡的两居室里住着，每个月靠着马克的抚养费过活。

对马克老五的母亲来说，长不大也没什么好难过的。她反倒很喜欢自己现在的生活，一个皮肤光滑的富中中人女人每天就只是喝喝酒、吃吃饭，身材臃肿，却十分开心。有时，她还会跻身反对孩子爸爸的政党，惹得他勃然大怒。

马克老五的数学学得的确出色，但他却没有什么教学经验。一开始，我还以为这个粗暴的家伙会给我来点有趣的药物。

"你进过监狱，对吧？"他第一次见我时喊道。

"没错。"我说道。

"在监狱里,你要是不跟他们一伙,他们会暴揍你吗?"他说道。

"会,我可挨了不少揍。"我说道,"好吧,你知道怎么求三角形的面积吗?随便什么三角形。"

"底的一半乘以高。黛西和你聊过我吧,也许你们没有,算了,别告诉她我这么问过。"他说道。

"当然。"我说道,"我们也许该多聊聊这些神秘的面积问题,别聊黛西了。"

"嘿,听着。"马克老五说道,"好吧,对不起。不过在开始学习之前,首先我想知道,你会不会问起我那个混账老爸。"

"不会。"我说道。

"我爸爸是个亿万富翁。"马克老五说道,"所以,你懂的。十六倍比例,有一百英尺高。"

"真高。"我附和道。

"只不过大家总是问我,哇哦,你爸爸是个亿万富翁,太了不起了,有个又高又有钱的爸爸是什么感觉?说实话,我完全不愿意提起他。"马克老五说道。

"太好了,又高又有钱的爸爸也不会出现在考试中。"我说道。他哈哈大笑,至少在注意力消退前,他倒真教了我一些三角形的知识,然后他便玩起了手机游戏。

家教课大都是这样过去的,偶尔学些数学做题技巧,浪费些时间在乱七八糟的事情上。

马克老五敢爱敢恨。总之,我猜我们彼此又多了个新朋友。

我每隔几天就去码头之眼教堂看望母亲,每次都要坐上三小时的巴士,实在是太远了。拼车的话,估计需要四十分钟,但我懒得找人载我。

和母亲聊天总让我心神不安,她一定是盼着我和普瑞儿在学校过得开心，却总是责备我没有去教堂。

"妈妈，那家人不去教堂。而且，我也没有时间，我一直连轴转着学习。"我争辩道。

"好吧，真够忙的。你是在和我说，你没时间见主君王神，可他却为你创造了所有的时间，特别是冲下来救了你的命，还给了你各种各样的祝福，听上去就像……"妈妈低声说，"你这个大家伙最好周日早晨就来教堂，当然，无论如何都要拉上你姐姐，她要是一心想着自由，一定会伤了我痛苦的心。"

此时，我渴望自由的姐姐没能通过西埃尔曼三年级的学习，但这倒不见得是什么坏事儿，他们让她留级去学二年级的课程，她告诉我事情反倒好了不少。"我用不着写论文了，只要做下公司方面的演讲就可以。"她吃晚饭时叽叽喳喳地说，"这涉及很多学科，比如，你研究公司的时候会用到语言、数学、科学和社会科学。所以你一下子就得掌握所有的知识，这才是真正的多种学习维生素！"

"他们为什么不让我学这个？"我大喊道。

"你从来不提这事儿的。"普瑞儿眨了眨眼睛。胡恩轻声笑了起来，马克老五也跟着笑出了声。马克老五受邀在家里吃晚饭，他总是偷偷看着完全心不在焉的黛西。

"哈哈，沃纳，你姐姐疯了。"马克老五哈哈大笑。普瑞儿眉开眼笑。至少桌子上还有个女孩儿喜欢他。

"你的新朋友真可爱。"我们上床睡觉时，普瑞儿说道。

"你只能和我的朋友亚瑟约会。"我回道。一阵痛苦涌上心头，我竟然不知道亚瑟在什么地方。

那天晚上，我摇摇晃晃地走出基蒂的歌剧院，想去找亚瑟，又不敢迈出那一步，因为他没准儿已经死了，要是现在已经找到他了该多好。

真是太糟了，别无选择，只能去找那个可怜的家伙。

我在梦幻世界里漫无目的地跌跌撞撞，在桑德蒂姆毛斯踱来踱去，检查了古老的海岸警卫队别墅，匆匆略过罗斯英迪卡的上空，他一直想带我姐姐去那些地方。我找寻着他扭曲的尸体、他灰暗的脸庞，但到处都没有。我想看到灰色的烟火在空中绽放，而现在却没有人将它们送上天去。

我想梦到亚瑟，可他却不愿意进到我的梦中来，就算他还活着，但这都一年多了，他为什么还要这样?

我燃了些灰色的烟火，依然控制不住自己，依然做着噩梦。一些烟火咝咝作响，飞向两侧，没有发出一点儿声音，吸走了天空中的光线和空气中的声音。

一晚又一晚过去了，哪里都没有亚瑟。我一直在想，他今晚没有睡好，也许明天能睡个好觉，这样我就能见到他。

可他没来，我见不到他。

在东埃尔曼，我总会在课间休息时去找格蕾丝。我甚至还在巴士上读了几段《王与宝剑》。故事情节相当紧凑，讲了几个疯狂的白人君王的故事，和我一起骑马去神秘的国度看看吧，在那里，每个人的皮肤都痛苦地泛着白，不断被刀剑刺伤，那里充斥着恶龙和强奸，每个人都在找每个人报仇，差不多每一页里都有上千个人尖叫着死去。老实说，我对这书不感兴趣，但它令我很开心，因为格蕾丝喜欢它，一颗奇怪的嗜血成性的心就藏在那颗温柔的心后，藏在她那副绿色隐形眼镜后。

我有时特别想看看她真实的眼睛的颜色，她说，就是再平常不过的紫罗兰色罢了，老实说，就和黑色差不多。

我告诉她，我敢打赌，一定就像美丽的夜空。她想绷起脸，装出一副严肃的样子，可她满是雀斑的杏色脸庞却变得越发绯红。

我不时便看到她和那个家伙挤在停车场里，就是给她看手机的那个瘦骨嶙峋的神经病。

他叫弗兰克，也在语言学校学习。他们的很多课都是在一起上的，他和她在一起的时间比我长吗？该死，没准儿是的。

可是他会带她去有趣又喧闹的饮品店喝饮料吗？不会，相反，他只会和她挤在阴暗的停车场里看他写的诗歌和小说。听上去就像地狱式约会，但我看到她在笑，我真想冲过去把他扔到马路上去，就像扔个飞盘一样。

但相反，我漫不经心地提道："嘿，我好像看到有个家伙在炎热且尘土飞扬的停车场里没完没了地给你读他自己写的东西，他写得好吗？"

"噢，你是说弗兰克。"她说道，"是的，的确很不错。我是说，我认识他有段时间了，他写得越来越好了。"

"不错，不错，支持新艺术家的确很重要。"我用超级平静的声音鼓励道。然后我低下头，一点点地撕着手中的餐巾纸。

她也看到了我的所作所为，她绷起脸，决心不能脸红。

"沃纳，"她问道，"今天放学以后想不想去别的地方走走？"

这算不上什么约会，更像是邀请大家一起去安琪儿兄弟的生日烧烤派对。格蕾丝的组员和我的组员特雷恩、布兰德，还有语言学校和商学院的另外几个人一起从学校走到球场，隔着几道街，你都能闻到烤肉的烟味儿。

听着，即便这算不上什么约会，但格蕾丝却把她的手塞进了我的手里。我们就这样手拉着手走着，似乎没什么大不了的。我的心变得狂热，我努力着才能不把她的手当成纸巾撕个稀巴烂。

安琪儿高兴地说："沃纳、特雷恩和其他的朋友们，你们一定会爱上那里的。我们家的烧烤派对绝对是最棒的，我们手里攥着八种秘方，我奶奶曾发誓要把它们都带进坟墓中去。沃纳，对了，是时候让你知道这事儿了，我对你的看法变了，一开始我以为你是个卑鄙小人，不过现在我觉得你不错，有资格和我的朋友约会。她美丽性感得令人难以置信，所以这意味着你也很不错，恭喜你。"

我从侧面搂住了她，可能有些太过用力，她大笑着喊道："好啦，好啦，你的劲儿可真大，我懂的。"

今天没法补习了，我给马克老五发了短信，他回道：哈哈，太好啦。

可能也赶不上回家吃晚饭，我琢磨着该给普瑞儿、基蒂或是其他人发个信息，但我没有那么做。沃纳不过就在外面多玩上一个半小时而已，七点肯定能到家。

我们一边走，一边传着抽一根散发着腐味的雪茄。安琪儿把它递给了我。

"不，谢谢，不抽雪茄。"我说道。

我看了看格蕾丝，格蕾丝冲着我耸了耸肩。

"傻瓜，就放纵一次怎么样？"安琪儿建议道。我和格蕾丝只好抽了几口，兴奋得咯咯笑着走进了穷中中人的天堂。

烧烤派对占了多半个球场，不少家庭都赶来了，毯子、网子、球、烤架、便携式音响随处可见。你一眼就能认出安琪儿的家人，因为他们个子最矮，却最为兴奋。过生日的男孩儿安格斯是个快乐的胖乎乎的家伙，他十三岁了，一直忙着往嘴里塞肉。

我和特雷恩、布兰德跟别人一起踢球。我做好了抬举专业式的激烈生死之战的准备，可我没想到竟然有其他的运动方式。没有人全速奔跑，也没有人踢你的膝盖，更没有无法收场的争吵。没有人阴险地猛踢脚踝，只是用屁股假装碰那么一下，然后慢跑、跳舞。没有凶猛的子弹飞过，只会为大家点起小小的彩虹灯，巧妙的几何布局。这场比赛实际上是为了决出谁最慢、谁最美，而没有人在乎进球。

曾经的怪脸人菲拉普也参加了比赛，他有次挥舞着文着牛脸的拳头冲我眨了眨眼，我皱着眉头，果断地点了点头：菲拉普，我会鼎力相助的，不过我们还是要保持冷静。

接着，到了使劲儿享用美味的时刻，香气扑鼻的豆子和肉、松脆的菜叶和蔬菜、香草和大蒜、炖好的酱料和嚼劲儿十足的面包，我狼吞虎咽地吃着，然后躺在泥土里，像头母牛一样呻吟着。

"浑蛋，你要是再发出这种声音，我觉得我们就做不成朋友了。"特雷恩取笑我道。

有人调高了音量，大笑声、欢呼声不绝于耳，所有人，请往这边看，现在到了安格斯表演他的"舞林争霸"的时间啦。

他一脸专注的样子，一定是练习了很多天。只见他扭来扭去劈着叉，用肚子旋转，现在又用头旋转，他汗流浃背，他居然从内裤里取出四朵玫瑰，不知道是要献给哪个孩子。

我哈哈大笑，格蕾丝也哈哈大笑，我就这样看着她笑。

不一会儿，大家都跳起了舞，所以，我邀请她和我一起跳支舞。天色暗了下来，街灯闪闪烁烁，不久，我知道已经七点多了。无所谓啦，我甚至都没去看一眼电话。就这样搂着格蕾丝的腰，低头看着她的眼睛，将下巴搭在她的头发上，照着她的样子跳着，尽量不踩到任何人，也不用膝盖碰到任何人的脸。因为安琪儿家的一些穷亲戚只有四分之一英尺或是五分之一英尺高。

安琪儿把我们带到一边，和几个堂兄弟姐妹围坐在一起，她吐了个烟圈，让一切近在咫尺的事儿离得更近，让一切远在天涯的事儿飘得更远。

心事越来越响亮，黑暗越发阴沉，人开始变得语无伦次，你得使劲儿去听，才能明白是什么意思。接着，说的话蕴含着很多意思，几十个意思，甚至几百个意思。

总之，这感觉太棒了。格蕾丝靠在我身边，我搂着她，她的皮肤在柔软的 T 恤下抖动，她的卷发撩着我的脖子。

她在我的耳畔低语，她的声音就像一串珍珠，听起来含糊不清。

"什么，什么，什么，再说一遍。"我咯咯笑着。

她转过头，盯着我的眼睛。"我好想吻你，但我觉得我已经晕头转向了。"她低声说。

"噢，该死。"我傻乎乎地回道。沃纳，你得好好想想该怎么和女孩儿聊天，格蕾丝是要和你亲热呢。

她晃了一下，眼神迷离。"我觉得不该吸刚才那口。"她说道。

"需要帮忙吗，等等，噢，不，我能帮帮你吗？"我问道。

"不不不，我没事儿。"她说完，转身吐在了沙地上。孩子们尖叫起来，我扶着她的头发，免得把头发弄脏，我也觉得有点儿恐怖。

很快，我和格蕾丝坐进了一辆一半比例的汽车中，开车的司机是安琪儿的一位名叫吉尔的叔叔。

"我真是一团糟，噢，天哪，太丢人了。"格蕾丝呻吟着。

"听着，我很高兴能照顾你，继续帮你把头发上的脏东西取下来。"我告诉她。

"天哪，我太晕了，还很恶心。"她哭了起来。

没开玩笑，这汽车可能和药物一样糟糕。开着一半尺码的汽车会手忙脚乱，你比所有人都矮了一半儿，在卡车和自行车之间变来变去的空隙中像个弹球一样躲躲闪闪，灯光也被完全挡住了。最糟糕的是，一半尺码的汽车引擎永远都不是耶威斯最好的，简直是又小又破。

"闭上眼，把头放在膝盖之间，就快到了。"我帮她揉着背说。有点儿希望她每晚都生病，那样我就能像现在这样照顾她了。

我们停在了她家的摊铺前，暗红色的遮棚上赫然写着"来喝最棒的浓汤"。

我准备开门，安琪儿的叔叔大声说道："沃纳，你待在车里，我把她送到门口怎么样？"

"不不，我可以送她。"我说道。

"不知道你有没有选对见父母的时机？"他低语道。

所以我和格蕾丝尴尬地道了别，我努力说着"我很开心""今天晚上真的很不错"来冲淡她的抱歉。

然后，我蜷缩在车窗后，听着格蕾丝的父亲走出家门，喘着粗气，夸张地大叫道："格蕾丝，你去哪儿了？格蕾丝，你看上去太糟了。该死，格蕾丝，你怎么能这样，这背叛简直糟透了。你是想告诉我，你跑出去玩乐也不管家里餐厅的死活吗？"

接着格蕾丝哭哭啼啼地低声道歉，趁着父亲和吉尔聊几句的时候逃进了家门。当然，谢谢您把她带回家。如果下次您见到她去了这种派对，请立刻给我打电话，我会放下手头的一切去把她揪回来，就算临时歇业扣梦芒，我也在所不惜。最重要的是，格蕾丝需要学习，需要工作，而不是参加这些无聊的派对。

开往西埃尔曼的路很长，至少对一半尺码高的汽车来说是这样，还有种生死一搏的感觉。这里没有供一半尺码高的汽车开的路，也没有很多中人居住。我们总是沿着大路的排水沟行驶，不断看着后视镜里的庞然大物冲我们大吼大叫。我有点儿害怕，但吉尔十分冷静，他就像驾驶着天空车一样。

我的电话振动着，收到了一条又一条的信息，我装作没带电话一样对它不理不睬。

"吉尔，再次谢谢您载我回家，我真的感激不尽。"我嘟哝着。

"别担心，和西埃尔曼的市长住在一起感觉怎么样？"吉尔有些好奇。

"不错，不错，我是说，有时会有些紧张。"我说道。

"想聊聊吗？"他说道。

"噢，不必了。"我说道。

然而我却像个瘾君子一样唠叨了半天。太紧张了，压力、尴尬，得学数学，否则我一无是处。但数学太难了，我起步太晚，似乎根本就不可能学会，但是我不能说出口。

最后吉尔说道："但你得忍着，因为你想有朝一日能成为富中中人。"

"我是说，不是所有人都这样吗？"我问道。

他说道："有时你难道不觉得该知足吗？"

他开始教育起我："沃纳，是这么回事儿，有些人无论自己多大，都还想长高，因为他们永远都不知足，永远没有安全感。他们有半英尺高，于是他们就想再长上六英寸，再长上一英尺，得长到四分之三英尺高，有一天成了中中人，有一天超过中中人，长到一英尺半高。没完没了，他们就只会这么想。

"他们的脑海中总是闪现着大房子里的幸福生活，开着大个儿的漂亮的车，吃着更大更丰盛的食物，招聘手下、清洁工、厨师、司机，接着是私人助理、经理。想让人们把他当成月球，围着他转圈。

"他们就只会这样看待世界，他们眼中只有身高，容不下其他任何东西，他们只关心身高。嘿，我说的不一定是格蕾丝的父亲，我是说，我也没提到过他，你知道，呃，我们干脆说忘了是我把他养大的好啦。

"我想说的是，想变大没什么错儿，我们每个人都盼着变大，只要记住这不是世上唯一能做的事儿就好。变大总要付出代价，不光是时间和梦芒的问题，还要牺牲人与人之间的关系、你的原则、你的人品，诸如此类的东西。

"无论多高，你都能开开心心，记住这点。大部分不同身高的人真的都能很快乐。"

这有点儿像是典型的老人的做法，现在是学习"如何看待我所做的一切"课程的时间。嘿，有礼貌的孩子，恭喜你，你已经被"如何做自己"学校免费录取啦。

一开始我并没有在听，只是嘟嘟囔囔应承着，三倍大的汽车从我们身边疾驰而过，我就那样紧张兮兮地坐在座椅上。

不过同时，我得承认，这样的老生常谈对我还是奏效的，因为我在想着：我要是也成了这样一个开车的家伙怎么办，如果我的人生就这样了该怎么办？

　　我要是转不到数学专业，只能在抬举专业，做着搬搬东西的抬举工作，盼着每天晚上做个好梦，会怎么样？

　　如果我娶了个能养家糊口的妻子，她也许做着文学方面的工作，在市中心的某栋摩天大楼里编辑公司文案，会怎么样？

　　和格蕾丝这种腼腆善良、骨子里又嗜血成性，长得也像格蕾丝的女孩儿过着中中人的生活，会怎么样？让我们干脆就说是和格蕾丝生活吧。

　　如果我在西埃尔曼拥有一栋中中人小屋，参加烧烤派对，为我们的中中人孩子们在球场办场聚会，会怎么样？

　　沃纳，别这么早下结论，谁说格蕾丝想嫁给你了。

　　可我还是忍不住去想，在穿越贫民窟最后几英里的路途中，我一直傻笑着琢磨个不停。

梦幻世界

胡恩家的宫殿里当然有埋伏等着我。

"他来了。沃纳，你去哪儿了，发生了什么事，你没事吧？"基蒂喊道。她从阳光房的窗户向外张望，其他家庭成员很快都来到她身后。

我告诉他们我就是去参加一个非常愉快的烤肉聚会，结果忘了时间，并且保证不会再这样做。

听完我的话后，所有人的脸上都浮现出了绝望和愤怒的表情。

道恩气坏了："沃纳，不用说你也知道，这种事是不可接受的。但更令人不安的是，你的态度太随意了，很明显，你根本就不明白我们对你的要求是完全合理的……"

与此同时，胡恩最伤心，他说："我们提供的机会不仅难得，还很特别，因此，我们只能把这个机会给那些能充分利用这个机会的人。和你说再见肯定非常痛苦，但那也好过知道有些穷小小人孩子不会浪费机会，不会跑去偷懒，却没有可能得到这样的好时机……"

其实最难过的是基蒂，她说："沃纳，你这样做是因为你觉得自己一文不值吗？我看着你，看到的是一个拥有无限潜力的人，我知道这条路很难，但你完全可以成为一个了不起的人，可为什么你就不能像我相信你那样相信你自己呢……"

同时，普瑞儿其实是最难过和生气的："基蒂，都是坐牢把他害的，他现在一团乱，连希望都没有了。他进监狱之前，多有精神，多有活力啊！现在他很少做梦，就算做了，也是噩梦，无法想象他自己的美好未来。沃纳，老天，我甚至都不能看你，我每天在这里，你就像个白痴一样游手好闲。如果你把这件事情搞砸了，我永远也不会原谅你的。"

我怒不可遏，我只是错过了一次家庭聚餐而已，就是这样。我只想做一天普通的中中人孩子，他们能不能别表现得我是个疯子，做了什么十恶不赦的事。

但是除了附和大家，我还能做什么呢？于是，我垂下头，露出悲伤的表情。

"各位家人，我把事情搞砸了，但现在我真的知错了。"我告诉他们，"这种事不会再发生了，下不为例。"

托尼在大厅里找到了我。

"我想了想你犯的错，我来说说我觉得你为什么把事情搞砸了吧。你不体贴别人，这就是你的原罪。"他解释道，"你知道的，牺牲的不只是你自己，家庭晚餐对我们所有人来说都是一种牺牲。想想看吧，晚餐是最重要的社交场所，爸爸本可以去见选民，妈妈本可以去争取客户，我本可以找同学联络感情，办个'比萨饼之夜'什么的，让他们在秋天的选举中支持我当学校副主席。"

"谢谢，托尼。"我道。

托尼走后，基蒂来大厅里找我。

"对不起，我刚才太紧张了，没事的，别担心。"她安慰我，蹲在我身前，希望能拿出随意的口气，尽量不显得悲伤，不让声音发抖。

"我保证过了，我再也不会那样做了。"我发誓。

"那你和谁一起去的？"她问。

"只是学校里的普通孩子。"我说，"我的意思是，很明显，我从来不和坏孩子交往。”

　　“除非那是你想要的。”她说。

　　“一点都不好玩。”我撒谎说。

　　“你知道的，如果你是和女孩子出去的，你大可以直接告诉我。”她突然说。我抬头看着她那双又大又漂亮的黑眼睛。

　　“不，不。”我撒谎说，“我的意思是，既有男孩儿，也有女孩儿，一大群失败者呢，但我没有单独和女孩儿出去。”

　　“好吧。”她耸耸肩。

　　那天晚上，我的梦很狂乱，第一次出现这样的梦境。我从西埃尔曼那些大宅中创造出了无数空中健身房；我把汽车抬升起来，爬上向上翻开的草坪，让房屋之间的洪水消失，清理了瓦砾，强弧形灯和公路点燃了天空，像是在说“走这边，从这里爬上去”；洪水泛滥的平原缩小成了一个蹦床，帮助穷小小人梦到他们自己上来找我；而且，东埃尔曼人兴高采烈地翻着筋斗进入了西埃尔曼人的梦，他们大声叫骂，摔跤搏斗，划水；脚下的土壤在游动，布满了各种梦中的东西，就像我有九个做梦的大脑，而八个已经失控了。

　　晚上在学习和压力中度过，一切恢复正常，每个人都假装我从来没有犯过错。我和马克老五一起学习，埋头于数学。在家庭晚宴上，胡恩和道恩热情地赞扬了我的专注，“沃纳，你真是变了一个人”。

　　然后，又一场失败突然降临，穷小小人姐弟遭到了重创。

　　普瑞儿没有通过西埃尔曼富中中人学校的考试，一天下午我回到家，发现她闷闷不乐地坐在台阶上。

　　但这件事不能算突然，老实说，几个星期以来，普瑞儿一直就知道她考不过。因为她那个用商业报告代替作业或考试的计划也只是一个孤注一掷的策略，没有老师要她这么做，他们也不觉得这是个好主意。

　　换句话说，她根本毫无希望，她只是每天去教室，带着夹杂着恐慌的欢乐和自制教学案例，听露出厌恶笑容的老师讲课。是呀，普瑞儿，你给我们讲的关于饮品店做水果酱的故事很有意思，但恐怕历史这科，你还是及不了格。

所以西埃尔曼富中中人学校把我这个乱七八糟的姐姐丢了出来，丢进了东埃尔曼穷中中人职业技术学院。

这倒不算坏消息，猜猜看是谁说服她进入商务专业的。

"普瑞儿，天哪，我真为你骄傲。"我在巴士上向她欢呼。

"天哪，你在说什么呢？短短一个月，我在两个不同的学年里都考砸了，更糟糕的是，我的数学知识还不够用，根本上不了数学课。"她闷闷不乐地说，"我花了一年学习打理商店需要的数学知识，花了几周在富中中人学校背愚蠢的理论数学，但这些都远远不够。"

"职业技术学院对你来说至少是个好地方。"我希望。

"谁在乎呢，胡恩现在认为我是个失败者。"她很担心。

"你是怎么把那支笔卖给顾问的？"我说。

普瑞儿终于露出一丝微笑，说道："想知道我是怎么说的吗？"

"是的。"我说。

"好吧，你是辅导员。"她说，"你别说话，先想想你会花多少梦芒买到最优质、最可靠、质量最好的笔，这是你余生唯一需要的笔。"

"好吧。"我说，心里想的却是，我连一个梦芒都不愿意花，谁需要笔这东西。

"想到要花多少了吗？"她问道。

"是的，我想到了。"我说。

"好吧。"她说，"这是一张纸。把那个数字写下来。"

我没有笔，写不了。

"我没有笔，写不了。"我说。

"不开玩笑。"她说，"听起来你需要买支笔。"她用钢笔打了我的鼻子一下。

显然是这样。

"你只说了这些，就进了商务专业？"我尖叫起来。

那是我重新选择专业前的一个周末。

我觉得还没准备好，但我拒绝承认。周六和周日，全家人兴高采烈地一起努力帮沃纳补考。

一连两个早晨，我、胡恩一家和普瑞儿都在冥想。

胡恩吩咐厨师们做可以补脑的特别食物，比如绿叶菜和油性鱼。

我和道恩晚上一起练瑜伽，调整能量，只用特定部分的肺呼吸，我打赌你甚至不知道肺也有不同的区域。

周六早晨，胡亚根和我一起复习医书，轻声鼓励我说这一科其实没有我想的那么难，我一定能考好。我几乎相信了他。

托尼谈到了程序，这事没什么可说的，因为托尼总是不停地讲什么所有的一切都很美好，这让我在很多时候不得不同意他的观点。是的，所有这些无聊的事情都超级美妙。

即使是尖酸刻薄的黛西，也花了两小时和我一起复习化学。黛西不再是天才儿童，但她仍然努力在化学实验室里做实验。她的准备工作很扎实，她对我也很好。"在这所房子里，你真的忍受了很多。"她告诉我，她看我的眼神很慈祥，"换成是我就做不到。"

周日，我和马克老五、基蒂一起钻研数学。马克老五吃了提升集中注意力的特效药，所以给我补习起来格外高效。这个孩子只要不分心，他的大脑就超级发达，我很努力地像一株饥渴的植物那样吸收知识。

醒醒，沃纳，今天是礼拜一，该去考试了。那天的情形是这样的。

"祝你好运，你肯定能考好。你太聪明了，不适合去干力气活。"布兰德在停车场说。

特雷恩点了点头，什么也没说，只是冷冷地笑了笑。

格蕾丝给我发短信说"你是最棒的"和"你可以做到",还给我发了很多凯歌、爱心和焰火、忍者滑板冠军,我的手机要爆了。

"弟弟,你走到这一步是有原因的,我相信你。"普瑞儿对着我的耳朵说完,便把我推到门口。

"测试分为九个部分,每个部分三十分钟,你必须通过所有部分,才能通过补考,准备好进入第一部分了吗?"

我通过了前两部分,在第三部分卡壳了,一共二十五道题,我只解出了六道,而至少要解答十三道题,才可以继续。

我失败了,这下真是大祸临头,我的分数甚至都谈不上差强人意。

我穿过停车场,走进梦芒世界,我不能回抬举馆,太丢人了。现在还没到午饭时间,我失败了。

现实世界

我一个人在梦芒世界里走着，长达好几英里的过道洒满了刺眼的白光，我恨自己。

我还讨厌愚蠢的梦芒世界，看看这个糟糕的地方吧。

看看所有这些令人毛骨悚然的廉价东西，制造时间短，做工粗糙，在这世上停留的周期短暂而悲惨。

你看这些闪亮明星英雄背包，使用坚硬的塑料面料做成，背带缝在右边，负责画闪亮明星英雄面孔的机器一定是不太灵光，因为英雄的眼睛处在不同高度。

再看这个持枪歹徒玩具套装，支付六百个梦芒，可怜的小凶手就可以用橡皮子弹轰击塑料雕像了。

这堆超级拖把的一半已经弯曲变形，永远卖不出去了。

这一排可怕衬衫足有一千件，一千个人会走进来把它们穿在身上，不知道为什么，但想象那样的情形实在很可怕。

听这段塑料质感的音乐，咚咚咚咚，闪闪发光，像是清洁机器人的声音，说不定动物听到我的声音也有这样的感觉。

说到动物，现在就有一只，它的尾巴一直在摆动。

这是一只大而邪恶的玳瑁猫，此时正在追梦芒世界里的穷小小人。

看看这台死亡机器，它挥动着邪恶的爪子，拥有超强力量，最重要的是它非常嗜血。我怎么知道它喜欢血？看看它吧，强壮结实，吃得饱饱的，但仍然贪婪地捕猎，它甚至不想吃肉，它只对死亡感兴趣。

它疯狂地盯着一个洞，肯定有一些吓坏了的穷小小人逃了进去，他们很可能还在那里，除非里面有地道。

我尴尬地花了很长时间才按下恐惧，让我的心停止颤抖。你要记住，沃纳，你现在比猫大，你既然已经熬过了漫长的牢狱生活，你就可以处理掉一只猫。

那只猫甚至都没有对我起疑，只是把它那长着胡子的脸转向我，疯狂地叫道：沃纳，请帮我在这些人类跑掉之前杀了他们。

"我当然会帮你的，浑蛋。"我告诉它，一下子将它夹在胳膊下面。

这个活蹦乱跳的家伙马上就像疯子一样乱抓乱撞，尖叫不止，露出了它真实的魔鬼面目。但是，你猜怎么着，笨蛋，你现在欺负不了我了，但我可以欺负你。我把它举到一臂之外，它肯定抓了我几下，但今天的沃纳比猫强壮得多，这感觉太爽了。

然而带一只猫走出梦芒世界的大门，不可能不被门卫发现。

"尊贵的顾客，请出示一下买猫的收据可以吗？"吉祥物英里说道，这块会移动会说话的大屏幕在和你说话时会闪光。

"我没有买猫，只是发现它在到处乱爬，这可是个公共卫生隐患。"我道。

"谢谢你，亲爱的顾客，你需要的一切都能在梦芒世界里找到，我们还有宠物店，这只猫一定是从那里逃出来的。所以，你为什么不把它带回去呢？"漫步月球的吉祥物说。

我看着那只猫，只见它正惊慌失措地挣扎着。我想买下它，然后把它淹死，或者一个个扯掉它的爪尖，再把它扔到街上。祝你好运，浑蛋，不如你不要再杀人了，像我们一样吃垃圾吧。

但我那颗愚蠢的心不允许我杀死或弄残一只杀人的变态猫。

"你能不能把它带回去？"我问。

"请帮帮我，伙计，我们人手不够。"这位筋疲力尽的穷舞蹈家说，这家伙还在跳舞。

"谢谢你的帮助，把它放到那边的水箱里就行了。"疲惫不堪的宠物店老板说，许多肮脏的鹦鹉正在攻击他。

我把猫扔进了一个破水箱里。

"米可那达，你不能再逃跑了，我们该拿你怎么办呢？"宠物店老板说。

我很高兴，米可那达至少必须生活在糟糕的猫监狱里。我又有点难过，难怪这只可怜的猫会这么邪恶，囚禁生涯使它像我一样疯狂。然后我意识到，沃纳，不能心软，所有的猫都是邪恶的，食物链导致它们就是如此。

在我出来的路上，我碰到了两个我从猫口下救出来的小小人，他们衣衫褴褛，一个是男孩儿，另一个是女孩儿，他们把偷来的除臭剂放进了一个洞里。

他们发现了我，感激地吻了我的拳头。**谢谢你救了我们，好心的巨人。**

我也回吻了他们的拳头，这会儿，我开始觉得不那么糟糕了，数学不好又怎么样，至少我有足够的力气制服一只猫。

梦幻世界

胡恩的办公室在胡恩家豪宅的顶层，我花了好一会儿才到那里。我爬上一百五十级台阶后，能听到他发出的平稳的隆隆声。

"但是你得记住，实验失败并不是件坏事，小猫。"我听他说，"实验的重点不是成功，而是你要从中吸取教训。因此，如果我们都能从中吸取教训，那么这可能仍然是一件好事。"

这时，他注意到我站在门口，便沉默下来，生怕我不明白刚才说的就是我。

"沃纳来了，我挂了，我爱你。"他对着耳机说，然后挂断了电话。

"胡恩，首先请原谅我打断了你，如果我能占用你两分钟时间，那当然太好了，不过我可以过会儿再来。"我提出。

"当然不必，请坐。"他喃喃地说，带着和蔼而严肃的神情看着我把一张一半比例的椅子拉到他的面前。

我们周围的墙上都是屏幕，每天不停地在播放本地新闻和监控画面，还可以看到他的竞选团队的电脑桌面，那些人在编辑他的实事演讲片段。

"不知道你有没有从东埃尔曼穷中人职业技术学院得知我重选专业的成绩？"我说。他遗憾地点了点头，表示他已经知道了。

"胡恩，带着礼貌和尊重，我要跟你说几句。"我说，"我知道，到目前为止，我的表现很差劲儿。我从一所不错的富中中人学院退了学，有一天晚上私自跑出去参加派对，现在却像个笨蛋一样没有考入数学专业。总之，我知道我辜负了你的希望。"

胡恩悲伤地笑了笑。

"你认为我对你有什么希望？"他问。

"我来给你描述一下你对我的希望。"我回答，"他是一个完全可以信赖的天才，他只需要一次机会来证明自己是超级巨星，从不搞砸任何事，也不会考验你的耐心。他非常关注成功和成就，在他的生活中，哪怕只是一分钟，也没有比这两样更重要的东西。他的存在只是为了积累分数，证明穷小小人也是人。"

胡恩的笑容渐渐退去，我不知道我该不该这么说，不过没关系。

"但是，胡恩，"我说，"如果在你家里养穷小小人的目的是讲美丽的童话故事，那我来说个故事，你听听怎么样。胡恩把两个孩子从痛苦和死亡中拯救出来，他们不是天才，但你猜怎么着，这没关系，他们仍然值得拥有美好的生活。穷小小人即便不是天才，也值得被拯救。"

胡恩突然把一根手指放在耳边，瞥了一眼墙上其中一块屏幕，扮了个鬼脸，低声说："安静一下，沃纳，等我一会儿。"他转身面对相机，严厉地宣布道，"谢谢邀请我，维奥莱特，不用说，我完全拒绝对手的嘲弄和欺负。如果有什么不同的话，那他才是蠢货，这件事是他挑起来的，你大可把我的话告诉他。"

他露出一个电影明星般的微笑，拍了拍耳朵，转过身来对着我，又恢复了庄严的温柔。

"沃纳，"他告诉我，"我很高兴我们能说说心里话。你是个聪明的孩子，你可能不这么认为，但我喜欢你，我真的喜欢你。就我个人而言，我当然同意你的观点，所有的孩子都应该拥有美好的生活，有没有天赋则无关紧要。"

他睁大眼睛，眼神十分温柔，继续小心翼翼地说："政治是我的专业领域，记住，你提出的故事，选民们不会喜欢的，选民们喜欢的是结果。因此，我关于穷小小人竞选纲领的核心，就是要让选民相信，帮助穷小小人会带来结果。"

"我只有带来结果才能留下来？"我问道。

"只有这样，我们才能最大限度地利用我女儿的项目。"他表示同意。

我想到了选民，试着像选民看我那样看待我自己，这其实并不难做到。

好人是不会被关在监狱里的，谁在乎他现在识不识字或能不能做基础数学题，没有人会因为我不是大白痴而恭喜我，这些都不是结果。

在一个编辑屏幕上，他们在找音乐做配乐，配的图像是胡恩向为他鼓掌的人挥手。伤感的钢琴声响起，只是听着和哀乐差不多。

"那接下来怎么办？"我缓缓地说，尽量不让自己尖叫，我很清楚，如果我抓狂，我将永远失去他的支持。

不知怎的，他的话越说越难听，而他眼中的善意却加深了。

他说："我将为你们安排免费的政府住房，让你们住进东区的一栋小房子里，度过你们在学校的剩余时间。"他说，"当然，要选择离学校近的房子。毕业后，你可以继续住在小房子里，但要支付合理的租金。"

我开始毛骨悚然。

"你说小房子？我的意思是，我能不能至少维持现在大一点的身材？"我问，"如果我和老鼠一样大，我就不能继续在抬举专业学习了。"

他的声音变得沙哑，市长竟然是如此悲伤。

"沃纳，十万梦芒永远不会是礼物。"他说，"只能作为贷款。"

我甚至不想问起我姐姐，但我知道我必须问，我感觉自己的血液都冷了，我的心脏虚弱无比。

"那普瑞儿呢？"我说。

他瞥了一眼门，有人偷听吗？没有，好吧，然后他说："这件事需要另行判断，我还没准备好。"

"为什么？"我问。

"我对你很坦白。"他说，"你姐姐很努力，她有很伟大的梦想，我认为她发挥了最大的潜能。她有你说的高专注力，但如果没有高超的文学或数学背景，她的潜能也是有限的。"

我点了点头，忍住愤怒的泪水，勉强发出坚定的声音，希望他有耐心听完我的最后一段推销。

"胡恩，再给我一次机会。"我道，"你需要结果，没问题，我会给你结果的。我是百里挑一的孩子。"

他向后靠了靠，揉了揉疲惫且布满皱纹的前额，好像在说"请不要把这件事弄得太复杂"。

"我会不惜一切代价的。"我向他保证，"不管付出什么代价，我是认真的。最后一次失败让我知道了我需要什么，我再也不会犯错，再也不会放松了。从现在起，我一定会专心做到值得信赖，我将运用大脑。胡恩，你想想，我已经很认真地学习了，几个月前，我甚至不知道数学是什么，今天我通过了至少两个考试部分，你必须承认这是进步。再给我一次机会去补考吧，把我和普瑞儿留下吧。"

他皱起眉头，瞥了一眼屏幕，随后又盯着我。

"这是一个关于穷小小人的真实故事。"我告诉他，"他们能给结果，但是他们需要多一点机会。如果只打开一扇门，没有人能成功。胡恩，我知道有很多扇门为你打开，请再为我打开一扇门吧。"

他又瞥了一眼屏幕，低声说了句"对不起，我有事处理"，他轻敲了一下键盘，我垂下头。

"再开一扇门。"我尖叫着。

"我会考虑的。"他撒谎道。

但我还有一线希望，我在阳光房里焦急地踱来踱去，等着她回家。

"弟弟，我们没事吧，弟弟，接下来会发生什么？"普瑞儿烦躁地问道。

"我不知道，我不知道。"我说，狂乱地叫她闭上嘴。

"我很抱歉，但我太神经了。"普瑞儿喊道。

"听着，去学习吧，提醒大家你是个多么好学的人。"我告诉她，她用力地拥抱了我，然后走开了。

透过一扇窗户，我看到她在客厅里铺上视频地毯，让所有人都看到。说实话，她这样做恰恰说明了她不具潜能，她就像是女售货员在学习和钢琴一样复杂的图表。

基蒂回到家时，天空已经变成了粉红色，我马上跳起来，向她挥手。她看着我，愁容满面，眉头紧皱着，紧紧抿着嘴巴，一只手紧紧捏着辫子。

"我听到消息了，沃纳，我很遗憾。"她说，但看起来似乎不止遗憾那么简单。

"听着，我知道你对我的失败感到失望。"我对她说，"我只想告诉你，不知怎的，我一点也不感到绝望。老实说，我只有希望，我完全相信自己，就像你一直希望的那样。"

"好的，很好。"她不确定地说，"你这样的态度当然是对的。"

"这是当然，因为是你教会我这样的，是你让我学会了自信。而且，因为你，我现在才能活着，记得吗，是你救了我的命。"我提醒她。

"是的，我当然记得，很好，很好，我很高兴你不想放弃。"她说。

然后，她的声音大了一些，她说："嘿，我能问你件事吗？我今天看到你收到了很多情歌视频，那是怎么回事？"

"视频？"我重复道。

"我负责胡恩的家庭数据计划。"她解释说，"今天你的手机在疯狂消耗数据，我收到了自动发送的通知，有人给你发了很多眼花缭乱的情歌视频。"

她不必说其他的了，我从她的眼睛里看到了全部的真相。

事实并非是基蒂爱着沃纳。

事实是，当沃纳脱离了基蒂的控制，受到了别人的影响，基蒂就不再想要他了。

即使是普瑞儿也不行，我爱姐姐，但我也总是对她有怨言，即便如此，也会让基蒂对"帮助沃纳计划"失去兴趣。

事实很简单，如果沃纳爱上了别的女孩儿，就不能住在这栋房子里。**沃纳，不管你想做什么，都只能在这里做。**

所以在那一刻，我停止了对格蕾丝的爱。

这怎么可能？很容易呀，你只要告诉你那颗悲伤的心认准一个女孩儿，忘记另一个。只认准你能看见的神，而不是那个你能搂住的中中人女孩儿。

忘掉所有的人，只记得那个巨大漂亮的编曲达人，她是无利不起早的独裁女王，是很久以前你还是个孩子时会梦到的女孩儿。

"哦，是个超级烦人的女孩儿发来的。"我告诉基蒂，"她有点喜欢我，但相信我，我不喜欢她。"

基蒂眨了眨眼睛，立马高兴了起来。

"真的？"她问道。

"老天，我只想对她说'能不能别烦我，你这个疯子'。"我呻吟起来。

"你可以屏蔽她的号码。"她建议道。她眨着眼睛，微笑着，等我去做。

与格蕾丝一起过中中人生活的美梦，永别了；饮品店的约会，永别了。

我只能有一份爱，那份爱不再甜蜜，而是变得咸涩无比，因为杀死了另一份爱而充满了血腥味，也许这才是真爱的味道。

这是巨大的牺牲吗？我甚至都不知道答案，也许这才是最可悲的。

我点了格蕾丝的名字，手机询问"是否屏蔽"，我点击"是"。

"反正我没有时间浪费在任何一个不叫基蒂的女孩儿身上。"后来我开玩笑地说，好使我自己开心起来。

这是假装调情，不是真的，我们之间也只能假装调情。

"你没有时间和任何女孩儿交往，可爱的家伙，数学是你的女朋友。"她告诉我，眼睛闪闪发光，假装调情是她的最爱。

"对不起，这是事实，你救了我的命，所以我属于你。"我说。

"好吧，好吧，"她笑着说，"你属于我。"

我感觉到她柔软的大手插在我的头发里。

第五部分

马克老五

现实世界

沃纳和普瑞儿姐弟得救了，至少得救了几个月。基蒂求胡恩让我们留下来，胡恩同意了。托尼说："嘿，我在垃圾箱下面找到的那些孤儿怎么样，我想该轮到我救几个穷小小人了。"大家都叫托尼冷静点。

十二个礼拜之后，沃纳将参加另一次数学补考。

胡恩一家人都满怀希望地支持我们，我们都兴高采烈地假装没有人威胁要把我们丢回到从前老鼠般的生活中。

在胡恩连任的竞选派对和集会中，我继续充当"令人惊讶的沃纳成功故事"中的主角。看看这个年轻人吧，他聪明，肯奋斗，几个月前他还是个文盲，为了保护姐姐而沦为阶下囚，现在他努力学习，成了一个数学天才。如果我连任成功，我将继续为穷小小人争取应得的机会，每个人都应该有拼搏的机会。

我在停车场碰到了格蕾丝，只是咕哝着说"对不起，我不该再和你出去玩了，我认识了别人"。我看到她的眼神变得悲伤而严厉。

那天晚些时候，安琪儿大摇大摆地走到我面前，平静地告诉我，我是个疯子，是个罪犯，他们应该把我关回监狱，她还说"你亏大了，而从现在开始，我们都不会再想起你了"。

也许这是事实，日子一天天过去，我不时在停车场看到格蕾丝过着没有我的生活，和她的朋友一起咯咯笑着、看漫画、和弗兰克挤在一起看他的手机，我想她现在过上了全新的生活。

不过，没时间为逝去的爱情哭泣了，沃纳，你现在的生活之王是数学。

更具体地说，马克老五是我的生活之王。

对他来说，教我数学现在是一项学校项目，名为《你能教好一个十五岁的数学盲吗？——马克老五的学校项目》。很明显，富中中人学校会强迫学生不断地做项目和富有开拓精神的作业，去年他野心勃勃地做了一个关于狗和机器人的巡回测试，名叫《狗相信机器人是狗吗？机器人相信狗是机器人吗？》。

"这想法太愚蠢了。"马克老五痛惜地说，"但我的老师说，这主意太好了，去做吧，这样还能推广巡回测验呢。"他得到了一个很差的分数，毕竟狗或机器人不会被彼此愚弄。我的意思是，首先，你怎么才能看得出机器人或狗相不相信呢？

"不过不要担心，这个项目会更好。沃纳，我知道你觉得你学得不够快，马克老五有秘密武器给你，你永远也猜不到那是什么。其实很容易猜，这个秘密武器就是药物。"

"我现在每天都在服用有助学习的药物，老实说，如果不吃，我就无法正常学习。"他承认。

"我该吃多少？"我抱着巨大的学习药片问道。

"我们试试这个。"他说着掰下一小块。

我吃了那一小块，他把剩下的都吃了，药物很快就起作用了，"砰砰砰"，数学时间到了。

数学，数学，数学，让我们投身于这些美妙的问题里吧，对美味的数学产生无法满足的渴望吧。每个人都被邀请来参加数学区的派对，天哪，该吃晚饭了，我们甚至没吃午饭。

第二天我们又这样做了，日复一日，日复一日，生活变成了数学和现实世界的交替。

学习药物的好处是，我学数学学得很快，我的大脑空间也扩大了，不再像穷中中人的当铺那样杂乱不堪。相反，这是一间光滑宽敞的房间，就像在银行里一样，有巧妙滑动的架子和抽屉。对于马克老五给我展示的每件新东西，我都能找到一个空架子把它放进去，然后贴上清楚的标签，摆放整齐，下次一找就能找到。

学习药物的坏处是，我的整个身体一直处于紧张状态，我忘记了眨眼，双眼干涩；我的手指不听使唤；我总出汗，还吐了几次；我嘴巴发干，头皮发痒，总是情不自禁地哼哼和咆哮。

"马克老五，我有点担心，吃了学习药物，我的身体变得很怪。"一周后，我告诉他。

"哈哈，是的，我注意到你很焦虑。"他说，"那就换种别的，我觉得有一种药物对我最有用，给你一点吧。"

那是一种金色糖浆，散发出腐烂的恶臭。闻着糖浆冒出的蒸气，我的身体渐渐地放松了下来。

我的身体不再紧绷，喉咙不再发出嗡嗡声和咆哮声，皮肤也不再发痒和出汗，事实上，我的皮肤已经完全失去了感觉。

一个全新的人格进入了我的大脑，那个人对一切都感到恐惧，并且不断想象灾难要发生。

现在来说说服用药物后的一次冒险，起因是布兰德提出要给我看一个摔跤视频。我害怕看视频，谁知道为什么，等等，原因其实很明显：药物让我害怕一切。但最重要的是，我害怕告诉布兰德是药物让我害怕，所以我只是点点头。因为我还害怕说话，我要是说什么，他就会从我的声音里听出我很害怕。

于是我们开始看，又是大力士摔跤比赛吗？不，这是第十八届摔跤世界大赛，每个摔跤手都假装自己是一个国家，他们把脸涂上颜色，穿着侮辱性的变态服装，用假语言大喊大叫，践踏侵略的领土。选手的目标是通过把对手扔进奥切安池来表示接管国家，而且很多人都不会游泳。

我和布兰德看着弗朗茨冲向伊吉佩德，弗朗茨把一架手风琴套在伊吉佩德的脑袋上，用一根长面包打他。伊吉佩德大声喊他最好的朋友伊隆内来帮忙，但伊隆内开始像个疯子一样狂笑，原来伊隆内私下里和弗朗茨是朋友。过了一会儿，弗朗茨和伊隆内合起伙来围住伊吉佩德，合力将他丢进了池塘。

我看着眼前的一幕幕，吓得心惊胆战，我是这么想的：*啊，布兰德给我看这个，是因为他有话想告诉我。那个消息很可怕，所以他说不出来，必须借助视频告诉我。他要说的肯定是——你是伊吉佩德，我是伊隆内，你认为我是你的朋友，但我悄悄地和你的敌人弗朗茨是朋友了，很快，我们就会淹死你。*

谢谢你，白痴，我一边猜他下一步会怎么做，一边把目光转向布兰德。但我的头却一动不动，确保他的注意力不会从视频转移到我身上。我异常缓慢地开始爬走，希望他没有注意到，谢天谢地，他的确没注意到。他盯着邪恶的视频，咯咯笑着，他绝想不到我就像动物一样爬过地板，这可是我唯一逃跑的希望。

然后，特雷恩慢悠悠地走到我们面前，说道："沃纳，你为什么在地板上偷偷摸摸地转来转去，像个疯子一样斜眼盯着布兰德看？"我马上就慌了，飞奔着冲出了学校，跑进梦芒世界，接下来的三小时，我一直藏在合成树区域。

终于有一天早上，我小声对马克老五说："嘿，我有点担心药物会把我变成一个胆小如鼠的白痴。"

"天啊，你这话听起来很糙，但我完全明白。"马克老五道，"要不你吃点抗焦虑药物吧，我就有焦虑症，按照处方，我每天吃两颗。"

他打开药瓶盖，我捏出一点粉末，混合到饮料里喝了下去。

抗焦虑药好的一面是，我不再害怕，心脏不再狂跳，世界不再有那么多想杀我的人。事实上，我很肯定每个人都很高兴听到我的话，而且，每个人都欣赏我时不时跳出的舞步。

不好的一面是，每天服用学习药物和抗焦虑药，让我有点像马克老五。

这是什么意思？我的意思是，我发现自己有点太自信、太愚蠢和太健谈，说话不经大脑。事实上，我会把我的每一个想法都说出来，因为我觉得人们愿意聆听我的所有想法，尽管我的想法不过是无聊的自我观察而已。大家好，我刚意识到我从右边数第三颗上牙的牙缝里老是塞住食物，那个牙缝里好像总有一些软软的小蘑菇，很有意思吧？想想我牙缝里塞的食物吧。

我还会说这样的话：嘿，大家好，我现在可以让基本的形状在我的脑海中快速旋转，我一边跟你们说话，一边做题，看看吧，我猜你们可做不到，但是相信我，这样实在太神奇了。不管怎样，有什么新情况，我会告诉你们的。

而且我的感觉变得麻痹，我觉得自己更像一个机器人，对输入、输出、药物和任务更感兴趣。

但也许这是一种进步。毕竟谁会想成为曾经的沃纳，谁会想念那个焦虑、谨慎、害怕提高自己的失败者？忘记那个孩子吧，我甚至不记得自己曾经是他，谢天谢地，他已经不再操纵大局了。

梦幻世界

晚上，我的梦越来越强烈，但比以前更加失控，毫无疑问是药物的作用。

不再是我决定做什么样的梦，不再是我选择梦境里的一切。相反，我的梦就像一个家庭入侵者出现在我的脑海里，而且通常来自天空，并且很巨大。

如果我认为罗斯英迪卡是一堆拥挤在一起的洞，它就自动变成了这样的洞，而我却无法控制。二十倍比例的金刚神在我们头顶上方的街道跳起了华尔兹，互相挤着从活动门掉下来。

我的梦中出现了疯狂的空中大游行，手推车飞艇和航天飞机驶过，像单向回飞棒一样冲向地面，摔得粉碎。啊，这些东西出现在我的脑海里，现在也进入了你的脑海。

如果我认为一群小行星正在从地平线下慢慢地向我们冲来，那你瞧，它们来了，从海洋升起，踢着它们的蹄子，像在打内战一样。此外，还有旋转的可怕弹珠像雪崩一样让我们置身火海。

如果我认为没有空气的黑暗可以灭绝地球上所有的生命，那么再见了，地球上的生命。我知道这是我的错，但请相信我和你一样对此感到沮丧，不过，明天又是新的一天。

现实世界

帅哥马克老五是一个迷人又爱唠叨的瘾君子，我有前科，却很酷，而我成了他的伙伴。数学稳稳当当地待在我脑海中的架子上，很快，我真的相信我无所不能。

但要真正做到这样，还需要有我自己的风格。

对我而言，选哪个品牌显而易见。梦芒世界一半比例高端成衣区里有很多货架，上面摆着时尚衣物，甚至有点像马克老五自己的时尚衣橱。

够了，是时候来些新鲜的了，马克老五药物项目的几周后，我对着空气喊道："够了，是时候来些新鲜的了。"然后，我大摇大摆地走进一半比例高端时装区，不由得啧啧称奇，告诉售货员朋友琼斯："你猜怎么着，你的幸运日就是今天，给我挑几件衣服。"

琼斯喜出望外，我跳了三四支歌曲的绚丽舞步，我们一起大笑，笑着笑着，我哭了起来。然后，我像疯子一样购物，我走出来的时候，看起来像一个全新的奇迹。想想看吧，梦芒世界一直在停车场的另一边，等待我去发现真实的自我。现在我是最真实的沃纳，是全新睿智的沃纳。

我有没有想到被我花掉的梦芒？有没有想过我脖子上的吸血鬼吸管？相信我，我真的想过。但我有一个很目中无人的想法：听着，现在我的流动账户里有的是梦芒，就算未来几个礼拜我一直买衣服，也花不完，这期间，天知道会发生什么事。再说了，你以为我会像某些廉价又胆战心惊的失败者那样不敢花梦芒？不。再说了，很快我就将通过数学补考，到时候我会挣来这辈子都花不完的梦芒。我想你可以说，未来是如此美好，我都要头晕目眩了。

　　我不再花很多时间在停车场了，我把所有的空闲时间都用在了数学上。停车场对我来说也变成了一个让人抓狂的地方，突然有些小痞子开始跟着我，还大喊："咕咕咕，我会救你的，公主。"

　　特雷恩和布兰德面对我的时候也怪怪的，最后我只能开口问："伙计们，有什么事吗？"

　　"小痞子，对不起，每个人都在看这个视频，真的是你吗？"布兰德一边问，一边点击了播放键。

　　胡桃棕色的标题首先出现：《小火车讽刺剧》，像狂野的西部一样闪烁不定，背景中有钢琴砰砰作响。

　　过了一会儿，视频里出现了几只老鼠，它们坐在一节列车车厢里，咬着扑克牌。

　　很快，字幕就提出，谁和老鼠坐在一起？让我们慢慢看，为什么亚瑟穿着廉价的和服，哆嗦不止，而且满身大汗？

　　这些假的小火车上还有谁呢？是小小的普瑞儿，可以看到她被挤进了一节客运车厢，她的公主礼服被卡住了，但仍在风中飘动。

　　"听着，我相信这些火车一年比一年小。"她说。她身体僵硬，看起来非常奇怪，她说话的声音都不像她了，猜猜下一个是谁，叮叮叮，你猜对了，小士兵沃纳，他的脸露出没有玻璃的窗户。

　　"公主，一定是哪个残暴的人把它们变小了。"我扮演的小士兵用又高又细的声音喊道。

　　与此同时，在停车场，我们周围聚集了一大群人，他们又叫又挤。*天哪，他在看呢，他在看呢，真的是他吗？*

"是的，就是我。"我确认。每个人都吓坏了，我则冷静地站在众人中间，脸上没有丝毫表情。

有人发现了弗兰克，把他推到我身边，这个作家男孩儿显然是第一个找到视频的人，他没有看着我的眼睛，只顾着傻笑，但他很害怕。

"听着，"他嘟囔着说，"我是在一个晚上偶然发现的，就在一个非常棒的喜剧视频分享平台上，我偶然发现了这个视频，我觉得里面的人像是你。我的意思是，这不是我的错，视频不是我录的，你不能怪罪我。"

弗兰克，你这个笨蛋，我当然会怪罪你。很明显，我们周围的每个人都希望我能和你决斗，还盼着我杀了你。

他比我高出一些，但我从小就打架，再说了，他的手腕那么细，就像鸡的脚踝一样，一掰就断。

我瞥了一眼东埃尔曼穷中中人职业技术学院的入口，只见格蕾丝在看我们，她看起来像是吓坏了。

"干得好，书呆子。"我只对他说了这么一句，捏了捏他的一边脸颊，就走开了。其他人看到我们没打起来，便"嘘"了几声。在回家的巴士上，我给普瑞儿看视频，她的脸变得煞白，但自始至终目不转睛地盯着我。

"太恐怖了，这简直和小丑一样。"她颤抖着说，"老天，每个人都能看到，要是有人拿着这个视频来羞辱我，只会让我更想成为超级人类。那种生活已经被我们永远抛下了。事实上，也许我们应该每天早上看看这个视频，好让自己愤怒。"

我有点希望我能感到愤怒，但实际上，我什么也没感觉到。没错，就是我，那样的我很奇怪，乱七八糟的事确实经常发生在小小人身上，做曾经的我很糟糕。这便是我的想法，我知道我这么想并不好。

但我服用了药物，现在的我只是一个冷静有逻辑的机器人。谁在乎过去呢？谁有时间去看穷小小人的闹剧？我的朋友现在是数学和富中中人。

我喜欢马克老五，他也喜欢我，我是说，他怎么会不喜欢我呢？他喜欢我这个聪明、积极又粗暴的人，他愿意做我的朋友，为我提供各类药物。他喜欢在吃饭的时候去拜访客人，喜欢挖苦爱翻白眼的黛西，喜欢胡恩感谢和赞扬他给穷人的生活带来了真正的改变。他甚至定制了背包，装上供我放腿的孔洞和一个王座，现在我可以坐在那里，如果他想带我，我就可以坐在他的背上。例如，和他那些两倍比例的伙伴们去森林狂欢。

"沃纳以前是个穷小小人，就像老鼠一样大，这小痞子在监狱里待了整整一年。"他马上告诉伙伴们，他们当然很感兴趣。

"沃纳，你就允许这个浑蛋叫你小痞子，还是你需要我们把他揍个稀巴烂？"马克老五的一个朋友说道。

"所以在监狱里，你从马桶里做啤酒吗？你是怎么做到的，你以前那么小，你有没有想过，你完全可以拿着剃刀，先划破别人的喉咙，再割破他们的肚子。每次我看到小小人蹦蹦跳跳，我就情不自禁地担心这种情况会发生在我身上。事实上，你进监狱，不也是这个原因吗？"马克老五的另一个朋友问。

"你想念做小小人时的生活吗？那肯定很不可思议，毕竟所有的一切都比你大那么多，也不能呼吸。说实话，有时候我希望自己也是个小小人，那样我就能从可怕的痛苦中解脱出来，至少我会有真正的感情，我的心不会死，我的生活也不会没有意义，哈哈哈哈。"马克老五的好友做起了白日梦。

"马克老五，我在新闻上看到你爸爸烤大象，四口就吃了一头，你爸爸是一头该死的猛犸象。"马克老五的另一个朋友说。

"他的生活真的很糟糕，那么大，实在是太可怕了。"马克老五耸了耸肩，漫不经心地用手指拨弄着灌木丛，希望显得悠闲。与此同时，他把灌木丛从地上扯了下来。

大多数情况下，我不得不承认，我不太理解这些富中人和他们的胡言乱语，他们的谈话游戏无外就是"我有感情吗"或者"我骗你了吗，谁在乎"。

但有时我也能从一些对话中学到一些东西，比如和一个叫艾尔姆的人谈话，他非常安静，善于思考，是个很谦卑的人。

"我一直在想，对你来说，住在一个政客的家里肯定很难。"他告诉我。

"当然很难，有时非常难，但在很多方面也很容易、舒适、非常棒，但的确还是很难的。好吧，有困难，也有容易。我可以问你到底是什么意思吗？"我说话很含糊。

"我的意思是说，政客和整个政府在某种程度上完全欺骗了穷小小人。"他说，"我的意思是，你想没想过最低梦芒，这实在有点疯狂。"

"穷小小人一直都在受愚弄，但又能怎么样呢？生活就应该艰难残酷。你说的是最低梦芒？最低？梦芒？你说的是这个奇怪的词吗？还是你说的是另外一个词，只是从你的嘴到我的耳朵这段距离，这个词变了样？哇，这样的事也是有可能的。"我喃喃地说。

"不，你没听错，最低梦芒。"他说，"所谓最低梦芒，就是你比例账户里的最少梦芒数量。"

"根据经验，这个最小数量是零。"我说。

"啊哈，好吧，那不是真的。"他说，"你介意我就梦芒的事给你一些指点吗？"

"当然，当然，我想你会喜欢教我的。"我说。

"好吧。"艾尔姆说，"你的比例账户为零时，你有多大？"

"十分之一比例。"我说。

"是的。"艾尔姆说，"但是十分之一比例相当于你比例账户里的五百个梦芒。那这五百梦芒是从哪里来的呢？"

"我只是觉得，从物理上讲，人们不可能把体重控制在十分之一以下。"我说。

"但这在物理上并非不可能。"艾尔姆说，"而且可能性很大。身体比例与比例账户中的梦芒成正比。这就是梦芒的规则，没有例外。"

听了他的话，我无言以对。

"所以，最低梦芒是什么，就是对于每个比例账户里不足五百梦芒的耶威斯公民，耶威斯政府必须给予他们补助，否则他们会变得比十分之一比例更小。事实上，破产的人会完全消失，就跟死了差不多，等于零。"他说。

"哇。"我惊讶地说。不过我不知道他的话是不是真的很神奇，或者只是药物的作用。

"耶威斯政府决定，我们不能让任何人的身体低于十分之一比例，所以我们将提供五百梦芒给他们作为保证，那就是最低梦芒，他们可以随时改变这个数量。"艾尔姆道。

他默默地看着我消化信息。

"政府真是太好了。"我总结道。

"是吗？"他问道，"我的意思是，你不奇怪吗，为什么是五百？他们是怎么选定十分之一比例的？"

梦幻世界

不久之后，胆大的我就向胡恩提出了这个问题。放学后，我大步走进他的办公室。我的眼睛明亮狂野，我的皮肤凉爽无汗，我穿着网眼夹克和修身牛仔裤，感觉自己神清气爽。

"胡恩，我知道你喜欢和我谈心，况且坦率的交流是民主的精髓。所以说了这么多，让我们来谈谈最低梦芒吧。"我告诉他。

但是他听不见我，也看不见我，所以我只好跳到椅子上，蹦蹦跳跳吸引他的注意。

"你好，沃纳，一切都好吗？"胡恩问道。他永远都是那么彬彬有礼。

"首先，我不担心马克老五随时告诉你关于我的详细进展。感觉是那么神奇，一切都是那么不可思议，成功是必然的。事实上，我希望你完全忘记我以前总想去抬举专业，只有失败者会那么想，既不尊重自己，也不尊重身边的人。我已经往前走，等不及要去实现最辉煌的结果。"我宣布。

"很高兴听到你这么说，你只要关注奖品就行了。"胡恩笑着说。

"现在我想给你提个建议，一个针对你的平台的新政策，我真的认为这可能会改变游戏规则。"我说。

"我洗耳恭听。"他说。

"我认为你们应该宣布：嘿，伙计们，我们来做个交易吧，如果你们让我成为罗斯英迪卡的一把手，我就会做一件事。"我说。

我停顿了一下，因为我想让他等一等。

"你忘了你要说什么了吗？"胡恩说。

"不。"我说。

"你只是安静了一会儿。"胡恩说。

"你要宣布的是你将提高最低梦芒金额。"我得意地说。

胡恩噘起嘴，痛苦地点了点头："你说的是这个啊。"

"把最低梦芒从五百提高到五千。"我说，"那就再也没有人会小于五分之一比例了！不再有猫袭击人，不再有鹰袭击人，不再有人淹死在水沟里，也许每个人都可以去医院看病。到时候，罗斯英迪卡该是一个多么神奇和慷慨的地方啊！最重要的是，这个地方的最高长官是你，胡恩，就是你。"

胡恩做了个鬼脸，举起一根手指拍了拍他的耳朵，然后迅速站起来面对镜头。

"谢谢邀请我，维奥莱特。"他微笑着说，"在某种程度上来说，受到总统的侮辱，实在是我个人的荣幸。你真好，还担心癌症会耗尽我所有的力量和尊严，我想这一定意味着我不能做这些运动了。"他抓住一根单杠，快速地做了四个引体向上，还大声数了出来。

"现在，你可能会问，好吧，那是总统得癌症了？"胡恩说道，"但我甚至都不打算聊这个问题，不如我们只关注眼前的问题吧，谢谢你邀请我。"

他又拍了拍耳朵，红着脸坐了下来。

"对不起，沃纳，好吧，现在让我们考虑一下你的建议。"胡恩喘息着说，"最低梦芒提升到五千，那总体来看，政府必须提供一笔很大的数目。"

"确实很多，但想想你所得到的吧，想想你能改善和拯救的生命，这难道不是无价的吗？"我问。

"好吧，让我们估算一下成本。"他说，"罗斯英迪卡的人口约为一千五百万，中中人或更小身材的人有一千两百万，五分之一比例或更低的人可能有五百万。让我们往少了说，这五百万人口平均每人需要两千梦芒，才能达到五千最低梦芒。也可能要三千，但我们还是低一点，假设是两千。那就是一百亿梦芒。我得告诉你，政府并没有那么多梦芒。"

"好吧。"我说，"好吧。是的。好吧。"

他又给了我那个悲伤的微笑，我现在对那个笑容已经很熟悉了。

"但是，"我说，"你可以这样弄到这一百亿梦芒的。罗斯英迪卡有三百万中等比例以上的人，你可以要求他们每个人捐出四千梦芒。这不算什么的，就当是交税了，甚至不到他们比例账户数目的百分之一。你可以用这样的口号：失去一英寸身高，能拯救一条生命。我的意思是，有谁不想成为救世主呢？"

"当然。"胡恩表示同意，"我来告诉你，如果我这样做了，会发生什么吧。如果我今天宣布这个计划，明天我的橙党敌人就会制作一些视频，题目可以是——《何时是尽头？》。沃纳，他们肯定会这样说：'今天胡恩要你们减少一英寸去捐赠最低梦芒，去资助那些不愿意用诚实的方式去变大的小小人，明天，他就会再要一英寸，去建造你们根本用不上的小小人公路，后天，胡恩就需要你们三英寸，建造你们的孩子不会去念的小小人学校。这种情况会没完没了的，所以，请投橙党吧，保住你的比例，保住你的美好生活吧。'"

他看着我的反应，他玩过很多次这个象棋游戏，而我只是个初学者。

"但是小小人比中中人多，"我说，"所以你仍然可以得到足够多的选票，去击败邪恶又爱撒谎的橙党。"

"只是小小人不像中中人那样经常投票。"胡恩说。

"那就让他们投票。"我说。

"相信我，我们尽力了。"胡恩说。

"好吧，那就从超级大大人那里募集梦芒。"我绝望地说，"如果从每个三倍比例或更高的人那里要一英尺，我的意思是，这样肯定能得到很多很多梦芒。毕竟如果你已经有二十英尺高了，谁还会在乎？"

"当然，如果那是你的计划，我问你件事。"胡恩说，"你去过巴鲁斯特德吗？"

我摇摇头。

"那里的房屋都没有附在地面上。"胡恩说。

他沉默了一会儿，让我自己去解开谜语。但这看起来不像是谜语，更像是疯狂财富带来的一场滑稽的混乱，房子像疯了一样四处乱窜，谁知道那些巨人的脑袋里在想什么。

"说实话，这听起来有点危险和愚蠢。"我说。

"哈哈哈。"胡恩笑着说，"我可以向你保证，这些房子是世界上最安全的地方。不，这其中有一个非常具体的原因，巴鲁斯特德的巨大房屋可以随时装上卡车和驳船。那么，说说你的看法吧。"

我不知道。

"原因是这样的，"胡恩说，"如果巴鲁斯特德随意提高富人税收，或罗斯英迪卡提高富人税收，老实说，要是附近城市有像我一样的市长，一个月里没有响亮地宣布我们热爱富人，感谢他们慷慨无私创造就业机会，巴鲁斯特德的富人们就会离开。如果他们愿意，他们可以半夜离开，他们可以把自己的房子和财物搬到另一个城镇、另一个州、另一个国家，那里的税收更低，政客们也更友善。"

现在，胡恩是在和我说真心话，真正的胡恩向我说出了他的真实情况和恐惧，没有游戏和礼貌，我说不出话了。

"事实上，他们去哪里都可以。"胡恩对我说，"因为世界上的每个地方都争着要巴鲁斯特德的巨人。投资集团就算使出下作手段也在所不惜，一旦成功，就有数百亿梦芒可以使用。地方经济就算毁掉一切，也会为富有的大大人服务。有富有的大大人，找工作就容易了，农业、建筑，所有你能想到的。想想他们要吃的超多蔬菜和超多动物，想想他们那些巨大奢华的衣服。想想看，他们支付给富中中人员工超高的工资，请他们做饭、服务、打扫、洗熨、开车。"

"因此，提高最低梦芒当然很伟大，很人道。"胡恩最后说，"但是，如果我们提高罗斯英迪卡的最低梦芒，大大人就会离开巴鲁斯特德，那么我们就会失去工作，失去梦芒，然后很快，我们就不得不放弃提高最低梦芒这个计划。到时候，这个地方就完蛋了。"

"好吧，好吧。"我说，"好吧，好吧，好吧。"

"不过，你在考虑这件事，这很好。如果你有更多的想法，请告诉我，新的想法总是受欢迎的。"他眨了眨眼睛，然后回到工作岗位上，这时清洁车在大厅里呼啸而过。

现实世界

大约两周后，马克老五带我去了巴鲁斯特德，我才亲眼看到这些巨大的豪宅。

一开始是因为马克老五想低调地和黛西约会。

"今天是我那讨厌的爸爸的生日，我得过去一趟，天哪，我恨透了这种事儿。嘿，你想不想和我一起去忍受一场大大的豪华派对？"马克老五平静地问黛西。

"不，听上去糟透了。"黛西说。

"我要去。"基蒂说道。

"我是说，其实也没那么糟，至少看看巴鲁斯特德还是挺有意思的，有种变态得令人作呕的感觉。"马克老五说。

"不幸的是，我可不是什么令人作呕的变态。"黛西说道。

"哈哈。"马克老五附和道。

"我要去。"基蒂提醒道。

"基蒂，根本没人在和你说话。"黛西说道。

不过马克老五瞥了眼基蒂，脑袋里突然冒出个想法：*如果我和基蒂打情骂俏，黛西没准儿会嫉妒。*

"基蒂，我很荣幸能和你去我爸爸的生日派对。"马克老五温柔地说。

黛西的眼球都快掉出来了。

"天哪，太棒了！嘿，我们能带上沃纳吗？让他去开开眼，也算是你的部分任务。"基蒂笑得更温柔了。

"好吧，当然可以。"马克老五说道。

"千万别撞死什么人。"黛西说道。

"天哪，我想去，你觉得我也能跟着去吗？"普瑞儿问我。

我问了基蒂，她有些局促不安地说道："我想你可以问问马克老五，不过我觉得这要求有点儿过分。"

"基蒂不喜欢我。"普瑞儿在我们的卧室里伤心地说道，"没关系，等着瞧吧，总有一天，我会自己去巴鲁斯特德的，看到时候谁还会笑话我。"

"你一定能做到。"我急忙从生气的姐姐身旁溜走了。

不过我打算试试，便去问马克老五，没想到他居然同意了。

"噢，该死，没问题。"马克老五说，"带上你姐姐是个好主意，她很会说笑。"

就这样，我们五个开着他三倍比例的汽车去了巴鲁斯特德。基蒂坐在前排，我和普瑞儿坐在后排，挨着马克老五的母亲莉莉。她母亲穿着华丽的裙子，活像块儿既快乐又放荡不羁的漂亮橡皮糖。她古铜色的头发披散下来，笑起来像座喷泉一样。

"天哪，我太喜欢您的头发了，世上怎么会有这样的头发。"普瑞儿冲着莉莉惊叹道。

"哈哈，谢谢你的夸奖，普瑞恩。"莉莉说道，她可不擅长记住别人的名字。然而普瑞儿笑容满面，似乎在说：*那就是我的名字，没错，我就叫普瑞恩。*

"没错，莉莉，你看上去太漂亮了，那个傻瓜马克看你一眼就会被迷晕。"我说道。

"告诉你吧，你这块儿小肌肉，他要是看到我和你这么风流的小伙子在一起，一定会气死的。"她说道。

"妈妈，沃纳，你们能不能至少别在我面前打情骂俏。"马克老五说道。

"我能问问，我能和你的哪个朋友在你面前打情骂俏？"莉莉叹了口气。

距离马克家十英里的地方，路便消失不见了。事实上，无论从谁家出来，过了十英里，路都会这样消失不见。巴鲁斯特德没有路，相反，高速路入口挤满了飞机库、停车楼、飞机跑道和地堡，到处都是成群的司机急匆匆地安置飞艇、坦克和枪手。

这是马克的五十五岁生日派对，他正在停车楼上方的一块儿闪烁的屏幕中唱着歌。我们猛地开进停车场，下车时，马克的一个司机开着高尔夫球车停在了我们身旁，他要带我们开上最后的十英里赶到大大人的高尔夫球场。

"马克老五，莉莉，你们确定你们带来的每个客人都能让马克高兴吗？"司机看看我，又看看普瑞儿说。

"谁知道呢，我是说，谁也不知道谁能让他高兴。你瞧，基本上是这样。"马克老五说道。

司机还在默默地盯着我们，盼着用自己的眼神就能把我们扔到马路上去。

"我有种预感，要是马克老五，也就是马克最聪明的儿子的客人和朋友被拒之门外，马克一定不会高兴。只是种预感，不过你没准儿也同意。"莉莉建议道。

我在高尔夫球场上悄悄地问马克老五，马克是不是不希望我和普瑞儿参加派对。

"是这么回事儿，"马克老五解释道，"马克不喜欢那些说话声音小到听不清的人。基本上，他真的听不清不足中中人身高的人说话。这让他很恼火，因为他得说什么，而那些人还要不断重复，这打破了生活的平衡。所以，我觉得如果你想和他说什么，请大声喊出来，你随便大喊大叫也没关系。"

"想说什么就说什么，"莉莉劝道，"我会保护你的。"她从侧面抱住我，我的头贴在了她乳头下柔软的皮肤上。

我们爬过第十八个洞口，俯瞰着海湾上的大片森林，海边有五处大大的空地，每块儿空地中间都坐落着一栋大大人的房子。

即便你以为你曾经见过大大人的房子，我知道它们什么样儿，我有时会在新闻上见到它们。不，你根本就不知道，就算亲眼见到了这些房子，你也不敢相信它们竟然这么壮观。

每栋房子都有好几百英尺高、半英里宽，每栋房子都是件艺术品。一栋房子是个结实的玻璃立方体，一栋房子是个种植园，一栋房子是指环王的石堡，一栋房子是座神殿，屋角像干了的树叶一样卷曲着。还有一栋是粉色的西班牙式别墅，马克就住在里面，现在，成群的无人机正忙着往上面悬挂生日横幅。

在一个和东埃尔曼差不多大小的海湾海岸上，只有五栋大大人的房子，透过树林，你能看到每栋房子周围都有几个小小的村落，里面住着马克的中中人手下。

普瑞儿一言不发，安安静静，眼睛和嘴巴都像鱼一样张得圆圆的。

"我猜这儿就是巴鲁斯特德。"我傻乎乎地问道。

"这只是最南端的一角，"马克老五说道，"向北一百英里，都是巴鲁斯特德。"

"这儿算不上什么真正的小镇，倒更像是个国家公园。"莉莉说道。

"可是没有游客中心。"基蒂指出。

"而且所有的手下都是傻子。"马克老五说道，声音大到能让司机听得一清二楚。

我们开车到了海边，我看到马克穿着靓丽的救生衣漂在水面上。这个亿万富翁寿星长得高高大大，还很英俊，一头漂亮的斑白头发直挺挺地立着。我在岸上，远远地就能看到他那两只巨大的眼睛，泛着褐色的祖母绿瞳孔嵌在奶白色的眼白里。他的皮肤像蟾蜍一样灰暗，他毛茸茸的膝盖和肚子像座座小岛，浪花拍打着他的膝盖和肚子，竟没有泛起涟漪。

他身边围着一船船形形色色的舞伴，厨师在明火上烤鱼，酒吧老板搅拌着大桶的酒水，一名雇来的流行歌手唱着熟悉的旋律。

等等，这首恼人的歌不就是梦芒世界里每二十分钟就放一次的那首歌吗？难道那首讨厌的歌真是这个讨厌的家伙唱的？见鬼，没错，爱穿高领毛衣的名人兰迪，简直太棒了。

马克没有说话，只是随波漂动，漂到这边听听，又漂到那边看看。他行动缓慢，我怀疑巨人无法按照正常的速度移动，接着，我才发现，他原来并不想弄出太大的波浪，免得淹没大家。

我像个疯子一样盯着他看，他慢慢地从海里伸出一条滴着水的胳膊，从烤架上抓了两条两英尺长的鱼，一下了塞进了房子大小的嘴里，把鱼骨和鱼头"嘎吱嘎吱"地咬个稀碎。

我依然盯着他看，只见他从另一艘船上提起一桶伏尔加，倒进了嘴里。此时，驳船左摇右晃，因为船的一侧原本有很多酒，现在却什么都没有了。酒保手忙脚乱地搬酒桶，伏特加洒在他们身上，搞得他们浑身都湿漉漉的。

"多么疯狂、多么恶心的生活。说实话，真高兴他没有和我妈妈结婚。"我们的汽艇抵达他们家的驳船时，马克老五嘟囔道。

"你说得对，不过别在你的兄弟姐妹面前说这种话。"莉莉低声说道。我们在摇摇晃晃的甲板上庄严地向着马克一家走去。

马克一家由形形色色的情妇和孩子们组成，他们打扮得十分优雅，都穿着晚礼服和西服。马克老五是最年轻、个子最小的懒家伙，他那些身高是他三四倍的兄弟姐妹冲他不怀好意地笑着。

"小老五，你比以前更小了，真希望你不缺梦芒。"一个哥哥好奇地说。

"真丢人，你都买不起体面的衣服，穿得就像个流氓一样。"一个姐姐嘟囔道。

马克老五优雅地把他们的话当成了耳旁风。我觉得太不可思议了，要换作是我，一定会发飙，非把他们的脸打个稀巴烂不可。

"我马上回来。"巨人马克突然在所有驳船的中心对大家说道。听上去和正常人发出的低沉的声音没什么两样，只不过像是在离我耳畔两英尺远的地方说的一样。

他沉到水中，化成个黑影潜走了。波涛滚滚，驳船随之摇晃起来，大家一下子都没站稳。名人兰迪重重地摔倒在地，跳起来时鼻子还流着血，像是摔这么一跤就是他的舞蹈一部分。

两分钟后，马克在半英里外浮出了海面，只是没有人注意到他。

奇怪的是，大家似乎都对海岸线很感兴趣。

"沃纳，普瑞恩，别看他，转过来。"莉莉嘟囔道。

"等等，为什么？怎么了？"我说道。

"生理需求。"她说道。

"他在拉屎。"马克老五说道。

"见鬼。"普瑞儿说道。

"他不该在海里拉屎，可谁能阻止他呢？"马克老五解释道。

"宝贝，够了。"莉莉说道，可数不清的不怀好意的耳朵早已听到了她儿子大不敬的话。

"老五，你没少说爸爸坏话呀。"马克老三指责道。他身高四倍比例，是个秃子，穿着一身闪闪发光的三件套，瞪着饥渴的眼睛向我们逼近。

他长着鹰钩鼻的妈妈跟在后面起哄道："就是呀。"

"我的错，老三，我的错。"马克老五说道，"我爱说什么就说什么，我可不像你，大到可以帮爸爸把他湿漉漉的大屁股上的残渣擦掉。"

莉莉有些醉意，她希望儿子不要惹事，却不小心笑出了声。

"老五他妈，你儿子让马克的生日派对变得如此丑陋，你就不能管管他吗？"老三的妈妈盘问道。

"不能。"莉莉决定道。

"我很欣赏你这种嫉妒又无知的中中人的说话方式，滑稽的中中人孩子，我的确很欣赏你。"马克老三大声嚷道。

"你甚至都不知道拉屎对我们大大人的意义，你理解不了我们为什么有时候要在海里拉屎，因为你根本没这方面的生理需求。呃，别担心，你永远不会有这方面的烦恼，祝你慵懒的中中人生活过得愉快。"

"没错，的确太可悲了，我根本理解不了在海里拉屎有多么荣耀。"马克老五说道。不过老三没听他说完，便匆匆离开了。

回到陆地上，我们在大大人的庭院里吃了些鱼，巨大的桌腿和建筑物高高耸立，比我们大多数人的头顶都要高。

这无疑又让我回到了穷小小人的生活，桌子成了屋顶，只能盯着所有东西的底面。

"这些鱼吃着安全吗，上面还粘着拉到海洋里的屎吧？"我问道。

"得这么想，"马克老五说道，"比起你吃过的鱼，这些鱼粘上的屎不会更多。"

"有意思，我洗耳恭听，请解释一下。"普瑞儿快活地说道。

"哈哈，什么？"马克老五说道，"你真的想让我在你吃东西的时候讲讲海洋里的这些污染物吗？"

"我的确想，我对知识的渴望是无限的。"普瑞儿告诉他，"任何时候任何地点，我都愿意了解这种有趣的事儿！"

马克老五和莉莉都觉得这十分滑稽。

"你能找到这么多如此可爱、疯狂，又积极向上的人吗？"莉莉喊道。这时，基蒂带着我到处走，还把我介绍给有钱人认识。现在，我终于明白她为什么想来这样糟糕的派对了。

"沃纳，让我给你介绍一下希尔和她的丈夫谢尔文。他们赞助音乐和其他有价值的东西，而且，斯皮迪医院也是他们开的。希尔和谢尔文，请认识下沃纳，他是我和我爸爸胡恩发起的试点项目里十足的明星。我们这个项目就是承诺会照顾穷小小人，借给他们梦芒，让他们变大。还会发放适当的津贴，这样一来，这些小家伙就能过上一半比例的生活，还能去学校上课、工作，把他们的家庭从贫困中解救出来。"基蒂解释道。她眼里闪烁着疯狂的光芒，你很难不为这个正直女孩儿做好事的激情而流泪。

"也许这个项目还能教他们些疾病和卫生的知识。"谢尔文说道。

"当然啦。"基蒂说道。

"错误的用药习惯是抗药细菌滋生的罪魁祸首，这也是迄今为止我们面临的最大难题。相信我，如果我们因为小小人的粗心而灭绝，那就太丢人了。"谢尔文告诉我们。

"这个项目可以解决小小人的健康问题。"基蒂说，"真是解决难题的好方法，希尔和谢尔文可以担任小小人健康协调员！"

"嗯。"谢尔文说着，若有所思地点了点头。*我不捐梦芒，只把若有所思的点头当捐款，怎么样？*

我们都一言不发。

"我们有兴趣跟踪这个项目，当然，如果结果很理想的话，我们会很高兴加入你们。"希尔最后说道。

"当然，不参与照顾的工作，我可不喜欢和致命的抗药细菌载体一起生活。年轻人，你到目前为止接种过什么疫苗吗？"

"所有的都接种了。"基蒂急忙说道，又匆匆带着我去见另一对年迈的大大人夫妇。

此时，海滩上的大餐准备就绪，这与我们中中人的大餐有着天壤之别。

马克从水里大步走出来，坐在了火坑旁的沙地上。我们窃窃私语，强忍着不去看他。沙滩上也出现了几个巨大的人影，几个大大人邻居走出了他们的宫殿，四个男人和一个女人蹒跚而来，人们在他们脚下四下逃窜。

很快，我们几个中中人围坐在马克周围，他的邻居们也坐到了沙滩上。我们就像是演唱会的观众一样，一边看着大大人狼吞虎咽地吃着烤鲨鱼和烤水牛、咕噜咕噜地喝着威士忌桶里的酒，一边窃窃私语。

"马克，"一个邻居在演讲时间隆隆地说道，"生日快乐，兄弟。真羡慕你，品味简单，人也简简单单。你的父母是种土豆的农民，一直靠着政府对中中人的资助，现在再看看你，你自食其力，能吃下整个鲨鱼水族馆。老天的确善待了那些拥有伟大梦想又努力工作的人。"

"耶威斯政府把长高梦芒贷给农民，因为他们长高了，才能耕种得更好，这就是他所谓的政府长高项目。"基蒂轻声告诉我说。

"有人会说，马克最大的成就是他的药品帝国。"个子最矮，但至少也有十倍比例的邻居说，他的声音如雷声般响亮，"还有人会说，他最大的成就就是花了一年的钱买通报纸，让橙党重新入主白宫。但如果你们问我马克最大的成就是什么，我会告诉你，他和十一个美女生了十二个孩子，却从来没有和其中任何一个结婚。我是想说，看看这些漂亮的宝贝儿。有些人，你只需要记住她们年轻时的样子就行了，我猜大部分人都是这样。请相信我，每个人都是绝代佳人。不管怎么说，做得好，马克，为你干杯。"

"约翰，"这个大块头的妻子说道，"闭上你的嘴。"

"我明显是在开玩笑嘛。"约翰说道。

"马克，生日快乐。"年龄最大的大大人说道，"享受好时光吧，我希望你不要掉以轻心。你周围多的是会背叛你的人，千万不要怀疑这点。你的朋友、你的手下都是蛇，他们一有机会，就会背叛你。我的情况亦是如此，我看到处处是蛇。不，我希望他们能听到我说的话。我手下的头儿在哪儿？他才是毒性最大的那条蛇。沃伦，你这个犹太佬，你都不敢直视我的眼睛。"

"我现在就在直视您的眼睛，老板，我永远都不会背叛您的。"可怜的沃伦大叫道。他使劲儿睁着眼睛，还伸出手指指着它们。

"骗子。"老家伙诬陷道。他的下巴颤抖，嘴里的汤汁和血水溅了一衬衫。

"比尔，你能别在我的生日派对上干这种事儿吗？"马克问道。

"沃伦说谎就像条狗一样，但我一定比他活得长，更重要的是，我会比你们活得都长，任何人都比不过我。"比尔说道，"我太了解你们这群人了，以为我身体虚弱，一只脚踏进了棺材，然而每天早晨，我的血管里都会注入大量的新鲜血液。事实上，我为什么不能让你们看看我有多虚弱呢？"

比尔迅速起身，身体晃动了一秒钟，每个人都倒抽气，尖叫着，我们都以为他要跑过来杀死几个人。不过他站了一会儿，就摇摇晃晃地走到海里去了。

海水一没过他的脚踝，他就脱掉裤子蹲了下来，生理反应。

"沃伦，我讨厌死你的工作了。"冷静的马克面无表情地说道。这的确很搞笑，但大家笑得太夸张了，他们拍打着彼此，趔趔趄趄地走来走去。马克老三笑得最为响亮。

"我真心感谢您的耐心与理解，先生。"沃伦喊道。接着，他对着耳机嘟囔道："把船开到海上去，潜水船，带上网，十二区，快，快，快。"

马克手下的头儿名叫希瑟，身高三倍比例。她轻轻地拍了拍马克老五，当时，我们正坐着欣赏名人兰迪跳舞。兰迪大汗淋漓，他已经连续跳了六小时，几十个杂技演员身上燃着火，在他的头顶跳来跳去。

"马克老五，先生，我希望你玩得愉快，你父亲想单独见见你，你好为他送上生日祝福。"希瑟嘟囔道。

"太好了。"醉醺醺的马克老五说道，"我能带个朋友过去吗？"

"再说一遍，是单独会面，我想马克更愿意和你一个人聊聊。"希瑟建议道。

"他当然愿意。"马克老五说着把我像只斗鸡一样放在肩膀上。我佯装自己一点儿都不害怕。

传送带把我们送到了马克的书房，这里活像个竞技场，屋顶上满是云朵，桌子有胡恩的家那么大，窗帘像夜风中的船帆一样抖动着。

马克穿着绳织的长袍，懒洋洋地躺在硕大的地毯上。"你好呀，儿子。"他说道。

"您好，爸爸。"马克老五说道，"对了，这是沃纳，他是我的朋友，曾经是个穷小小人，您想想都会觉得疯狂。"

"你好，沃纳。"马克说道。

"生日快乐，先生。"我大喊道，生怕他会说"什么？我没听清"，谢天谢地，他没这么说。

"谢谢。"他说着将头向我们这边靠靠，活像个坠落的月亮，"马克老五，让我看看你。抬头看着我的脸。抬头，儿子。行了。你真是个英俊的小伙子，你知道吗？不过你看上去很疲惫，也许脸色有点儿不好。你得到你想要的一切了吗？"

"当然，还行，什么都有。"马克老五站在爸爸身旁，声音变得又高又尖。马克点点头，等着他再解释些什么，似乎没有听明白似的。

他接着说道："你有些地方和我小时候很像，这让我很高兴能见到你。即便你穿得不够体面，做事也不合礼数。"

"您醉了，还是哪儿不舒服？"疲倦的马克老五说道。

"哈哈哈。"马克哈哈大笑，地板隆隆作响，"这难道不好吗？你知道我根本醉不了。即便喝上很多，也才稍微有些醉意。"

"我敢肯定，马克制药公司卖得最好的药把您搞得一团糟。"马克老五说道，"比如鲸鱼箱，我觉得您吸上几口就能醉了。"

"小老五，"马克不想聊无聊的事，"我想和你说点事儿。你一直是个聪明的孩子，那么聪明，反应也快，就像我小时候一样，我忘了说过这话没有。不管怎么说，你的天地的确限制了你的发展。不过你最近似乎不愿和我亲近，反倒愿意浑浑噩噩地过日子。生活不够充实也没有关系，当然，你撞车撞得也不下两百八十五次了。我只是担心上学校学习对你来说没什么难度。"

"我觉得还是有难度的，"马克老五抱怨道，"我是说，到处都是聚会。"

"这正是我说学校学习对你来说难度不够的原因。"马克说道。

屋里有股难闻的脚臭味儿，却不是脚丫发出来的臭气，而是一浴缸融化的干奶酪发出来的。浴缸边上有块儿石板，上面放着巨大的面包。果然，巨人向后靠着，开始用面包蘸着干奶酪吃起来，奶酪溅落在了我们周围。

"我是想说，您有什么建议吗？您是希望我去所学习压力更大的学校，考出很差的成绩，觉得自己一无是处吗？绝对不行，谢谢。"马克老五嘲笑道。

"我想着让你去所更严格的学校，这样一来，你就会感到疲惫。"马克说道。

"我觉得这理论不错，"马克老五说道，"像个科学家，每隔几个月左右，就检查一下他的实验？"

马克的威严有损，畏缩着做了个鬼脸。*我希望你能理解我，为什么不能每天陪着你。*

两只海鸥飞进窗来寻找面包屑，他像拍虫子一样把它们打死了。

"我们能聊聊你十八岁的生日礼物吗？"马克说着，把头探向我们，这感觉就像在车库边说话一样。

"我不想要礼物。"马克老五说道，"给沃纳吧。"

马克叹了口气，他的口臭真神奇，像是一千只腐烂的动物在空中盘旋。他湿润的眼睛向我这边落下，眼皮上的血管像是一条条褪了色的蛇，随着脉搏上上下下地跳着。

"沃纳肯定比我做得好，这个小痞子有很多街头智慧。他住过可恶的垃圾桶，还相当自律，他的本事多着呢。"马克老五含含糊糊地说道，"就连他姐姐都特别厉害，她差不多随时随地都在学习，她还亲口承认过。沃纳，给他说说。"

"说实话，小老五，我们父子俩本该单独聊聊，你为什么非要带个朋友过来？"马克问道。

"我猜我只是喜欢惹您生气而已。"马克老五说到"惹"时，故意提高了音调。

马克点点头，向后靠了靠。他眼神黯淡，而后闭上了眼睛。"为什么要这么做？"他隆隆地说。

"因为我知道没人会这么做。"马克老五说道。马克狼吞虎咽地吃着，强忍着焦躁，吮吸着流下来的汤汁。

"这可算不上个好理由。"马克打着响指告诉我们，这声音就像雷劈断了大树一般。希瑟走进来，彬彬有礼地把我们带了出去。

回家的路上，莉莉坐在了马克老五的旁边，她也醉了，却想表现得严肃些，给自己任性的儿子讲讲道理。

"亲爱的，你得对你的哥哥姐姐稍微好点儿。"她说道。

"嗯。"马克老五不耐烦地说道。他怒气冲冲，开着车左摇右晃地狂奔。

"我只是想说，你至少得在面子上过得去。"莉莉要求道。

"妈妈，冷静点儿。"他嘟囔道。

"我知道你不屑于虚情假意。"她说道，"可若不这样，你就浪费了马克做你爸爸的唯一好处。"

马克老五从后视镜看了基蒂一眼，他解释道："我爸爸想把一人梦安眠药公司送给我当生日礼物。"

"你不喜欢和别人一起做梦吗？"基蒂伤心地说。

"不不不，不是药，是整个公司。"马克老五说道，"我爸爸想把他的公司分给我一部分，就是制造一人梦安眠药的那家分公司。"

"哇。"基蒂说道。

莉莉转过身对我们说道："可怜的沃纳和普瑞恩都不知道我们在说什么呢！"

"她其实是叫普瑞儿。"马克老五说道。普瑞儿一言不发，但我看到她脸红了。

莉莉宣布道："沃纳和普莱儿坐在那儿好像在说'哈，打扰一下，一人梦，安眠药，这些富中人没完没了地说着胡话，好像失去了理智一样，他们会不会把我们当成两道菜吃进嘴里去'？！"

"妈妈，别像个喝醉了酒的疯子一样。"马克老五说道。

基蒂解释道："沃纳，普瑞儿，一人梦安眠药就是银行在你长大或是缩小前为你提供的那种药，好让你的梦幻世界和其他人的分开，这样一来，你就不会伤害别人，也不会伤害你自己，谁也不会伤害到谁。"

"我记得那种药。"普瑞儿说道。

我也记得，记得我独自梦到的梦幻城市，梦中的耶威斯空无一人。我记得那种控制不住变大的感觉，长得比星球还大，比太空还大，在不透气的宇宙中将自己挖出来，回到银行里，嘴里还大喊着"不不不"。

"是的。"不耐烦的马克老五说道，"所以，实际上，购买这种产品的客户只有一个，就是银行，他们每年都购买相同数量的药物，仅此而已。超级无聊，这可是桩最无聊买卖。"

"我不知道，我想你想可以利用它做些了不起的事儿。"忘乎所以的普瑞儿低语道。

"不。"马克老五不耐烦地说道，"任谁也做不到。就连傻子都能经营马克制药公司的这家分公司。"

"宝贝儿，我明白了。"莉莉说道，"但你忽略了一点，马克打算把这家公司给你。二姑娘、三姑娘和四姑娘都没有自己的公司，她们都只是在他手下工作。他只把公司给了你一个人。"

"我不想再说了。"马克老五大喊着，猛踩油门。我们飞快地越过可怕的一半比例汽车，回到了西埃尔曼。

梦幻世界

几个星期过去了，我的梦变得乱七八糟，一些小痞子开始在学校谈论我的梦，虽然他们并不知道梦是我做的。

"梦幻世界出事儿了，昨晚有人让我梦到我的身体是一首歌。"一个暴脾气的抬举专业学生嘟囔道。

"太奇怪了，我们一家子总是和名人兰迪被困在马想出的泡泡里。"另一个人咕哝着。

一定是所有的化学物质让我异常兴奋，做梦和工作不一样，我不愿意停下，任由每一个想法四下审开，我丢下剪刀，任凭野草疯狂地生长。

我习惯了不去理会其他做梦人打算把我拉到他们梦中的嘀嗒声，他们从山谷和大海的一头摇晃着手电筒，叩着远处的门，他们以为那些门是我的。罗斯英迪卡的穷人和富人都想知道是谁点燃了这把墨色的火，是谁的呼吸创造了风树，是谁弄破了泡泡山，把路浪冲上了沙滩，是谁修改了他们被吸入的数学栅格，是谁雕刻出了时间的形状，是谁用墙壁和空气演奏出了旋律。

我关心他们中的大多数人吗？不关心。但我是不是需要他们知道，这些梦都是沃纳创造出来的，这些狂野香蕉梦是沃纳的杰作，未经允许，不得复制？答案是，我不需要。

那么，我关心基蒂吗？我想让她知道是我做的梦吗？想，我是说，那样做还不错。不过基蒂发现了吗？没有，真的没有。

她每天晚上都在为观众们演奏音乐，而我梦到的这些东西根本进不了歌剧院。

我问过她几次："嘿，你离开过那座奇怪的城堡吗？你想不想知道别人都在做什么梦？"

"我只想在梦幻世界里演奏音乐。"她说。

"如果有人想为你做点儿什么呢？"我问道。

"我想他们得学会在现实世界里那么做。"她耸耸肩，咧着嘴笑了。

有时，我在梦幻世界里也会用到她的歌，挖条沟到歌曲那里，在梦芒世界或者其他什么地方用扬声器播放她的歌曲。这样一来，梦境就变得越发光明、狂野和油腻，你醒来时，心跳加快、眼睛湿润，有那么几分钟的时间，你像是消失在了这个世间。

我等着她领会暗示，有一晚会好奇心起，去看看别人都在做着什么样的梦，比如我的梦。

在现实世界中，补考咆哮着一天天向我逼近。但事实上，我也在冲着补考咆哮，加快速度、增强力量，用我白热化的脑袋消磨时光，在数学房子里来回奔跑。手上做着提举训练，嘴里却嘟囔着数学定义，在客厅里做着练习题，批判整场考试。总之，就像美好的成功故事即将结束前的最后一幕，胡恩一家再次对我寄予了厚望。

那段时间里，我不再是我自己，甚至连人都算不上，成了没有感情、没有记忆的机器人。

我和马克老五不再多聊些什么，我发现他不再喜欢我了，我对他来说也不再是什么坏蛋，反倒成了个书呆子。

他开始提前二十分钟结束补习，接着提前一小时结束，很快，他甚至连来都不来了。无所谓啦，我自己一个人也挺好。

只有在梦幻世界里，我才真正地活着。我的确有欲望，有着让我浑身作痛的雄心大志，然而每天早晨醒来，我都记不清它们到底是什么。

补考前的最后一个周末到了，在周一补考前，只有这几天可以学习了。

周六，我做了包括全部九部分的模拟考，并且全都通过，成绩优异，甚至拿到了两个"满分"。

周日，我又做了一遍模拟考，有进步，得了四个"满分"。

胡恩说"沃纳，显然你已经准备好了"；基蒂说"你能做到的，你能永远改变自己的生活"；普瑞儿说"弟弟，我真为你骄傲"。

我知道我该有些感觉才对，我知道我应该感到骄傲和兴奋，然而我只是看着大家拥抱我、为我庆祝，我就像个局外人一样冷冷地看着。

考试的前一晚，我的梦混乱不堪，每一个死去后掩埋了的东西化作一千个幽灵，每一个被丢掉的袋子和瓶子和每种无疾而终的科技都死而复生，跳起了舞。*人类不再需要我们，所以我们自由了。*一千个幽灵从废墟中倾泻而出。

我差点儿飞进歌剧院，大喊着让演出停下来。基蒂，我想让你看看这个，也许我需要你看看这个，只要在我为你写的诗中待上一秒钟就好。

相反，我等待着，潜伏盘旋在每一首幽灵诗中，静静地望着她。

等待着她终于疯狂地破墙而出，流着血的幽灵赶来，闪闪发光，有趣的幻想，等待着基蒂意识到：*我该去找他。*

可她从来都没有来找过我，反倒是别人找到了我。

对我了如指掌的人，知道在哪儿能找到我的人。

那天晚上，我没有听到远处的嘀嗒声，也没有听到别人微弱的敲门声，却听到了鹅卵石不断砸在我窗户上的声音，我的天空中燃起了灰色的烟火。

他的头发时有时无，似乎记不清自己到底有没有头发，他一开始只得重复道："我想应该是你。"

他的梦非常微弱，时有时无，他重复着自己的话，一会儿认出了我，一会儿忘了我，一会儿又想起些什么。

"我想应该是你。"亚瑟微笑着说。

"亚瑟。"我哽咽道。

"我想应该是你。"他依然微笑着。

我们周围的幽灵都闭上眼睛，屏住了呼吸。"亚瑟，你还活着，你在哪儿，快把一切都讲给我听听。"我问道。

"我见到了梦里的东西，我想应该是你。"他一遍又一遍地说着。我得摇摇他，我得摸摸他的皮肤，可我做不到。

"亚瑟，请集中注意，告诉我你是不是遇到麻烦了？"我乞求道，"你需要帮忙吗？我从哪儿才能找到你？求你了。"

"这梦乱七八糟，不过很不错。"他说道，"我想应该是你，沃纳。"

"你在哪儿？"我央求道，"你在哪儿？"

"我知道做梦的幽灵是沃纳，我知道是你。"他重复着。这令他十分开心，可我的心却撕裂般痛着。

我在梦中照料了他一个晚上，和一个月、一千小时一样长，有时的确需要那么长时间。

最后，他终于眨了眨眼睛，变得鲜活起来，他嘟囔道："不不，现在还不行，肩膀脑袋，现在还不行。"

他低着光秃秃的头，一瞬间，我看到了文在他后脑勺上的脸，那张脸像个目瞪口呆的卡通白痴，眉头紧皱，舌头从可爱圆睁的眼中伸了出来。我的时间不多，在他醒来之前，我甚至没有意识到自己看到的是怪脸人的文身。

　　他只让我瞥了眼桑德蒂姆毛斯的水库，就像模糊不清的新闻报道，和海市蜃楼差不多。他的新卧室一闪而过，那里相当糟糕。然后，他像个虚弱的泡泡一样消失在了梦幻世界当中。

　　我一下子从梦中醒来。太阳躲在了云后，房子还在，普瑞儿也打起了呼噜。我的心怦怦直跳，我很清楚，眼下唯一重要的事儿就是去救我的朋友。

第六部分

亚 瑟

现实世界

我穿好衣服，走到屋子里找人，见到的第一个醒着的人是黛西。她在家庭影院上玩儿射击游戏，一晚上都没睡，她戴着耳机，所以没有发出任何声音。

"黛西。"我说。但她根本听不到。

沃纳，你在干什么，黛西是不会帮你的。

天才蒙蒙亮，胡恩就起了床，做起了有氧运动。我跑到仓鼠机前疯狂地挥舞着双臂。

"胡恩，救命，我在梦幻世界见到我朋友了，我们得去救他。"胡恩喘着粗气，我大喊道："他头晕目眩、神志不清，肯定有问题。有人在他头上文了身，我想我也知道是谁绑架了他，是怪脸人，他们的头头儿叫肩膀脑袋，他们是个犯罪团伙，我们得去救他。"

"慢点儿，嘿，慢点儿，你的朋友明确告诉你他被绑架了？"胡恩喘着粗气，在仓鼠轮子上手脚并用地跑着。

"那倒没有，我是想说，他几乎什么都没说。他的梦不太好，我真的很担心他。胡恩，我们必须得做点儿什么。"我乞求道。

"可那是梦幻世界，沃纳。"胡恩皱着眉头说道，"你不能相信自己在梦幻世界看到的东西。"

我们沉默了一秒。

*沃纳，你在干什么？胡恩也不会帮你的。*我觉得不太舒服，身体摇摇晃晃，又是桑德蒂姆毛斯警察那一套。

"听着，我们别无选择，我们必须帮他。"我尖叫着，完全失去了控制。

他停了下来。

"沃纳，嘘，深呼吸。"胡恩说道，"你为今天的考试做了出色的准备，紧张也正常，不过，请不要让你的神经质毁了你所有的努力。"

"我没有紧张那该死的考试。"我大喊道，"我保证，考试对我来说算不了什么。我只担心我的朋友，他遇到了麻烦。"

他站在那儿气喘吁吁地点点头。接着，他把我抓起来。

他把他汗涔涔的手放在我的腋下，手指卡住我的后背，大拇指抵着我的胸膛。他把我举到面前，他呼出的气十分甜美。

"我来说说你现在正在做什么。"胡恩对着我的脸说道，"甚至连你自己都不知道自己到底在干什么，这种事儿我见多了，你就是自欺欺人。"

我摇摇头，想开口分辩，他轻轻晃了晃我的身体。

"嘿。"他说道，"我支持你，我希望你成功。停下来，深吸口气，然后听我说。这情景我见多了，穷人想过上更好的生活时往往会这样。你准备来准备去，训练来训练去，你漫长而艰辛的旅程就要结束，你做了所有的工作，终于抵达了入口。在这关键时刻，你选择不跨出那一步，你选择转身离开。"

我没有说话，可他依然轻轻地摇晃着我。

"我小时候很穷，记得吗？我曾经环顾四周，看到其他孩子在自欺欺人，我不知道为什么，这样做毫无意义。"他说道，"但我现在明白了。你转身是因为你害怕美好的未来，沃纳。你的一生中，人人都说你不配过上更好的生活，你自己都没有意识到，那句话已经在你心里扎根。但那并不是真的，你的确配得上更好的生活。现在，是时候和拒绝成功的你说再见了。现在，摒弃杂念，只关心你自己，关心你的前途，去参加考试。"

我从他苍白的眼神中看到了一个简单而荒唐的事实。"我会的。"我答应他道。

走出家门，我给马克老五打了电话，叫醒了这个昏昏沉沉的家伙，让他立刻来接我。

"沃纳，拜托，伙计，离考试还有好几小时呢。"他说道。

"马克老五，我必须和你说实话，"我说道，"我今天早晨要去处理未了结的帮派问题。"

我听到他清醒了过来。

"我会参加考试的，别担心。"我宽慰他说道，"但首先，我有笔账要算，你也许可以帮上忙。"

"没问题，没问题，我马上就到。"马克老五突然说道。

我们先开车去了梦芒世界和东埃尔曼穷中中人职业技术学院。

第一步，我独自一人进了梦芒世界，马克老五太大，无法与我同行。我径直跑到了枪支弹药店。

"我需要一支枪和几发子弹。"我告诉店员朋友。

"太好了，哪支枪？"店员朋友说道。他身材矮小，眼皮耷拉着，粉蓝色的皮肤在梦芒世界白色灯光的映衬下闪闪发光。

"我觉得那支就行。"我说着，用手指了指一支一半尺码的枪。

"真会挑，这款转轮手枪是打猎、钓鱼、自卫和军用的绝佳选择。现在，我得做个背景调查。"店员朋友说道。

"需要多长时间？"我问道。

"二十四小时，不过就是例行公事，看看你有没有进过监狱什么的。"

店员朋友说道。

"只是我现在就需要这支枪。"我解释道。

"多花两百梦芒，你就能成为我们的优先客户，这意味着，我们不需要做背景调查，以后有好货还会通知你。"店员朋友说道。

这听上去不错，然而不幸的是，我们刷卡时，却发现我的流动账户里没有两百梦芒，事实上，账户里连一个梦芒都没有。

"别担心，请问我能刷信用卡吗？"我想摆平这事儿。

"系统显示，你在购物前，先要还酷睿时装的购物费用。"店员朋友皱着眉头说道。

"我要是买把刀，不买枪，买把便宜的小刀呢？"我恳求道。看了我的梦芒账户后，店员朋友就知道自己可能遇到了傻子。

在一半比例小小人高端服装店里，我央求莱斯和琼斯可怜可怜我，却无功而返。

"酷睿时装需要你努力偿还会费，不幸的是，那意味着，你要么从什么地方搞到梦芒，要么就变小。"莱斯厌恶地说道。

"而且，请你解决了当前这种尴尬的局面再来我们店，我是说，一半比例高端服装店里接待这么穷的客人实在是有点儿不好，难道你不觉得吗？"琼斯愤愤不平地说道。

我在梦芒世界外疯狂地踱步，绞尽脑汁，我从哪儿能搞到一把一半比例的枪呢？也许可以打碎东埃尔曼的紧急枪箱，要不干脆向马克老五要把刀，把它当剑来用。

接着，我脚边传来了一阵咝咝声，引起了我的注意。

是两个脏兮兮的文身穷小小人，一个男孩儿和一个女孩儿。

男孩儿手里紧紧地抓着包装好的转轮手枪，女孩儿冲着我摇晃着一袋子弹，他们身旁的草地上还放着一枚能搞出很大动静的手榴弹。

"生日快乐。"男孩儿大喊道。

"感谢你救了我们，不然那只可怕的猫肯定会吃了我们。"女孩儿喊道。

第二步，我在驾驶专业的车库里找到了昔日的怪脸人菲拉普，他拳头上还文着牛头，谢天谢地，驾驶专业让孩子们这么早就起了床。

"菲拉普，你说过会帮我，现在正是时候，我想找肩膀脑袋。"我告诉他。

"我建议你不要去找肩膀脑袋。"菲拉普建议道。

我给他看了我的手枪和手榴弹。

"该死。"菲拉普说道。

"请把枪和手榴弹藏起来。"驾驶专业的老师大声提醒道。

"你开车出去就当试驾，带我去找肩膀脑袋怎么样？"我建议道。

"我都不知道他住在哪儿。"菲拉普抗议道。

"事实上，我只想知道怪脸人把我的朋友囚禁在哪里。"我说道，"我觉得是在桑德蒂姆毛斯的水库边。"

"我知道了。"菲拉普说道，"是西塔戴尔。"

西塔戴尔是个仓库，位于一半尺码身高的人居住的密集社区后面，那里的楼房一排连着一排，一条双倍比例的路都没有。

所以，马克老五那辆双倍比例的车开不进去，他得停在两英里外等着。

"我很快出来，伙计，别担心，我会冲出来的。"我向他保证。我亲了亲他的拳头，跳进了菲拉普的小车。

菲拉普载我到了仓库附近，很难想象这儿竟是怪脸人的老巢，我还以为门口会挂着时尚的门牌，上面写着"怪脸人工业区"。

"这个地方有很多用途，非常适合囚禁、制作药物、修车，你明白的。"菲拉普解释道。

"太好了，想不想帮帮我，至少待在拐角等我一下，到时候带我一起跑？"我问他。

"该死，不。"他说道。他的态度一百八十度大转弯，这孩子能开车就不错了。

好吧，沃纳，那就在没有任何后援的情况下，只身去救亚瑟吧，你打算怎么救？

我沿着西塔戴尔四周慢慢爬着，来回走着寻找进去的路，以免被人发现。前门、消防通道、装载码头、窗户，我都看了一遍。

持枪的怪脸人在屋顶上冷冷地盯着我，有点儿好奇，又有些无聊。

好吧，大脑，我对我的大脑说道，我需要你赶快想出个万全之策，否则就又要上演"跟着你的主人直接抢"这一幕了，笨蛋沃纳。

好吧，好吧。我的大脑说道，让我想想。给我些时间。

你需要帮助吗？我对大脑说道。

请给我些时间就行。我的大脑说道。

好吧，不过我发现了一件事儿，你那里有一大堆数学知识，你要是用这些数学知识做个计划怎么样？我对大脑说道。

你能不能闭一小会儿嘴。我的大脑说道。

当然，当然，只是想帮帮忙罢了。我说道。

太好了，你什么都别想，我才能想办法。我的大脑说道。

等等，我怎么才能不思考，而让你思考？我是说我其实就是你。我意识到。

我们就这样聊了一会儿，最后决定用三个妙招直接抢。

第一个小妙招，伪装自己。脱下衬衫，像个傻子一样把它缠在头发上，搞点儿脏兮兮的煤球，在胸前画上张傻乎乎的脸，这样至少远远望去，你还像个怪脸人，要是有人被第二个小妙招制造的骚乱分散了注意，也许离他们很近也不会被识破。

　　第二个小妙招，在你真正想去的地方的反方向制造混乱，即对着装载码头扔枚手榴弹，同时跑到水库一侧的消防通道后面。

　　第三个小妙招，水库是你想去的地方，记住梦里的情形，亚瑟房间的窗户对着一大片干燥的沙地。

　　这个愚蠢的计划进行得倒相当顺利，估计是傻人有傻福吧。我慢吞吞地走进一栋穷中中人房子偷煤球，主人对着我大声尖叫，我假装走错了地方。我慢吞吞地走进另一栋房子，那家人在后院待着，没有发现我，我从壁炉里偷了一小块儿煤球出来。走到外面，我把我漂亮的连帽衫藏在灌木丛下，用衬衫裹着头发，迅速在肚子上画了张鲨鱼脸，画得很糟，但谁在乎呢？*深呼吸，冷静下来，轻轻松松地回到西塔戴尔，就像，你难道不记得我了吗？孩子，是你的老朋友啊，光着膀子的鲨鱼肚怪脸人。*

　　果然，屋顶上持枪的怪脸人无精打采地向我挥手，我冷静地向他们挥手，一言不发。他们看起手机。我在后面进展顺利，把手榴弹放在装载码头门口，然后绕过西塔戴尔，来到水库边。这时，我听到了爆炸声，我脚下的地面颤抖起来。我跑到消防通道，打开门走了进去，警铃停了下来，怪脸人跑来跑去，他们的表情似乎在说"嘿，什么情况"。没有人盯着我看，这个浑蛋是谁？因为我也跑来跑去，装出一副不明所以的样子。*哪个疯子在攻击我们怪脸人？我们各就各位，保卫家园怎么样？好，太好了。*

　　我检查了一个房间，怪脸人和妓女在里面忙着打包现金。

　　另一个房间，什么都没有。

　　另一个房间，满是血渍，空空如也。

　　另一个房间，两个怪脸人在电脑上打字，屋里尘土飞扬，他们都快窒息了。

　　拐角的房间，里面有桌子和橱柜，还有肩膀脑袋和亚瑟。

我有两年没见过他们了，亚瑟现在像只老鼠一样待在桌面上，肩膀脑袋和我身高相仿，也是一副抬举专业学生的打扮，浑身都是文身和肌肉只是不再比我高大，眼神里多了些疲倦和饥渴。

我关上门，走到桌子后面，拔枪对着大暴徒的后背，可他们居然都没有抬头看我一眼。肩膀脑袋看都不看便走到我身后把我推到了墙边，他一定是以为我是个来捣乱的怪脸人。

"别捣乱，孩子。"肩膀脑袋说道，"现在不是玩游戏的时候。下楼去帮帮忙。"

老鼠大小的瘦小亚瑟蜷缩在一些文件上面，用笔在字里行间画着线。肩膀脑袋瞪着眼睛，低声说着什么。

好吧，好吧，我想，我现在真成怪脸人了。

"老板，我需要这个胆小的小结巴，"我告诉他，"要把他带到安全的地方去。"

肩膀脑袋现在抬起头看着我，一脸疑惑的样子。"你叫什么名字？"他问道。

"鲸肚。"我说道。

他看了看我的肚子。

我想，好吧，无所谓，用不着再装了。

我用枪对准了他的肚子。

"好吧，听着，"我说道，"我要偷走这个小家伙。你的选择是，要么保持冷静一言不发，要么肚子开花。"

他轻轻地笑了笑。

"伙计，你是傻子吗？"他说着，伸手去夺手枪，但我动作敏捷，他根本应付不来，我很快便扼住了他的脖子。

他从凳子上滑下来，喘着粗气扭动着身体。这时，我一把抓起了亚瑟。

"别担心，是我。"我告诉他说，"你的朋友，沃纳。"

"我知……知……知道。"灰色的小亚瑟尖叫着。

他看上去很糟糕，剃光的头皮上有些发楂和青春痘，他的后脑勺上文着文身，就和在梦幻世界里见到的一样，他身上又脏又臭。他盯着我，眨了眨眼睛，冲我傻乎乎地笑了笑。

我那颗干涩且落满尘埃的心受不了了，它开始泛滥，我的眼睛刺痛，我的喉咙哽咽，就像有人也扼住了我的脖子一样。

"我叫个车。"我急忙挤出了这几个字，免得哽咽得说不出话。

因为我突然想到了第四个妙招，沃纳，你这个傻瓜天才，马克老五可以开车从水库过来，毕竟水库里的水都干了，现在就像个大碗。

他开着辆可怕的坦克，所有的双倍比例人汽车都是防弹汽车，即便他们开枪，他也用不着担心什么。

他可以直接开到我们的窗户下面，我们就从天窗跳上去，从这里横冲直撞地出去，救下亚瑟。

然后，我们就开回学院参加考试，和我救下的朋友一起庆祝我崭新的数学人生。

我像个了不起的英雄一样拿出电话，给带我们逃跑的司机打电话。

可我的电话不能用了。

它成了责骂我的酷睿服装店员工。

"酷睿服装店在结算您的账目时遇到了很多问题，请按这里给酷睿服装店打电话，付清欠额。"我的电话说道。

"该死，该死，该死。"我拼命挣扎，想关掉酷睿服装店的页面，不行，手机锁住了。

我关机重启，还是不行，手机记得对我的恨。好吧，我按下了"给酷睿服装店打电话"的图标，快快快，你这个可恶的傻瓜。

"您好，沃纳。"酷睿服装店的机器人说道。

"拜托，拜托，拜托。"我嘟囔道。

"我们已与银行探测器合作，找到能为您重新规划财务状况的最近的银行。"机器人说道。

"该死，该死，该死。"我咬牙切齿地说道。

"您可以将梦芒存入流动账户，和我们重新建立起良好的账户合作关系。"机器人说着，自动将我的电话变成了银行探测器，*这条路通往最近的银行，您缩小一点儿怎么样？*

"好吧。"我将亚瑟夹在胳膊下，把唠唠叨叨的电话塞回了口袋里。我告诉亚瑟："没关系，我们离开这里。"*我们可以做到，我们能做到。*

然而我打开门时，才发现我的傻福气用光了，我直接撞在了小狗脖子身上。

这个浑蛋比我跑得快，他一下子用枪对准了我的脖子。

"我认识你，所以你很幸运，不然我早就开枪了。"他开玩笑道。

梦幻世界

就这样，游戏结束。

还没进行到开枪的环节，甚至连一发子弹都没打出去过。相反，他们抓住了你，不幸的是，你在这场游戏里并没有额外的性命可用。

我终于了解了事情的经过。我们首先从沃纳挨揍讲起吧。

你没去东埃尔曼参加数学补考，却在西塔戴尔受罪。第一步，个头最大的怪脸人把你带进血屋，把你像个球一样扔来扔去，他们有时候没有接住你，糟糕，你撞到了墙上，把椅子撞塌了，落在了玻璃上。

接着，到了抽鞭子的时间，随手抓起腰带、树枝、鞋带和仙人掌，一起把沃纳打个鼻青脸肿吧。

肩膀脑袋有着淹死人的嗜好，他的做法是，把你的头浸在脏东西里，然后冲洗，再重复。

最后，小狗脖子拿来个小锤子，把你的手指敲平，把你的脚趾敲平，把你的耳朵打肿。他不高兴，也不难过，不过是个小痞子在打人而已。

真有趣，怎么一年都没把你打死。不过一旦重新开始，似乎永远停不下来，重整起鼓，你还记得自己的老把戏，战斗到最后一口气。然后放下一切，高高地飘浮在上空，看着自己的身体流着血，看着自己喘不过气来，看着自己痛苦地咆哮着，看到每一种痛苦的颜色，黯淡、亦明亮，听到每一个高低音，闻到每一种刺鼻的气味。

一旦你脱离肉体，就很难再回来，这一次我的灵魂回到肉体花了几天的时间。

几天几夜都去不了梦幻世界，太疼了，疼到无法呼吸。

马克老五的药物不再对你的身体产生影响，这无异于雪上加霜。不再有机器人一般的专注力，不再自信地滔滔不绝。大脑中秩序井然的架子，再见，奇怪的平静感，再见。

现在，你又成了只悲伤的动物，有感情，舔舐着伤口，意识到了可怕的现实。与此同时，你的身体则在拼命把断了的骨头接回去。

小狗脖子走了进来，答疑解惑，耐心地描绘接下来会发生什么。剧透，不太好哦。

显然第一个问题是，小狗脖子怎么还活着，小狗脖子转移到成人监狱以后，成年怪脸人为什么没把他炸了吃？回答，他现在承认，他当时说的都是一派胡言，成年怪脸人才不关心沃纳，小狗脖子只是想骗沃纳加入。

下一个问题，小狗脖子怎么这么快就出狱了？他是怎么长到一半比例的？原因就是：怪脸人一直在寻找企业合伙人。你也许在新闻上见过一个名叫盖伊的著名富大大人，他走起路来昂首大步，手臂上悬挂着十几个漂亮的富中人女孩儿。他是富盖伊信贷的老板，这家公司是所有放贷人的保护伞，包括梦芒世界信贷、半汽车易贷、绿叶房屋信贷、美国梦幻车库信贷。

怪脸人想做贷款生意，同时，商人盖伊一直很欣赏这个嗜血的街头帮派，欣赏他们无所不用其极。所以，他们做了个交易。盖伊花钱保释了一大批入狱的怪脸人，其中就包括小狗脖子，然后，他们变大，到街上帮着盖伊追缴过期的贷款，这下他们都有好处可捞。

亚瑟呢？他出了什么事儿？亚瑟的遭遇是这样的：几个糟糕的法学院学生由于某些原因，收养了他做宠物，带着他去上课，他因此学会了各种各样有用的知识和策略。他们给他薄荷味的酸橙水喝，还给他一个枕头让他睡在上面，他就像个小小的灰色王子一样。听到这些，我觉得有些开心。该死，切斯，你终究还是给了亚瑟一个家，我真不敢相信你会这么做。

然而几个月前，肩膀脑袋在街上撞见了他，发现这个孩子特别眼熟。真巧，他就是那两个向我开枪的孩子中的一个。不过，在把他揍死之前，肩膀脑袋意识到，这个家伙学过法律，应该可以帮忙读读合同，太有用了。所以肩膀脑袋揍了他一顿，但没有把他大卸八块儿。相反，肩膀脑袋在亚瑟的头上文了身，利用起了亚瑟的法律知识。

现在，亚瑟在怪脸人内部的法律部门工作，这个灰色小结巴真是个怪才，他三次成功地阻止了富盖伊信贷解散和变卖怪脸人公司。

"真是个坏消息，他居然在梦里找到了你。"小狗脖子说道，"我们通常都给他灌不少药，他根本去不了梦幻世界，看来得给他来点儿一人梦安眠药了。"

那我呢？他们会怎么处置我？

"我们会拿走你的比例梦芒。"小狗脖子说道，"所以我们第一站会去银行。然后我们要么踩死你，要么勒死你，要么把你卖给托德人。我不确定到底要怎么对付你，不过相信我，你一定不想跟着托德人。"

我呆呆地盯着他，这是真的吗？真的是这样吗？

"哪家银行？"我不知道怎么冒出这么个傻乎乎的问题。

"哪家开业早，就去哪家，一般去码头之眼，他们专门经营穷小小人业务，那儿的穷小小人数不胜数。"小狗脖子说道。

"好吧，嘿，听着，我正准备参加数学考试，过上数学生活。你把我放了，我一定会挣很多钱，到时候每月一号，我都给你们一笔丰厚的保护费，你说怎么样？"我提议道。

但他摇了摇头，我的话算是白说了。

"你攻击了我们，浑蛋。"他冷酷地说道，"对肩膀脑袋开枪，炸了西塔戴尔。我们是不会让你活命的。"

"我并不是来袭击你们的，我只是来救我的朋友而已。"我告诉他。

他耸耸肩，袭击就是袭击。

"好吧，我有个更好的主意，猜猜是什么，小痞子？你的幸运日到了，你终于等到沃纳加入你们怪脸人了。"我祝贺道。

"太迟了，麥毛鼠，你明白的。"他轻轻地说道。

我吸了口气，压住了心底的恐惧。

"我要是告诉你，我不打算去银行呢？"我问道。

"没错，人人都这么说。"他说道，"我们会适当地折磨一下他们，看看他们会不会改变主意，如果没用，噢，好吧，通常就直接把他们折磨死了事。"

"好吧，来做个交易吧。"我争辩道，"用我的比例梦芒换我的自由。"

"妄想。"小狗脖子告诉我。

"至少换亚瑟自由。"我乞求道。

"对我们来说，这可是赔本的买卖，小痞子。"他说道。

我又安静了下来，我怎么才能争取更多的时间？我能做些什么？

"我妈妈在码头之眼，我能见她最后一面吗？"我听到自己问出了声，说实话，我以为自己绝不会问这种问题。

沃纳，你坐在笼子里去码头之眼，会不会悔不当初？沃纳，天哪，你把事情搞得一团糟。到底是怎么回事儿？你怎么会忘记那种可怕的事儿一定会发生？没错，你真的忘了。

你有没有想过，你有机会过上好日子，你可以牢牢地把机会握在手心里。但你却张开手，像个傻子一样丢掉了它。现在，那个机会飞走了，你这辈子够倒霉的了，那可是你唯一的机会，你怎么不抓住它呢？

你本可以不管亚瑟，至少那一天不管，你本可以按计划去参加数学补考。

你没必要只身去救亚瑟，你可以找几个富中中人去救他，一个警察不管，但其他警察一定会帮忙的。没错，也许会花上几天的时间，但有些富中中人的确希望帮忙，毕竟胡恩和基蒂都很器重你。

你本可以等待，耐心等待，而不拿自己冒险。像富中中人一样做事，做好计划，做好准备，收集消息。

用时间填满你的身体，将时间切成英寸，将日子换算成千克。丢掉你的焦急，丢掉你的灵活，丢掉你的渺小。

永远不要提举重物，如果必须提举，也要等上一年又一年，等到你足够大，等到重物足够小了才上手。

不要和比你大的人打架，只对付那些你能轻而易举弄死的人。只有在能逃出怪脸人老巢时，才赶去救亚瑟。

这就是你在胡恩家学会的东西，白痴，不是数学，也不是文学。你住在胡恩家，和胡恩一家人生活在一起，学的就是成为富人的隐忍秘诀。

可你却没有学到，现在，你再也没有机会了。

一半比例的汽车奔向大海的路上，你在为自己悲鸣吗？是的，没错。

你可以告诉自己：这不是我的错，药物让我反应迟钝，蒙蔽了我的双眼。我是说，我怎么会觉得自己有必要买酷睿的衣服呢？

可药物是粉末，是糖浆，笨蛋，它们不是人，它们不会犯错，只有你会犯错，你的厄运都是自找的。

那天是星期天，在码头之眼主君王神中中人教堂前，身材小小的母亲坐在娃娃屋轮椅上"吱扭吱扭"地转来转去，敲着锅喊大家在这个晴朗的早晨来祈祷，还会亲自感谢这万物的创造者和管理者。

小小的母亲，身高只有我的五分之一，头发花白，满脸的皱纹像核桃一样，这两年太难熬了，但她眼中依然充满激情。

"嘿，妈妈。"我一字一顿地说道。

一秒钟后，她才认出眼前这个鼻青脸肿的中中人青年，她尖叫着倒吸口气。我把她放在我的胳膊上，小小人母亲和中中人儿子相拥而泣。

"你可真大，快看看你，你看上去那么邋遢，手指又弯又紫。让我看看你肿起来的耳朵，出什么事儿了吗？"她哭着说道。

"没事儿。"我撒谎道，"就是在抬举专业，我们总是被打，还会被困在瓦砾下，没什么大不了的。"

"你那个做白日梦的姐姐，她又被洗脑了吗？"母亲不耐烦地说道。

"不不。"我说道，"她再也没回过邪教，记得吗，她在学校和我一起学习。"

"噢，真令人欣慰。"母亲叹气道。

"她其实是学校里的超级明星，她学习商务。妈妈，你应该为她骄傲，她比我学得好多了。"我说道。

"听着，我真高兴她脱离了邪教，我都不知道我怎么为你们两个祈祷。现在，我的愿望成真了。赞美您，主君王神，我是说，他难道不好吗？"妈妈满心欢喜地喊道。

"他很好。"我说道，"他的确很好。"

"你们既开心，又健康，你们还在学习，真是个奇迹。"她哭着说道。

我内疚得说不出话，只能不住地点头。

"现在，你能带着你骄傲的小小人母亲走进中中人教堂，去感谢宇宙之王保佑你一切安好吗？走吧，小可爱。"她说道。小狗脖子摇摇头，不行。但我抱起母亲，把她带进了教堂。他没有阻止我，让我在教堂里唱了几小时颂歌，在牧师的恳求下，我坐在了骄傲快乐的母亲身旁。

我环顾四周，寻找掩护，可这里是个宽敞开放的中中人教堂。我瞥了眼逃生的路，我唯一能选的就是街面，而小狗脖子正拿着迷你中中枪在那里徘徊。一旦我有所行动，就会引发一场大屠杀。不但我自己得死，妈妈也得死。

愚蠢至极的我，来这儿真的只能告别了。

我第一次没有在教堂里坐立不安，第一次没有扭来扭去，第一次没有厌恶从神的沙漠里跋涉的一分一秒。

不，我就坐在那里，希望上帝不要恨我，还能在今生或是来生可怜可怜我。

也许牧师听到了我的想法。他布道的主题是"神最爱渺小的人"。

"伟大的主君王神最喜欢人世间的什么人？"他用洪亮的声音说道，"巴鲁斯特德的有钱人？他给了那些笨拙的巨人不可思议的身高，所以他最喜欢他们？他们是那么高大，连动物都伤害不了他们。毒药和病毒一进入他们体内，便会在他们涌动的血液中消失，根本毒不死杀不死他们。他们是伟大的主君王神最喜欢的人吗？"

大家静下来喃喃自语，我们都知道答案是什么。

"不是。"牧师坚定地说道，"无情的主君王神用他仁慈而残酷的智慧诅咒他们，事实上，他在加倍诅咒他们。他首先诅咒他们食不果腹，接着诅咒他们口渴难耐，他们永远吃不饱、喝不够，你要是长那么大，你就得不停地吃吃喝喝，但还是不够，你的胃就像栋可怕的房子。不，主君王神一点儿都不爱大大人，他诅咒那些为了填满可怕的空虚而跺着脚攫取、喘着粗气吞咽、到处破坏的大大人，同时，他们分明知道自己从每栋房子里抢走了什么食物，主君王神更加憎恨他们。"

"胃像栋可怕的房子。"妈妈嘟囔着，一边摇头，一边咯咯地笑了。

"那么，是中中人吗？"牧师继续问道，"他们是最受欢迎的吗？惬意的中中人似乎完美地生活在世界当中？因为毕竟他们小到可以享受树荫下的凉爽，高到能够摘下树上的水果；小到能够在马路上穿行，大到能够开着汽车；小到能够抱着条狗，大到能够和猫搏斗！中中人一定是主君王神最喜欢的人，对吧？"

教众又咕哝起来，牧师再次喊道："不，也不是。主君王神憎恨安逸，主君王神憎恨惬意，主君王神也诅咒了他们，原因就是：主君王神诅咒中人，让他们惧怕变小。他们每天都备受可能缩小的煎熬，双肺缩小，胃缩小，惨遭抢劫，被捣成泥。恐惧令他们的每一口食物都变成垃圾，每一件柔软的衣服都变成砂纸，每一天都活活吞噬着他们，就像大火吞噬着森林一般。"

"吞噬森林。"母亲嘟囔着挥了挥小小的拳头，"吞噬它。"

"主君王神最爱小小人。"牧师低声说着，安静了下来，"让我证明给你们看。主君王神爱小小人，因为他信任他们，给了他们最重的负担。重新想一想，你知道这是真的。世上最重的负担压在了小小人的肩头，我们都知道这点。最深的苦难、最黑暗的寒冷和无穷无尽的恐惧。"

每个人都颤抖起来，悲伤不已，然而这是种温暖的悲伤，因为我们知道牧师安静下来意味着什么，猜猜怎么回事儿？人们突然欢乐地大喊起"阿门"。

"但主君王神最喜欢这些肩膀，"牧师又大喊起来，"因为小小人是主君王神球队里的明星。你想让球队里的明星做什么？没错，你会让他们肩负起最重的负担。主君王神把这样的负担托付给了小小人！"

"最重的负担！"母亲和整个教堂里的穷小小人大喊起来。

"谁是主君王神球队里的明星？"牧师喊叫着。

"小小人！"小小人尖叫着。

"光荣属于最小的人！"牧师得意扬扬地说道。

"哈哈哈哈，耶！"小小人流着泪说道。

我们起身唱着歌，我努力去相信这一切，我真的信了，我也许已经做到了。

我也许信了，主君王神用残酷的方式对待着他最爱的人，主君王神让他最喜欢的孩子做噩梦，只是我不明白，这并不意味着有什么问题。

他是天才主君王神，我是愚蠢的人类，就算我觉得他把世界搞得一团糟，你觉得谁的判断才重要？一个糊涂的孩子毁了人生中唯一的一次机会，冒犯了造世主。

不，我不信，我不能相信。但我还在说服自己。

如果主君王神真的存在，希望他已经闹够了。如果并不存在，噢，好吧。

礼拜结束后的那段时间是最后一个借着人群逃跑躲避的机会，但小狗脖子就在几英尺外，逃跑绝无可能。他们无论如何都会带你去银行，沃纳，你当然可以让银行职员来保护你，给警察或是什么人打电话，他们不会眼睁睁把你交到杀手手上。

于是我站起来和我的小小的母亲道别。

但她今天在教堂还有别的事情做，该死，不，她的工作才刚刚开始。孩子，我们去崭新的神与子教堂聊聊天吧，传播些知识，劝他们走出那里。嘿，各位，你们进错教堂了，你们难道不知道主君王神没有儿子吗？首先，他从来没有和任何人做过爱。

小狗脖子看着我的眼睛，摇了摇头，他走近了一些。

我可不想让母亲见到杀害他儿子的凶手，所以我急忙说道："对不起，妈妈，我得去学习了。我很高兴能见到你，我爱你，好吧。"难以置信，我竟然这么傻乎乎地和母亲告别，我原本可以说些别的。

"我明白，孩子。"她告诉我，"我也爱你，回去学习吧，努力让自己过上好生活，让你姐姐离邪教远点儿。记住，你随时都能赶来和你骄傲的妈妈一起祈祷，我为你感到骄傲，我知道你爸爸在天堂里也是一样。我太爱你了，小可爱。"

"好的，妈妈。"我最后对妈妈说道，然后转身去了银行，不去想这是我对母亲说的最后一句话。

银行不同，职员不同，但银行职员穿的袍子却是一样的，他们也都是中中人，还有幽灵一般的地下银行。

这次银行职员的态度有所不同，不苟言笑，也没有精神，反倒一副忧伤冷漠的样子，他的眼神仿佛在说"我们同你一样备受煎熬"，他们那坚定温柔的语气透着绝望。

我等待着，直到进了预约的房间才说道："请给警察打电话，带我来的这些家伙囚禁了我很多天，他们一拿到我的比例梦芒，就会杀人灭口。"

我屏住呼吸等着他回答。

职员睁着深邃的眼睛呆呆地望着我。

"银行只遵循梦芒法。"职员说道。

"可他们会杀了我。"我重复道。

"那是刑法，不是梦芒法。"第二个职员说道，"荣幸的是，我们不会让它影响我们银行的经营。"

"银行不遵循刑法？"我问道。我尽量保持冷静和理智，好让这些职员站到我这边来。

"一旦涉及刑法，银行就保持中立。"第一个职员说道。

"所以，就算我攻击你，跳起来暴揍你一顿，你也不会给警察打电话？"我说道。

"不会，但我们有自己的安保措施。"第二个职员说道。"它们也不受刑法约束。"第一个职员说道。

医生问了常规问题，身体里有什么人造的东西吗？我在飞速思考，我想都没想便说没有。

"你确定？比如，似乎有几颗假牙？"银行的医生检查我的口腔时说道。

"糟了，是的。"我说道。他给我打了麻药，把它们拔了出来。

新方法给我清胃、清肠道，我琢磨着在缩小时，体内还有没有食物和屎。不能缩小的食物和屎会把你像个皮球一样戳破。所以，他们给我打了麻药，一连几小时把我体内的化学药品刮了出来。

我做好缩小准备的时候已经到了晚上，即便你在地下银行，也不会分不清白天黑夜。

我昏昏欲睡，身体虚弱不堪，头晕眼花，身体也轻盈了不少。根本不能反抗，无论如何也无法和银行对抗。

没关系，没关系，等我出去以后再找他们算账。

同样的浴缸准备就绪，底部的小门，我猜我从那儿走出来的时候又会变成老鼠大小的小小人了。

墙上很低的地方挂着为我准备的小浴袍，悲伤的银行职员哼唱着不同的歌曲，那是你会为其他人信仰的神所唱的祷歌，黑暗伤人的和弦。对不起，其他人信奉的神，事实证明如果你真的存在，那么我信奉的神就是假的，我希望你们能发发慈悲，但我知道你们不会这么做的。

喝下身高茶水之前，我最后放手一搏。

"听着，"我对银行职员说道，"我知道这些梦芒会进入怪脸人企业的账户，但问题是，我的比例梦芒其实是从一个名叫胡恩的市长那儿借来的。"

职员们没有说话，相互瞥了一眼。

"我们只需要知道它们流向哪里就行了，它们依然会流向怪脸人企业的账户。"一个职员说道。

"当然，但我的意思是，这些梦芒并不是我的。"我告诉她说。

职员们嘟囔着，听上去好像几辆远处的汽车一样。

"它们在你的比例账户上，所以是你的。"职员说道。

"梦芒法不可能是这样的。"我说道，"你们至少需要和胡恩确认一下。我是说，你们必须和他确认一下。"

他们都难过地笑了笑。

"我们不需要和任何人确认，沃纳。"另一个银行职员说道，"我们是银行。"

我抿了口茶，脱光衣服躺在果冻里，最后一次闭上我一半比例的眼睛，飘进了黑暗安静的梦幻世界。

就像上一次在地下银行时一样，我走进了地下的梦幻世界。我奋力地游啊踢啊，想来到地面，却感到梦幻世界越来越大了。

我冲破了一座梦幻般的巨型城堡，又是独自一人，一人梦让我离开了所有人的梦。

我在一个三倍比例汽车的停车场里，有体育馆那么大，每一秒钟，停车场就变大一点儿，我的四周都是逃跑的群山。

空荡荡的公寓大楼从我身边飞驰而过，直冲云霄，我头顶上长满了青草，我脚下的地面越来越颠簸，越来越笨重，越来越凹凸不平，越来越疯狂。

就像曾经的银行梦境，只是反了过来，那一次，我变得比世界还大，而这一次，我在世界里是那么渺小。

该死，记得你第一次的疯狂的银行梦境吗？你拖着小山，拉着海岸，穿着雾气，咬着太阳。

行星在你的屁股上越来越小，彗星在你手指间穿梭，闪烁的星光化为乌有，记得吗？

但这一次是个缩小的梦，世界在我的周围无休无止地膨胀。我甚至小到无法停留在它的表面。地面太大了，到处都是裂缝撕开的口子，空气中也充斥着裂缝，聚在一起，将大海化为黑暗，又化为虚无。

很快，我又飘浮在了曾经的外太空。

外太空，你好，老朋友，还记得上一次我把手指插进你的身体中吗？

手指、手掌、胳膊肘，我的确在你身体里挖着，我找到个银行职员，吓坏了他。

噢，好吧，这是我的最后一个梦，也许还能再试一次。

于是我抓着、撕扯着、拽着一缕缕水汽。"拜托。"外太空说道。

不知道怎么回事儿，这次倒容易得多，谁知道这是为什么。然而外太空虚无的绳索跳进了我的手指、脚趾和牙齿。

"求你了，不要，求你了，快停下。"外太空祈求道。

对不起，外太空，必须这么做才行。我用牙咬、用手拽，使劲儿扭着、旋转着，所有的东西都解开了、摔碎了，灯重新亮了起来，在一间明亮寒冷的屋子里，又来了一个银行职员。

"快来人，再拿点一人梦安眠药给他吃。"职员尖叫着，"我们还需要五分钟，快来快来快来。"

他惊恐地睁着眼，接着我就在他面前消失了，来到了一个阴云密布的桌面，穿过云层，来到罗斯英迪卡，这座城市在我的羽翼下繁荣起来。

我沉浸在梦幻世界，做梦的人从我身旁飘过，注视着我，一个正在缩小的巨人每隔几秒钟就打个嗝，重新大了起来。

起初，他们只是目瞪口呆地盯着我，大多数人都不知道他们一开始看到的是什么东西，不少做梦的人得看上五六七次才搞清楚这到底是什么。他们看着我缩小、眨着眼、爆炸、再缩小。

然后，一个接着一个，两个接着两个，他们变得精神失常，不知所措，却又害怕得要死。

我看到做梦的人的手变成了爪子，脚丫变成了没用的触须，他们害怕地看着自己变异的身体，像个果冻或是纸袋一样向内塌陷。我看到做梦的人的眼睛飘在空中，指尖抓着地面。空间收缩，时间颤抖着变平，每个方向上都有个被人拉扯吮吸的大坑。

好吧，我知道你没法轻松地处理我的身高，事实上，这让你抓狂，这是我的最后一个梦，你冷静下来怎么样？

可没有人能冷静下来，野兽、恶魔在城市街道、乡村小路上游荡、摇晃、尖叫。角蹄、蝙蝠翅膀、滑溜溜的舌头。洗衣机里的蜘蛛腿、指甲尖牙、发簪、火炉、岩浆。

　　冷静下来，我为你们做点儿好事儿，我想着。好好想想，我能做得最好的事儿到底是什么？

　　从哪儿下手？我想你们可以猜猜。

　　我搜索着，寻找那个歌剧院，一个梳着小辫儿的女孩儿在里面演奏各种旋律的乐曲，可以把歌曲编织成光、黏土、水、雾气和泡沫。

　　可是找不到歌剧院，但是那个女孩儿找到了我。

　　她是一只蛾子、一只鸽子、一轮小小的月亮，颤巍巍地挂在我面前。

　　"沃纳，噢，天哪，我每天晚上都在不停地找你。沃纳……沃纳，是你吗？"她打了个嗝。

　　一时间，我满怀希望，觉得很温暖。

　　"基蒂，"我说道，"你觉得你能再来救我一次吗？"

　　"沃纳，你去哪儿了？你为什么要离开？你在哪儿……？你怎么在缩小？沃……纳，我看不清你，等一下。"她颤抖着。

　　像基蒂这么聪明的做梦人根本用不了五分钟就能知道自己到底看到了什么，一个正在缩小的精神错乱的做梦人，她聪明混乱的大脑立刻明白了是怎么回事儿。

　　"停停，别看了，闭上眼睛，请听我说。"我祈求道，"我在码头之眼银行，怪脸人绑架了我，要拿走我的比例梦芒，银行很快要把我交给他们了。"

　　不过她听到我说话了吗？我觉得她根本就没听到。

　　她看着我时而大时而小，吓得直哆嗦。

　　她的辫子伸展开，翅膀变成了蜘蛛网。

　　"基蒂，快醒醒。"我催促道，"最重要的是，快醒醒。"

　　她两眼无神，嘴巴耷拉了下来。

　　太迟了。我在我们之间堆了面墙，用砖头、木头、大树和山峰将她围了起来。

"天哪，基蒂，快醒醒。"我大喊道，"别担心我，我会没事儿的。基蒂，我不是沃纳，我不过是个梦里的东西，是别人梦到的金刚。"

"金刚？"我听到她含含糊糊地问。

我建了座歌剧院，将她围在中间，想把她藏在音乐厅里。让座椅、包厢、管弦乐队、窗帘、天鹅绒和丝带围绕着她，一千个幽灵国王和王后在听她唱歌。

我听到她在梦中喃喃自语：沃纳，你为……为什么离开？你为什么要走？

我在梦中将她推远，直到再也听不到她的声音。

盯着眼前的一片狼藉，我也想离开这里。

我把自己藏在洞穴里，哼着基蒂的歌，努力回忆着那些音符。

我做不到，我记不住那些歌，我的记忆是一部出了问题的手机，一幅被雨水打湿的画。

太难过了，太不容易了，沃纳，也许是时候离开了。

你在梦幻时间里制造了太长时间的恐慌，现在人人都在抽搐，人人脾气火暴，只要看你一眼，便害怕得不行。

你在救自己的时候，却伤害了别人，你想逃出监狱，却践踏了别人的梦，你甚至毁了那个为每个人都做个好梦的女孩儿。

每个人的恐惧多多少少都有你的责任，也许都是你的错，你为什么要活着？这有什么好处？

我意识到，我听到了格蕾丝幽灵的话：你为什么要活那么久？你给世界制造麻烦就那么心安理得吗？

即便是在梦幻世界，我的眼睛湿润了，我的喉咙哽咽了。

同时，我周围的空气变成了墙壁，洞穴外面的做梦人开始消失不见。

在现实世界里，更多的一人梦安眠药注入我体内，惊恐的银行职员麻醉了我，将我从梦幻世界送进了自己的睡笼。

寂寞笼罩着我，我漫不经心地扯开它的弦，然而更多的一人梦安眠药席卷而来。我将胳膊和膝盖插进去，但它们却轻柔地将我包围，进入我体内，来到了我的眼睛和喉咙里，来到了我的屁股和肠子里，像蜘蛛网一样粘着。孤独轻轻地将我小小的身体包裹了起来。

我发现时已经动弹不得，只得让它抓着我，将我的皮肤包裹起来，将我的五脏六腑包裹起来，像泥浆一样。过了一会儿，你必须放弃，你别无选择。

无论如何，这个梦即将结束，我只想呆呆地再看上几分钟，透过安眠药，看着、盼着做梦的人在我消失以后慢慢恢复过来。

我似乎听到双肺在奏乐。

噢，也许那并不是我在唱歌，也许基蒂就在附近，记住她的歌，忘了我吧。

我不知道那个人是谁，却感到美好和安详。

我想罗斯英迪卡也忘了我，做梦人忘了自己的盛怒和恐惧，我燃起的火也熄灭了。

"谢谢，"我感谢这个世界，"谢谢。对了，我是认真的。"药效退去，我醒来时喘着粗气，待在大大的浴缸里，我又变回了小小人。

现实世界

　　但一切都因此而改变了，醒来时我是那么渺小、虚弱、疼痛和疾病缠身。

梦幻世界

那是否改变了一切？短暂地失去知觉，咆哮的火焰和烟雾进入梦幻世界，呼啸沸腾的海水，尖叫破碎的岩石。又回到痛苦的世界。

现实世界

再见，药物带来的梦幻般的悲伤；你好，愤怒将永恒存在；你好，像老鼠一样狂跳的心；你好，疯狂地冲击着我的肋骨的小肺；你好，我的内脏和血液里的垃圾，周围到处都是叮当作响的大东西。

我在滑溜溜的葡萄碗里扑腾着，我是最后一颗尚未被吃掉的葡萄，我满嘴是血，不停地尖叫。

"不，不，不。"我吼道，我每说一个字，都要喘口大气。

银行职员们问他们能不能进来。

"不。"我尖叫道，"不，不，不。"

但银行职员们蜂拥而入。

"沃纳今天不会死。"我抽泣着说，我的身体颤抖不止。

银行职员们给我擦身，给我穿衣服，互相指示该怎么做。

"沃纳今天不会死，你们这些邪恶的银行职员。"我一边咳嗽、呕吐，一边对他们说。

如果你的身体从来没有缩小过，那我永远也无法向你解释那种感觉是多么可怕，你永远都无法理解。你会被打烂、淹死、饿死，你什么也做不了，你无路可逃，你永远也逃脱不了这样的感觉。

颤抖，不能呼吸，不能吃东西。无法平静，挨冻，虚弱。

眼睛看不到光，耳朵听不到声音，身体随着声音——巨人、机器、大地的声音而颤动。

各种东西摸起来都很别扭，皮肤会感到刺痛，嘴巴里有太多的唾液，内脏像是被撕裂。

最糟糕的是，有人会夺走你的身体，其他人则会用你的比例梦芒来帮助他们自己变大，别的人会使用你的脂肪和皮肤。啊，我是疯了，彻底疯掉了，我的心里容不下任何悲伤，我知道我再也不会生气了。

"邪恶变态的银行职员。"他们用手推车把我推到小升降梯，我怒吼着，我的鼻子流着血，眼睛也充血了，"魔鬼。"

"我们是耶威斯国家里唯一不会作恶的人，沃纳。"一位银行职员最终安慰道，"我们是社会工具，我们神圣宣誓成为纯粹的工具。工具没有善与恶，只有人才会有……"

"邪恶的工具，他妈的邪恶工具。"我喊道，"闭嘴吧，浑蛋银行职员，把你的布道留给邪恶的浑蛋教会吧。"

在巨大的等候室里，比我大五倍的小狗脖子站在我面前，也许我应该感到恐惧和渺小。不，我感到的只有愤怒。

屏幕上播放着新闻，今天早上发生了多起交通事故，比平时更多，昏昏沉沉的司机指责梦幻世界乱七八糟。八点有更多的新闻，嘿，现在是八点了，很好，新闻送上。

"该走了。"小狗脖子边说边放下笼子。

他说了这句话，一个计划在我血淋淋的脑子里涌现出来，我是气坏了才会想这个聪明完美的计划的。

"听着，"我告诉他，"我梦到了一种方法，可以让我们发大财。"

他难得地摇摇头，以前他也听过这样的话。

"先听我的计划吧，然后再做你想做的。"我说，甚至没有惊慌或绝望，我完全是实事求是。

"听着，小痞子，现在说什么都太晚了。"他说。

我只是盯着他，用我的小眼睛瞪着他的大眼睛。他叹了口气说："好吧，如果需要，那就告诉我吧。"

我一一讲来。

这就是我能做的，这就是普瑞儿能做的，这也是亚瑟能做的。

我用怪脸人的新合作公司做起了文章，我就是这样把我们都变大的。

在我讲述计划的时候，他的脸上一直维持着无聊的表情，但他的眼神发生了变化。

我讲完后，他什么也没说，只是把我关在笼子里。

他带我走到怪脸汽车旁边，把我放在后座上，那里还有很多笼子，里面关着不少小小人，他们吓得心惊胆战。

从前排座位传来一个友好而快乐的声音。

"天哪，天哪，肩膀脑袋有什么特别的惊喜给你吗？以防你忘了，我就是肩膀脑袋。"肩膀脑袋从前排怒吼道。

小狗脖子爬到他旁边，我听见他对肩膀脑袋咕哝着说了什么，好像是"也许我们现在还不可以杀掉沃纳"。

但肩膀脑袋说："不，一切都无法改变了。"

小狗脖子咕哝了几句，肩膀脑袋打断了他。

"行啦，脖子，别傻了，我已经把他卖了。"肩膀脑袋厉声道，驾车驶出罗斯英迪卡，进入了沙漠。

几小时后，我们穿过沙漠里的一扇栅栏门，干燥的空气中弥漫着可怕的气味，像是腐烂、煤气、化学火焰的味道。

肩膀脑袋、小狗脖子把我和其他小小人从后备厢里拽了出来，把我们扔进了一个满是沙子的铁丝围栏里。

一个蓝骨托德人出来接我们。

其他小小人呻吟着，缩成一团。

我抬头看着这个恶魔，只见他在太阳下眯起眼，一边鼻孔撕裂开。

我愤怒不已，简直要发狂，我心想，真是太好了。

"先给梦芒。"肩膀脑袋冷静地轻声说。他心里有点害怕这些疯子，而且他的脸上已经流露出了恐惧。

托德人给了肩膀脑袋一叠薄薄的钞票。买十几个人才这么点梦芒吗？与此同时，另一些叫人讨厌的托德人从他们那一模一样的房子里缓缓地走出来，聚集在围栏周围，举起手机对着我们。

很好，我又想，拍愚蠢的照片吧，拍愚蠢的视频吧，你们这些可悲的中中人浑蛋。

"你不想留下来看看吗？"第一个托德人问道。他的声音很粗，听起来怪怪的。

"不了。"肩膀脑袋说，"我会去欢乐视频上看你的。"他对我说完，就回了车里。

蓝骨托德人什么也没说，只是拿起一个罐子，拧开盖子，把一只沙漠蜘蛛放进了围栏。

一时间尖叫四起，我们都四散奔逃，远离死亡。

沙漠蜘蛛比我们小一点，身长五英寸，宽四英寸。它的白色腿关节十分坚硬，不停地抖动，像是指骨，毒牙有小小人手臂的一半长，看起来油光锃亮，还长着二十多只油泡似的眼睛。

小小人蜷缩在一个角落里，每个人都想躲到对方身后，蜘蛛爬到另一个角落，身体绷得紧紧的。

"散开。"我尖叫着。但没人散开。

蜘蛛发出呜呜的声音。

一个小小人把另一个推向蜘蛛，嘿，把这家伙吃了。

第二个小小人爬了回去，试图把第一个人拽到围栏中间。

托德人尖声大笑，笑得前仰后合，举着手机对着我们狂拍。

我生每一个活人的气，尤其是那些愚蠢的小小人，如果我们不合作，就都会被吃掉，一群蠢货。

"他妈的，快点散开。"我又叫了一声。但蜘蛛认为现在是时候出击了，它像一只抽搐的十脚公牛一样冲到混乱的人群中。

没时间思考了，我转到一边，然后在沙漠蜘蛛后面冲进围栏中央。与此同时，这只怪兽正追着一个尖叫不止的小小人。我一把抓住它的一只后腿，用力地往后拽，蜘蛛掉转头，要用毒牙咬我，但我把这只爬来爬去的怪物丢出了围栏，蜘蛛正好落在一个托德人的衬衫上，随即颤动着张嘴就咬。托德人又笑了起来，只有被咬的那个托德人大呼小叫，不过再也没有蜘蛛咬小小人的尖叫声了。

事实证明，搞笑视频就是人蛛大战，托德人录制这样的视频，然后拿去卖，希望在电视台播出后，人蛛大战就能变得合法。聪明的新闻人则轻抚下巴，想知道耶威斯人是否真的准备好接受一个频道不停地播出人蛛大战。

"警察怎么不阻止这种事？"那天晚上，一个我不认识的小小人抱怨道。

"沙漠法不同于城市法。"另一个小小人咕哝道。

"那到底是什么意思？"第一个小小人怨声载道，"我告诉你吧，在我的家乡，法律就是法律，适用于每个地方，就是这样。"

"那就回你的家乡吧，白痴。"另一个穷小小人喊道。

梦幻世界

那个计划依然在我燃烧着怒火的脑海中萦绕着。

"小痞子们,让我今晚睡个好觉吧。"我告诉他们,"你们注意放哨,我要进入梦幻世界,我有个计划。"

但我太小,也太紧张了,所以我没能进入那里。

小小人的心脏像是老鼠的心脏一样快速跳动,我只是轻轻地打了个盹儿,醒来的时候已经太阳高照,又是丑恶的一天。

第二轮是大战巨蝎,那只蝎子至少有八英寸长,这只毒龙虾太大,所以没办法把它扔出围栏。托德人的头头儿这次要找点乐子,他把罐子举到我们的头顶上方。"我要把这个会叮人的疯子从你们的脑袋上方丢下去,哈哈,看看你们这群白痴,竟然还跑去围栏的另一端,我照样可以把它丢到那里去的。"

最后他把蝎子扔到空中,他肯定是想让它落在我身上,杀死上次把蜘蛛扔出去的家伙。我发疯似的爬开,与此同时,野兽落在了我身后。

蝎子用它那带刺的死亡之尾在我们之间的地上扫了几下,你好,小小人,你们身上的肉挺多呀。

"散开,散开。"我边喊边向后退。

大多数小小人依然帮不上忙，他们像以前一样挤在一起，发出吱吱嘎嘎的响声。他们又冒出了愚蠢的想法：*要是我缩在其余人后面，我八成可以最后一个死。*

愤怒再次把我变成了一台机器，我没有任何想法，只是展开行动。我绕到蝎子后面，跳到那个蠢货的尾巴上，死死抱住它的毒刺，这样它就蜇不到我了。

幸运的是，另外两三个小小人也是既勇敢，又疯狂，他们从两侧冲过来，在蝎子猛摇尾巴要把我甩下去的时候，他们使劲儿扯掉了蝎子的腿，该死的龙虾像只鸟一样尖叫起来。

这就是干掉可怕怪兽的过程：控制夹钳，不停地扭动拉扯。蝎子发出深沉且窒息的哀鸣，它已经没有了腿，只能用身体撞击我，我紧紧抓住它，等待它咽气。

又一个夜晚来了，我打了个盹，但无法做梦。没有人告诉你，当你变小，你有段时间是无法做梦的。

接下来的几天，我们和另外几只十条腿的毒虫展开了战斗。我们把衣服绑在鞭子和铁链上，从不同的方向猛击凶手。

我们擅长把沙子丢进蜘蛛那二十只气泡一样的眼睛里，用衬衫裹住蝎子的尾巴。

当然，要杀死这些野兽，需要一些有战斗精神的人去冒险，他们首先要跳入战圈，承担最难的部分。不幸的是，这样的人只有三个，我算一个，另外两个来自北方，身材又瘦又长。

剩下的六个小小人都是懦夫，一点用处也没有，只是眼睁睁看着野兽被我们三个制服，然后你才可以叫他们跑过去把怪物的腿扯下来。而这个时候，他们已经吓得快尿裤子了。

又过了几个晚上，我依然只能浅眠，无法做梦。

"嘿，我们是不是创造了最长团队存活时间纪录啊？"其中一个胆小鬼问托德人的头头儿。

"一个月后再问我吧。"托德人不耐烦地说。

"你们自以为很了不起吧？"另一个人笑着说。

才不是，我想。

第二天，托德人放进了一条蛇，小响尾蛇像疯子一样游走。

那天，和我一起战斗的两个小小人都死在了毒牙之下。事实上，我们能杀死那条蛇的唯一原因就是它想要吃午饭。趁这条长着尖牙的虫子吃尸体的时候，我偷偷地靠近它，然后一把揪住蛇头，把它的脑袋钉在荆棘铁丝网上。然后，我对着咯咯笑着的托德人愤怒地大叫。

那天晚上，我知道我们逃不掉了，毕竟只剩下我和六个没用的家伙。那些懦夫也知道，一整个晚上，他们都争吵不休。小痞子，无论如何你明天都得冲。好吧，兄弟，如果我看到你站起来做点实事，我就往前冲。你说什么呢，小痞子，你想和我打架吗？是的，我想和你打架，走吧，找个地方。

"嘿，太棒了，我都不知道你们这么好斗，也许明天你们还能帮上忙。"我对他们喊道。随后一段时间，他们都没说话。

在劫难逃，我知道，该死的，这下谁也逃不掉了。

第二天早上，托德人带来了一个笼子，他们把笼子放在围栏中间，大家立即尖叫着四散开来。

笼子看起来是空的，但是谁知道呢，也许这回是条隐形蛇。

托德人的头头儿指着我。"进去。"他说。

我环顾四周，试图从托德人的表情中猜测接下来会发生什么。

这些蠢货的脸是那么扭曲，根本看不出个所以然，但他们那令人毛骨悚然的笑容和轻柔的低吼告诉我，一场超级恐怖的死亡之战就要来了。

现在托德人知道谁能打，谁是废物，而我是唯一留下来的好战士，也许他们要带我去和什么怪物单打独斗。

疯狂的地狱怪兽，或是噩梦里才有的怪物，长着呆傻的脸，露出黏糊糊鲨鱼牙的笑容，还有流着鼻涕、边缘发红的心形鼻孔。

"进来吧，大个子。"托德人的头头儿又对我说，所有人都咯咯地笑起来。我能怎么办？我走进了笼中。

他们把我从围栏里抬出来，放在旁边的地上。

然后，他们把两只蜘蛛扔进围栏，两只黑色刚毛大蜘蛛对六个胆小鬼。*沃纳，你现在在观众席上。*

"管他呢。"我尖叫道。把笼子弄得嘎嘎作响。

"别担心，大个子，我们让你退休了，好好观赏这场演出吧。"托德人的头头儿对我说。

我很生气，简直怒不可遏。

我觉得解脱了，我为此而生我自己的气。

不在里面，是多么轻松，我竟然感觉轻松。我实在太傻了，我太生我自己的气了。

"我要去打。"我尖叫着，捶打着笼壁，"让我他妈的去战斗吧。"

但愿他们不会听我的。啊，别担心，胆小鬼沃纳，他们不会允许的，你就好好看着吧，像个疯子一样狂笑吧。

我对那几个胆小鬼大吼大叫，试图组织他们进攻，给他们勇气。我指导他们，强迫自己继续观战，强迫自己抱着希望。

我看了整个过程，但我不会让你们看，我不会向你描述经过，尽管战斗并没有很快结束。

他们把我一个人留在笼子里，半句解释都没有。

我坐了好几小时，先是气得哭了起来，然后就在太阳下暴晒。

当天晚些时候，一辆熟悉的一半比例汽车开了过来。

小狗脖子走下车和托德头头儿打招呼。

"给你一万。"小狗脖子说。

"二十万。"托德头头儿道。

小狗脖子盯着他看。

"价格上涨了，非常抱歉。"蓝骨疯子低声说，他的声音叫人毛骨悚然，但语气却很无辜。

小狗脖子又数了五张，没等对方回答行不行，就把笼子放进了后备厢，车子开了。"小痞子，你没事吧？"小狗脖子问。

我什么也没说，还有什么可说的。

现实世界

我们开车回到罗斯英迪卡，除了我和小狗脖子，还有一些新来的潮人暴徒。

小狗脖子坐在我旁边，透过笼子给我送了中中人的无菌水、水果和坚果。

"我看了你的搞笑视频。"小狗脖子说，"我只能说，太棒了。"

我一口唾沫吐在车上。

"我不喜欢看，小瘊子，相信我。"他说，"为了让你回来，我一直在努力，一分钟都没闲着。我得说服很多老板，向他们推销东西。相信我，我每天早上都看视频看得汗流浃背，祈祷你没有被毒牙咬到。"

我又吐了口唾沫，什么也没说。

"不管怎样，小瘊子，一切都准备好了，今天你可以放心了，你安全了。"他说。透过车窗可以看到沙漠消失，四周出现了长满灌木的山丘，我们一路向位于海边的首都驶去。

小狗脖子所谓的准备，就是怪脸人企业的造梦部，这个部门是我的血腥计划的产物。

是时候该给你讲讲我的恶魔计划了，好吧，在码头之眼分行，我是这么告诉小狗脖子的。

有没有看过电视新闻里报道的噩梦引起的交通事故，你知道我是怎么找到亚瑟的吗？你还记得这几个月来梦幻世界是多么狂乱吗？

那些都是我的梦。

我的梦非常强大，拥有翻天覆地的力量。

与此同时，我姐姐的公司制造一人梦安眠药，她是总裁。

当然，最后这部分不是真的，但请耐心听我说。

如果你和一人梦合作，获得一人梦的一些股份，我可以每晚把梦幻世界搞得乌烟瘴气，让销量一飞冲天。

一人梦将使怪脸人一夜暴富。

就是这样，计划很简单，把梦境变成梦芒的大好办法。

那天晚上，小狗脖子打电话给我姐姐，说："嘿，我是怪脸人，沃纳告诉我们，你是一人梦公司的总裁。"我那个聪明机智的英雄姐姐意识到沃纳还活着，沃纳有一个计划，这个计划需要她成为一人梦公司的总裁。

大家都对彼此撒谎，普瑞儿撒谎说，她的确是总裁。小狗脖子撒谎说我还在怪脸人手里，他们没有把我卖给托德人。

姐姐听了小狗脖子的提议，马上打电话给马克老五，请求他来找她，开个紧急推介会。她用自己所有的学习成果、能力和图表说服了马克老五：接受你父亲的一人梦安眠药公司吧，雇我来经营，我是一个忙碌的天才，永远不会停止工作和奋斗。

你让我负责，你父亲知道了，可能会发疯，但这么做有一个额外的好处。我已经有了一个详细计划可以让销售暴增。

最重要的是，这个计划是和一个嗜血成性的团队合作。

你现在算是有黑帮背景的药品公司了，太酷了。

时间不多了，所以我们需要尽快行动。

马克老五很喜欢这个提议，决定从学院雇用她，让她当上了年轻的总裁。

普瑞儿给小狗脖子打电话同意了他的条件，小狗脖子联系托德人把我买回来，于是托德人便不再让沃纳去录搞笑视频。

"想去见见你的队友吗？"小狗脖子建议道。

造梦部的打手并不是典型的怪脸人，我觉得他们更像弗兰克，也就是追求格蕾丝的那个作家，所以我很讨厌他们。

柔软的头发和更柔软的胡须，灯芯绒裤子、格子布和牛仔背心，昂贵的刺青和耳环，从未被打过的温暖的牛眼刺青。

他给我介绍了他们的名字，但我不听，也不在乎。我没说话，一直往地板上吐痰。

"是从商学院直接把他们雇来的。"小狗脖子告诉我。

"什么样的白痴会为了来这里而离开商学院？"我终于说。

但他们假装我说的是一个滑稽的笑话，全都大笑起来，活脱脱是一群衣冠楚楚、营养良好的马。

"我住在哪儿？"我问小狗脖子。

"秘密地点。"小狗脖子告诉我，"不是西塔戴尔。"

"亚瑟跟我住在一起。"我说。

"不，我们不会让你们住在一起。"他说。

"我不是在提问。"我说。

"我也不是在回答。"这个年轻的怪脸人头头儿说。

他们在笼子上盖了条毯子，在黑暗中驱车两小时送我去了我的新家。他们停了车，把我抬了出来，他们把笼子抬到我的房间，拉下毯子，打开笼门。

我跌跌撞撞地走进一个中中人房间，里面有简单的小家具、玩具床和抽水马桶。

窗户很高，也许有五英尺，穷小小人抬头只能看到尖尖的棕榈树树冠。这里可能是桑德蒂姆毛斯，可能是东埃尔曼，还可能是桑迪巴伯、萨克拉蒙或劳拉卡农。

我环顾四周，一边看着墙壁、地毯，一边对自己说：你要在这里住上五十年，留着胡子的老沃纳会在这个地方离开人世。

小狗脖子打了个电话，打开免提功能。

"这里是一人梦公司总部。"一位秘书说。

"我是小狗脖子，我找普瑞儿。"小狗脖子说。

"请稍等。"秘书说。

我们等了一会儿，听到我姐姐用疲惫的声音问道："我终于可以和我弟弟说话了吗？还是我应该撕毁合同？"

小狗脖子用手指推了我一下。

"嗨，姐姐。"我说。

"老天。"我姐姐喊道，"沃纳，你没事吧？告诉我你没事，这才是最重要的。"

"我没事。"我的声音说。

"弟弟，你确定吗？"她问道，"你听起来不太好。"

"过一会儿就好了。"我撒谎道。

"你确定？"她又说。

"是的。"我说。

"好吧，好吧，谢天谢地，谢天谢地。"她说。然后她嘟囔着说起了我们接下来应该做些什么。她说她一直在思考这件事，把梦幻世界毁掉一段时间无所谓，那样的话，人们就会更多注意更加重要的现实世界，不会一直做梦，并且承担起生活的责任，采取行动，这其实是最好的。

　　我实在听不进去，过了一会儿，只好打断她。"姐姐。"我告诉她，"我们开始赚梦芒吧。"

第七部分

金　刚

梦幻世界

现在我住在一个铺着地毯的中中人房间里，只在晚上活着。我的一天是这样度过的：醒来，睁开眼睛，再闭上眼睛，轻轻地呻吟，筋疲力尽，像尸体一样躺上几小时。

然后，我坐起来，下床，伸懒腰，锻炼，举重，跑步，俯卧撑，引体向上，瑜伽。

我吃水果和坚果，喝中中人的无菌水，造梦部用托盘给我送来各种东西。

我吃很多药丸，开始准备疯狂地做梦，药物让我的梦变得疯狂。事实上，在新家的头几个晚上，我需要药物才能做梦，才能睡着。

我阅读主君王神教会的经典，让化学物质渗透到教义中去。

我有时玩射击游戏，但大部分时间都用来阅读经典。

我再锻炼，再吃一顿饭，吃更多的药，开始头晕。

我钻进被窝，等着睡意来临。

到了晚上，我让梦境变得一片荒芜，好像我化身成为主君王神的愤怒使者。

现在，每天晚上，梦幻世界都是一个巨大的阴沟地带，一个巨大的地狱。

"很久以来，大大人和中中人对小小人构成了巨大的威胁。"我在雷鸣电闪的天空中布道，"主君王神简直是吓坏了，他非常失望和沮丧，他把天空换成了阴雨连绵的洞穴顶。如今，你们必须永远生活在地下，不能离开这片邪恶的洞穴森林。"

我把所有可怕的事都放入梦中，做梦人帮助我，他们的恐惧占了上风，让可怕的事变得更加可怕。我梦到了一片呻吟的森林，他们让森林里充满了狂野怪异的死亡。

"无所不能的主受够了你们的罪恶和自私。"我告诉每一个做梦人，"经典里不是说了嘛，总想赚梦芒会让你偏离正途。但是，罪人们，外星人正用杀虫剂污染这个星球。"

杀虫剂就像一片七英尺高的海，可怜的做梦人像海豚一样跳跃着浮出水面，试图呼吸。可当你的腿被锁住或像橡胶一样，你是很难跳起来的。与此同时，长着尖嘴的太空秃鹫尖啸着向下俯冲过来。

"主君王神警告过你们，梦芒将让你们的心充满忧愁，但你们不听。"我朗声说，"现在你们在一个又热又亮又差劲的小房间里像鹌鹑一样被炙烤，房间里有一个活板门，你们可以随时离开。然而，出了那扇门，你们只会到更糟糕的地方，进入两难的境地，主君王神在盛怒下，会让天下大乱。"

遭受炙烤的做梦人无法自救，他们把活板门打开，进入了一个一模一样的房间。然而那里更糟糕，更热，更小，炙烤得更厉害，在那里死得更快。于是他们又通过另一扇活板门，那里的情况更惨，炽热难耐，充满了沸腾的泥浆，这绝对堪称教科书般的排水沟建造技术。

很快，一些人变得更加难以接近，罗斯英迪卡的一些地区变得越发安静、疏离、与世隔绝。

果然，在现实世界里，大大人和富人开始服用一人梦安眠药。

一人梦安眠药的广告随处可见，造梦部制作了时尚好看的视频，称宗教狂热者已经占领梦幻世界，这是多么遗憾，但你能做什么呢？开明智慧的做梦人近来都在服用一人梦安眠药，这样就不会被神一般的疯子吓到。

在大大人和中中人的社区里，一人梦安眠药一上架，就被抢购一空，梦芒源源不绝地流进了销售一人梦安眠药的怪脸人企业的账户。

在梦幻世界，我开始攻击这些阴沉沉的地方。做梦人试图在房子里让自己变成幽灵，从而免遭骚扰，但我把这些房子作为打击目标。

我着重关注那些形单影只的消失者，在他们消失之前抓住他们。我把一人梦安眠药形成的保护膜从他们身上扯下来，把他们拉回火辣辣的池塘和毒牙似的雨水里。

在现实世界中，做梦人向他们的药剂师抱怨说："嘿，伙计，我的一人梦安眠药有几个晚上不管用，这种药难道不应该是万无一失的吗？"

但造梦部付钱给药剂师，让他们耸耸肩说："是那些宗教恐怖分子太强大了，但是别担心，我们的科学家正在夜以继日地研制更强效的药物，让你们不再做梦。与此同时，我可以帮你们联络更大的剂量。"

所以他们服用更多的药物，在梦幻世界中，富人周围的保护膜变得更厚，灵魂变得更轻、更安静。

我咬紧牙关，做到更强、更快，我拉线拽绳子，融化墙壁，我抓住并把这些挣扎的富人塞回地狱，我一直做到第二天早晨，我和时间对抗，让时间放缓。每天早晨我醒来，有一段时间，我甚至都不是人类，我的大脑是一个错误屏幕，我的眼睛显示着几个字：无法加载。

夜复一夜，周复一周。几个月过去了，一年转瞬即逝。

我开始注意到一人梦安眠药让人们出现了变化，因为他们有很多时间都是在孤独的梦中度过的。

孤独的做梦人开始在梦里幻想自己的机器人伴侣，那些机器人长得像你我，却不是你我，只不过是梦中的幻象。

我偷看了一下最富有的单独做梦人的包厢，看到他们被机器人、怪人、假父母、假孩子、假朋友包围着，他们表现得超级友好、超级愚蠢。他们不断地赞美单独做梦人，对他们的笑话大笑，对他们的故事感兴趣地点头，突然，他们再也受不了了，扯掉他们性感的衣服，用性感的机器人身体，让单独做梦人在梦中享受鱼水之欢。

单独做梦人已经忘记了真正的做梦人是什么样，他们忽略了一个事实：他们无法控制的事情正在别人的脑海中发生。

这样一来，我就有了新的办法制造地狱场景，我让梦幻世界里充满了机器人，每个人都开始忘记其他人是真实的，每个人都开始表现得像自私的疯子。

在我孤独生活的第二年，我疲惫不堪，几乎感觉不到孤独，很难记起有朋友聊天是什么感觉。很明显，造梦部的商科毕业生不是我的朋友，事实上，我甚至都不愿意假装他们真的存在。

我的身体变得更高、更硬、更瘦，我想我现在有了一个男人的身体、一个男人的疤脸，虽然没有朋友看到我的脸。

一天晚上，马克老五死了，死因是车祸。

马克老五，你这个愚蠢的天才，这不该是你的结局。

我不能去参加葬礼，因为我不能离开我的房间，也许房间外的一切都是不真实的。

普瑞儿伤心欲绝，并且很快陷入了激烈的公司争斗。马克试图恶意接管公司，想从他儿子授予一半股权的女孩儿手中夺回公司，而且海盗律师说授予股权不合法，向我姐姐的船开炮。

莉莉想帮普瑞儿抵挡一二："马克，你这个笨蛋，你怎么能对私人公司进行敌意收购，我们能不能哀悼两秒钟，你这个怪物。"但是马克假装悲伤造就了这一切，悲伤让他需要马克老五的公司。也许他连假装都没有，也许他用生意来替代他的儿子。

普瑞儿获得了胜利，亚瑟试图在梦幻世界告诉我一切："沃纳，你应该为你的五星全能姐姐感到骄傲，她是这样做的，她威胁对一人梦公司提起二十起反诉，她还从专业药物这个方面对马克的核心业务进行打击。"

听了一会儿，我便叫亚瑟停下，"亚瑟，我知道你爱我姐姐。但请冷静，没有什么比商业故事更无聊的了。"

在梦幻世界中，我睁大眼睛寻找歌剧院。

我时不时能看到歌剧院，我让它一直存在，不要把它变成烟或泥。但我从来没有踏进其中，从来没有花一点时间去听音乐，去看那张脸。

我躲得远远的，乔装打扮，如果基蒂认为我死了，那就让她向前走吧。亲爱的基蒂，忘了我还活着，就在这地狱里建造你的快乐岛吧。

一天晚上，亚瑟在梦幻世界走到我身边，我不再让长满獠牙的猪踩踏一个无尽的腐烂迷宫，我在月亮里和他说话。

"生日快乐。"我灰色的朋友说。

"谢谢你还记得。"我告诉他，"我都忘了。"

"我喜欢记这些事。"他说。

"西塔戴尔怎么样？"我问。

"挺好。"他说，"不过，我准备走了。"

他说得很平静，他的话有点可笑，毕竟他不可能离开那里。不管怎样，我还是笑了一会儿。

然后他告诉我，他要送我一份生日礼物。

"亚瑟，是什么。"

"实际上是一个秘密的小公司，我偷偷地把它变成了怪脸人和一人梦公司的合作公司。公司名叫统一警告，就是个小空壳公司。"

"空壳公司，到底是什么意思？"

"就是一种逃税的方式，细节并不是特别重要。你需要知道的是，百分之二十八的一人梦安眠药销售额都进入了统一警告公司，而且这么做已经有段时间了。”

亚瑟从来没有表现出太大的情绪，总是相当冷静，但此刻他那张平静的脸上却挂着笑容。

“不说是生日礼物，你是怎么做到的？”我问他，觉得自己很傻。

“我找到了一种让你成为合伙人的方法。”他说。

“那是什么意思？”我说。

“你就是统一警告公司。”他笑道。

“是啊。但那是什么意思？”我说。

“统一警告公司的账户是你的梦芒流动账户。”亚瑟告诉我，“从法律上讲，你只能得到百分之十八，但从整件事开始后，梦芒就流入了这个公司。今天是你的生日，那个账户已经和你的梦芒流动账户合并了，你突然有了很多梦芒。”

我在月亮里做着深呼吸，让自己放松，也许外面的地狱变亮了。

“怪脸人怎么会允许这种疯狂的事发生？”我问道。

“只有他们的律师知道这件事。”他解释说，眼睛里闪烁着复仇的快乐光芒。

“一人梦公司知道吗？”

“只有你姐姐知道。”他说。

“那我有多少梦芒？”我问他。

“大约九千万。”他说。

我的头脑变得非常平静，非常清晰，犹如一杯完美的水。

“我们赢了。”他告诉我，“最后是我们赢了。”

亚瑟，你这个笨蛋，这不可能，没人赢。

但他深情地描述了这场胜利，告诉我将会发生什么，还讲了我该如何逃脱。

“沃纳，我有处理统一警告公司业务的委托书，所以在怪脸人平时叫我去银行更新怪脸人企业协议时，我就可以秘密地让银行把梦芒从你的流动账户转入你的比例账户，比如转一千万，那就是双倍比例。

"你也不需要为了这件事去银行，银行可以远程把你变大。如果你太大，银行容不下你，在这种特殊情况下，他们就会做远程扩展。我会给他们一个准确的时间让他们转移梦芒，这样，不管你在什么地方，你都可以像个气球一样变大。你一觉醒来后就变大了，有点痛苦和奇怪，但没有风险。

"我相信我们可以骗过造梦部的人让你到院子里去，我们甚至不用告诉他们，我们干什么去。编个故事就行，就说沃纳需要去户外转转，这样才能造梦，必须每天放他出去一小时。

"然后有一天，当你在外面的时候，你就变大了。有人会开着防弹双倍比例汽车来接你，给你双倍长袍，把你带到你的双倍生活。"

他把这一切都告诉了我，我知道我们要做什么。"好吧。"我告诉他，"接下来我们这么办吧。你拿走一半，然后逃跑。"

他摇摇头。

"不，你别无选择。"我告诉他，"我命令你去银行，用委托书给自己一半，拿走四千五百万，让你自己变大到双倍比例，再搞一辆双倍汽车，过你自己的双倍生活。"

"好吧，那你呢？"他说。

"我目前就待在这儿。"我告诉他。

他没说话。

"听着，如果你能控制我的梦芒，你就拿去投资，买一些股票，甚至收购一些公司的。"我说，"等我准备好变大，我会告诉你的。"

他听不懂，但还是点点头。我最好的朋友，也是唯一的朋友，忠诚而聪明的亚瑟。

我离开了月亮，去创造更多的地狱。

现实世界

于是，在他下一次例行公事去银行的时候，虽然笨重的肩膀脑袋和另外两个怪脸人也跟去了，以防出现任何意外，亚瑟还是深吸一口气，给大厅的银行职员写了个字条。

"你写了什么？"肩膀脑袋问。

"只是一些技术上的事。"亚瑟解释说。

但那张字条上写着：亲爱的银行职员，请带我到地下银行，按一千万梦芒比例将我变大，再把三千五百万梦芒转到我的流动账户上。统一警告公司账户里的梦芒都要转入我的账户，请注意，我有处理统一警告公司业务的委托书。

银行职员读了信，一会儿瞪着亚瑟，一会儿瞪着亚瑟带来的打手。

然后银行职员点点头，灿烂地笑了。

"太好了，先生，小升降梯在这边。恭喜你，你的身材将大幅增加。"银行职员一边尖声说着，一边抱着亚瑟的腋下，将他抱起来。

"嘿，他去哪儿，我们也得跟着去。"肩膀脑袋一把抓住银行职员，大声喊道。

"恐怕你们不能跟他去变大。"银行职员道了歉。同时，银行的保安冲了进来，控制住肩膀脑袋和他那些尖叫不止的怪脸人手下。你们这些白痴在想什么，这里是银行，你们不可以对银行职员动粗。

变大后，高十一英尺、已经成为双倍比例的亚瑟独自在等候室里，要求使用一种叫作"无情雇佣军运输"的服务，这种服务每次收费二十万梦芒。请到富中中人接载区来接我，也许我们离开时要做好遇到攻击的准备。

但也算不上什么攻击，肩膀脑袋只从坦克里发了几颗子弹，就被无情雇佣军的无人机击中了。这对肩膀脑袋来说是多么愚蠢的结局啊！他血淋淋地倒在中中人的街道上。

亚瑟从坦克里爬出来，像个战斗英雄一样走进入口。他穿着经典的奶油色衣服，戴着可爱的草帽，遮住了布满文身的脑袋。亚瑟，你这个时髦的灰皮小子，真有一套。

他上了中中人升降梯，来到十楼，笨重且有些蹒跚地走过走廊，敲了敲一人梦公司总裁兼首席执行官的门。

"你好，普瑞儿。"他咧嘴一笑，在她用胳膊搂住他的肋骨之前，他成功地说出了她的名字。

梦幻世界

　　愤怒和混乱让怪脸人企业变得四分五裂，他们过于依赖一个俘虏的大脑，现在那个大脑消失了，并且在离开的时候破坏了公司所有的合同。因此，他们剩下的唯一资产就是被关起来的我。

　　一个半比例的小狗脖子好几次威胁要踩死我，我提醒他："小痞子，你那么做有什么意义吗？你现在身高八英尺，又这么时尚，还不都是托我的福。你喜欢你的生活，你喜欢做派对俱乐部里的运动服之王。所以，你最好还是停止这种愚蠢的威胁，让我帮你赚梦芒。"

　　他同意了，没有杀我。一天早上太阳刚升起，小狗脖子就把我关在笼子里，用毯子把我裹住，把我塞进他的车里，带我去了城市另一边的另一所房子。就这样，小狗脖子也脱离了怪脸人。

　　他要和一人梦公司做一笔新生意，说白了，就是勒索。一人梦公司，你们和普瑞儿与小狗脖子安全有限公司做生意吧，每年支付五百万梦芒，这样沃纳才能好好的，我才不会无意间坐在他身上，你们肯定不希望这家伙出事。

　　我的新房间和以前那间很相似，也有健身房，铺了更多的地毯。

　　不过这里的空气比较好，海风阵阵，肯定距离大海不远。

我的梦芒越来越多，梦芒一直在生梦芒。在外面的世界里，忠实的亚瑟给我买了一些股票，还收购了一些公司的股份。很明显，如果你每天晚上都进入公司所有人的一人梦，听他们懒洋洋地对他们的机器人说梦话——嘿，什么，你说奇皮能源找到了一种新的廉价方法，可以把油岩烧得更热冒出更多的烟。亚瑟，我有个内部消息。

"是时候想办法让你逃出去了，对吧。我可以派个私人侦探，弄清楚你住在哪里。"亚瑟每一两个星期都问我一次。

一周又一周，我的回答都是否定的。

"你在等梦芒的数字变成多大？"他想知道。我耸了耸肩，不停地制造地狱景象。

第三年，我精心制作噩梦，痛击单独的做梦人。我和小狗脖子建立了一种奇怪的友谊，他是我唯一确定存在的人类。

每天早上，他都和我坐在一起，和我一起抽烟，给我讲外面的事。

大火愈演愈烈，海洋吞噬了更多的城镇。豆子有一段时间不长了，看来每个人都得多吃肉了。

火箭把一些农业队送到了火星，每个人都得了一种恶心的太空病。一个在火星上的家伙变得很讨厌，他们得决定是杀了这个家伙，还是花十亿梦芒把他送回地球。真的很糟糕，我们再也应付不了这家伙了。耶威斯进行了投票，投票决定杀了他。你以为我们会花十亿梦芒把一个超级讨厌的家伙带回我们的星球吗？不过火星上的人没有杀他，他保证会保持冷静。

在我房间以外的城市的某个地方，我知道格兰特还乘坐地铁去抓其他小小人，用他们录制火车视频。他那个疯女儿薇洛长大了，也许她那颗愤怒的心已经变得柔软，也许变得更坚硬，也许比克斯已经把一些穷小小人撕成了碎片。

我终于告诉亚瑟我想做什么。

"天哪。"他只说了一句。

外面的世界进入了第四年。

一部分冰岛融化，伊吉佩德的一些地方被烧毁。名人兰迪坠入了爱河，但他爱上的却是一个屁股。

耶威斯有了一个新总统，是二十年来身材最小的一个，甚至都没到双倍比例。他们正在考虑为这个好斗的黄党改革者打造另一个小一点的白宫。

亚瑟和普瑞儿悄悄地结婚了，他们给了母亲一些梦芒。母亲做了手术，现在她的腿可以弯曲，还很灵活。她建造了一座超级教堂，这实在很无聊，但她很开心，也很兴奋，不会责怪我假扮成主君王神。

"这样吧，沃纳，我们保证，等你出来，我们就举办正式的婚礼。不过你觉得你什么时候才会出来？"

"我不知道，姐姐，现在还不是时候。"

在罗斯英迪卡的某个地方，格蕾丝的生活又往前推进了一年，我有时会想起她，当然，她现在说不定已经进法学院了。也许她还和弗兰克在一起，也许他还在让她读他那没完没了的小说，他们在某个地方聊天、接吻、做爱、吵架，或者他们有几个月没见面了。也许她不再戴那双绿色的隐形眼镜，而是露出了那对漂亮的黑眼睛。也许她不再喜欢嗜血漫画。谁知道呢？反正我不知道。

在梦幻世界，我远离我认识的人，我不再是沃纳，只是一个嗜血的天使。

第五年，我独自一人住在铺着地毯的中中人房间里，但现在我已经没有必要再梦到地狱了。

不管怎样，这些孤独的做梦人每晚都吃一人梦安眠药，完全沉溺于孤独之中。

我不再创造地狱，而是开始宣布一些奇怪的消息。

神是一个金刚。我在星星里做梦，在草地上做梦。

神是一只猩猩。我在每个人的房间里都这么宣称。

"金刚猩神来了。"在学校、仓库、下水道、全食超市、火车，飞蛾到处窃窃私语，但歌剧院除外。

我没有碰基蒂歌剧院，我把歌剧院变得难以找到，我在它周围建了一片闪亮的沙漠，在歌剧院的上方堆砌了一片黑暗的咸海。

基蒂甚至都没有注意到，她从来没有走出过那所歌剧院，她可能也服用了一人梦安眠药。

我当然会想她，想起她的次数也许比想任何人都多。在外面现实世界的某个地方，基蒂一定是在上大学，我喜欢想象她读的是音乐学校，也许她找到了可以弹吉他的疗法。

也许在某个地方，托尼正学着不那么拼命，人们要是知道你有多想被人喜欢，就会讨厌你。黛西仍在深夜玩枪战游戏，胡亚根在当医生，道恩在遛狗，胡恩连任成功。还有一些聪明能干的穷中中人住在他们的房子里，睡在一半比例的房间，学习致富的秘诀，而这个秘密就是要有耐心。

但我也学会了，基蒂一家，我学会了。

现实世界

那一天终于来了。我给小狗脖子下了命令，他没怎么反对。

"我还是可以把你踩个稀巴烂。"他开玩笑说。

"当然。"我同意，"不过，我的律师也可以拿出两千万梦芒去买小狗脖子的命。"

"你少唬人了。"小狗脖子懒洋洋地说。他把我抬到后甲板，然后上了他的摩托艇，这是多年来我第一次晒太阳。

他把我放到海里，海浪拍打着我。

"说真的，你会变多大？"小狗脖子想知道。

"退远点自己看。"我告诉他。

他的船驶出了几英尺。

"还不够远。"我喊道，但他没听见。

我漂浮着，哼着小曲，等着银行职员开始。

橡皮似的海藻带缠绕着我。

阴影在我的下方移动。

真希望我们能在银行做这件事。

一条金枪鱼像狗一样嗅着我，在我脚边的水中轻声说着什么。

又过了一会儿，水拍打着我的耳朵。金枪鱼把我整个吃掉了。

我如同在一个湿漉漉、滑溜溜的漆黑房间里摇摇晃晃地荡来荡去，一呼吸就会喝进海水，甚至连思考的时间都没有，我的骨头开始"吱吱"地伸展起来。

几秒钟后，我已经大得不能再待在这条鱼的肚子里了，我猛击它的身体，真是条可怜又没脑子的食人鱼。

我扭动着头，伸开胳膊，像个疯子似的划回水面，我的腰一根一根地折断鱼骨。

我浮出水面，喘着粗气，我现在是一半比例，被撕裂的半个鱼身从我身上沉入海底。

的确很痛，不过是一种温暖而美丽的痛，是那种长跑后去举重，再爬上大房子的痛。

我仰面浮在水面上，闭上眼睛，感到每一次疼痛在我身上爆发，听到我的心跳变慢，肺变大。

我看到我的脑子变大了，可能要花一整天才能想出一个念头。

波浪泛起涟漪，拍打我的皮肤，海草变成了发痒的流苏。

我在水里来回晃动我的手，掀起滚滚大浪。

我仿佛变成了一条鲸鱼，沉默不语，行动迟缓。

结束后，我闭了一会儿眼睛，最后我睁开眼，环顾四周，小狗脖子在哪里？

有一段时间没见到他了，他是不是吓破了胆，开船走了？见鬼，那是船吗？

船就像小小的贝壳，已经翻了，活像一艘玩具船，一半船身已经沉没，一定是被我浴缸里的波浪掀翻了。

"小狗脖子。"我沙哑地说，我的声音像雷鸣一样。

我在水里翻来翻去找他。

啊哈，他在那儿，像是一只挣扎的小昆虫。

看看这个小家伙，他在踩水，在狂笑我把他捏起来放在我的头发上。

我是按照五百亿梦芒变大的，二十六倍比例，大约有一百五十英尺高。亚瑟把流动账户里的所有梦芒都转入了比例账户，银行试图告诉他这真的不是一个好主意。但是，银行职员，就像你们说的，你们只是一堆工具，现在你们必须服务于疯子和他的律师。

现在，在早晨的酷暑中，小小的罗斯英迪卡就静静地待在离我那怪物般的身体两英里远的地方。

在离海岸一英里处，我的脚碰到了海底，我停止划水，开始涉水而行。

在离海岸一千英尺的地方，海面甚至还没到我的膝盖。对不起，各位，我从这个高度看到的景色实在是美极了。

我掀起了巨浪，游泳的人吓坏了，他们划着水来到海滩，跌跌撞撞地跑着，冲浪者试着跟随我。

我踩在沙滩上，浑身上下都湿透了。

我只走了几步就进了城，每走一步都特别慢，把脚抬起来，等蚂蚁一样的人从下面四散逃开，再慢慢放下脚。但尽管如此，地面仍会颤动。

我把胳膊搭在一座五层楼的楼顶，环顾四周，尽量胳膊不用力，免得把屋顶压碎。看看这个又矮又宽又笨的小地方吧，活像个玩具城，汽车也像玩具车，地铁也跟玩具一样。

我现在就和格兰特一样，不过我可不像他那样喜欢玩玩具。

警察和海岸警卫队在我周围疯狂地东奔西忙，直升机飞来飞去，警笛轰鸣，骑兵也来了。他们要进攻吗？我要把他们打得稀巴烂吗？

答案是"不"，他们并不讨厌我。

他们的发言人尖叫道："快躲开，巨人过来了，赶快离开这地方。"

我周围是成群结队的忠实的警察，他们把蚂蚁一样的人赶走，用盾牌推搡着，用铲车推搡着。在马达和螺旋桨的声音之外，我听到了被推开的人群发出了愤怒的吼叫和尖叫，这些警察怎么来得这么快。

"大块头先生，"一个发言人在我的脸旁咕哝着说，"需不需要我们为您叫辆时髦方便的交通工具，送您去您要去的地方？"

当然，我无处可去，我就在我应该去的地方，在这里用我巨大的声音宣布：嘿，各位市民，尤其是小小人，听着，我有好消息宣布。

看看我有多大，看看我从富人那里拿走了多少梦芒，现在我要把梦芒分给穷人。我要把我的财产捐出来，当成罗斯英迪卡的最低梦芒，这个城市再也没有人会变得和老鼠一样大了。

我有五百亿梦芒，不知道具体怎么运算。但是，我认为新的最低梦芒数量应该可以叫你们达到四分之一比例，也许还能大一点。

不再受猫和蜘蛛的威胁，大到可以上学校去医院，强壮到可以做小身材能做的工作。虽然要搬搬抬抬，但会很体面。

所以，做好准备吧，准备好你们需要的东西，几分钟后，我将开始缩小，那之后，你们就可以跑到当地的银行去变大。在统一警告公司的帮助下，享受你们的新中中人生活吧。

但我没有把上面这些话说出口。

我凝视着下面的小村庄，用我巨大的肺呼吸，不知怎的，那些话卡在我的喉咙里，渐渐干涸了。

亚瑟和普瑞儿在某处注视着，等待着，他们一定在想：*沃纳，说出来吧，大个子，怎么回事？*

但另一个不同的计划在我巨大的大脑中形成，如此一来，我不会带来好消息，反而会带来坏消息。

我一想到这个主意，就知道这个坏消息其实正是我一直以来的计划。

"大块头先生，在您方便的时候，请随意翻阅我们诱人的运输选择菜单。"发言人一边展示坦克和直升机，一边尖声说道。

"没关系，我走着去。"我说。

"这是一个很棒的选择，因为我们会清出您需要的任何道路。记住，我们的存在是为了为您服务，即使是我们身材最大的市民，也完全可以信赖罗斯英迪卡警察局。事实上，我要说，最大的市民是享有优待的。"发言人提醒说。

与此同时，我环顾四周，看着所有我可以踩踏的屋顶。

我可以捏起汽车，我可以弯下腰舔掉山坡上的房屋。

事实上，我决定去游泳。

"离开这该死的海滩。"海岸警卫队大声喊道，"巨人要游泳啦。"

在离海岸两千英尺的地方，我往北游了一点，警察和海岸警卫队像狗一样骄傲地走在我的两侧。

我当然饿了，我那巨大的胃是空的，我也渴了，我的嘴很干巴。

我原本的计划是不吃不喝，我的胃里要是有东西，都会让变小变得棘手，不过还是忘了那个计划吧。

我需要食物和水，也知道从哪里可以得到这些东西。

我通过了几个地点和入口，悬崖边的小玩具房子变得越来越大。

我俯冲了几次，想看看海底有多近，结果发现非常近。我用肚子在珊瑚上蹭痒，把指关节插入海底的泥中，拖出一道道深沟，把海底弄得浑浊不堪。当我回到水面，直升机和快艇在为我欢呼。

"史诗般的深海潜水。"他们用力鼓掌，"大英雄。"

不久，熟悉的别墅就出现在了我眼前。

我涉水上岸，警察和海岸警卫队不得不退后，巴鲁斯特德是私人防御区。

"陪你去罗斯英迪卡真是一件乐事。"一艘船在我身后呼啸着，他们还说了很多类似的话，我不理睬，直接踏上了陆地。

哇，在我的大眼睛看来，巴鲁斯特德的大房子此时实在是小得可怜。对曾经只有一半比例的我来说，它们是高耸入云的音乐厅。但现在，你看，它们实际上只是一些奇怪的小破屋。

西班牙式的别墅、城堡、神社、种植园、玻璃立方体集群，全都是那么可悲。就像是一层的箱子，用来囚禁孤独的巨人。

我站在那里，水从我身上滴落，我凝望着，每一栋大房子都像是堆在纵横交错的小巷里的牛奶箱。

这里显然装饰得更好，窗户更大，随处可见小仆人，还能看到海景。

但每座房子都如同我父亲天天建造和修补的那栋，他修屋顶、贴墙纸，结果一个孩子踩坏了屋顶，把他踩死了。沃纳，你想这些做什么？傻瓜，你还有工作要做。

我走上了别墅庭院，马克的员工试图拦截我，他们轻柔地对我说"贵宾你好，欢迎"，他们还说"对不起，马克在休息，建议你稍等片刻，我们可以给你拿些吃的"。

我不理睬他们，敲了敲门，想把门打开，但门是锁着的。

但如果你和金刚一样，那即使是为富大大人制造的锁，也显得微不足道。我轻轻松松就把门扯下来，扔到了沙滩上。

厨房里，厨师正静静地准备一碗碗柠檬水和烤牛肉，太棒了，我端起一碗喝了下去，他们吓得直往后退，不敢吭声。

我喝饱了水。水蔓延到我的指尖，我的喉咙放松下来，我的眼睛变得明亮起来，巨大的肺像是又变大了。

我吃掉了一头牛，味道不错，但很淡，八成很难做出足够的酱汁。

与此同时，在下一个房间里，和癞蛤蟆一个颜色的马克在床上猛地坐起来，盯着厨房里赤裸的金刚猩神大口地咀嚼着他的食物。

"嘿。"他嘟囔着说，"怎么回事？"

我什么也没说，只是盯着他的眼睛，咀嚼着他的牛，大口地喝着他的饮料。嘿，吃东西的感觉实在是太棒了。

他眯起眼睛看了我一眼，一只手摸了摸他那一头直立的头发。

"你看起来有点面熟。"他说，"你是谁？"

我告诉他，我是金刚猩神。

"好吧。"他说，"你刚刚弄坏了我家的门？"

我吃完了他的食物和水。

"是的。"我说。

"好吧。"他说，"各位员工，再给我做一些牛肉。"

在我身后，我听到工作人员开始行动，希瑟咆哮着指挥其他人："立即就要五头烤牛和调味料、四碗水，快点快点，马克在接待一位赤身裸体的神秘嘉宾，看起来至少有四百亿梦芒才能有他那么大。"

我走到他的卧室门口，用我赤裸的身体挡住了门。

"你的员工可以多做些牛肉，但我会全部吃掉。"我对马克说。

"哈哈，好吧，我打赌你会的。现在说说你是谁吧。"马克一边起床，一边问。

"你是在梦幻世界里认识我的。"我告诉他。

"好吧，我能过去吗？"他问。

"不能。"我说。

"好吧，听着，朋友。"他说，有点激动，"我刚睡了六小时，我很渴，低血糖，你知道的。"

"你有麻烦了，"我告诉他，"因为现在我喝你的水，吃你的食物。"

我看着他开始意识到他遇到了麻烦。

他试图把我推开，把他的大手放在我那更大的胸前。

我飞快地抓住他的手腕，拧了一下，把他像布娃娃一样摔了出去，我听见他的一只膝盖"咔嚓"一声撞在瓷砖上，他倒地带来的震动让厨房里的职员都摔倒在地。

"啊。"他喘着粗气，抽泣着说。

我耐心地站在他身旁，等待着下一步。

他好一会儿都说不出话，只是呻吟着，带着恐惧和憎恨盯着我这个比他至少高出三十英尺的野兽。

与此同时，我身后的工作人员正在发疯似的忙碌着，他们拿着一些准备好的枪支和炸弹，但不知道该不该用。

"各位，"马克终于用嘶哑的声音说，"把这该死的入侵者赶出我的房子。如果有必要，就用武力。"

"各位，如果你们攻击我，那么你们认为会发生什么。"我说，"答案就是，我也会攻击你们。"

我用我的大眼睛看着他们说："你们这些胆小的孩子什么也不会做。"我一看见他们，就知道他们是胆小鬼。

"我更大，更富有，我也需要员工，所以你们为我工作怎么样？"我建议道。

工作人员也盯着我看。然后他们开始面面相觑。

过了一会儿，他们吵了起来。*你认为怎么样？你怎么敢？我们有什么选择？*

有些人很忠诚，有些人则对背叛超级兴奋，不过大多数人只是想弄清楚谁要离开，谁要留下，在哪里才能得到最高的晋升。看到他们那些复杂丑陋的念头，我真的心碎了。

与此同时，我吃了其他牛肉，喝了几碗水。马克想趁我不注意冲到我跟前，但我又把他撞倒在地。这次我的力道没这么大，但还是结结实实地给了他一下，估摸我的力气也没小太多，不然也不会打断他的鼻子。

在鲜血下，他的脸苍白而病态，他知道自己无力抵抗，便试图说些什么来对付我。但他饥渴的大脑没有耐心，一个富大大人的身体很快就会崩溃。

"你要梦芒，还是要我公司的一部分，你想要什么？天哪，我再也受不了了。"他脱口而出。

我说："我只要你的食物和水。"

"好吧，那些东西都在地下室，所有的食物和水都在地下室。我带你去，只要打开活动门，走进去。别担心，我跟着你。"他喊道。

"不，不，不，不。"我说，从牙齿里剔出牛皮。

"求你了。"他抽泣着，"求你了，我要死了。我真的要死了，我又饿又渴，我几乎说不出话了。"

"不。"我说。

"你为什么要这样做？"他哭喊道。

"我是金刚猩神。"我解释道。

"那是什么意思？"他抽泣着说。

"意思是我吃你的食物，喝你的水。"我解释说。

我看着他打嗝，愤怒地抽泣，这家伙已经很久没有这种感觉了。

"好吧，你猜怎么着？"我终于宣布。

但他拒绝相信。

"你可以吃点东西，喝点水，我决定了。"我告诉他。

他瞪着眼睛，抽着鼻子，以为我还在捉弄他，瞧，他没说错。

"那一定是你邻居家。"我解释说。

于是我们走到比尔的大宅，透过一扇窗户，我们看到老比尔在看新闻。嘿，屏幕上那个年轻人看起来很眼熟，从摇摇晃晃的镜头里可以看到我赤裸着从海里颤巍巍地走出来。

"人们对这个神秘富有的巨人知之甚少，他今天从海里突然冒了出来。"我听到一个主播严肃地讲解说，"政府没有他的记录，人们认为他要么是外国人，要么就不是在医院出生的，穷小小人都是如此，他也可能是森林里的一些宗教狂热分子。"

"比尔。"马克透过窗户喊。但比尔没听见，那家伙对新闻很感兴趣，而且耳朵也聋了。

"看看这个胆大年轻的梦芒富翁。"一位新闻专家大声喊道，他正在重放我浑身湿透的视频，"每次发现一个富有的大大人，都是值得庆祝的，他们可以为我们这个贫困的城市创造新的就业岗位。我当然希望当地政府已经准备好，张开双臂欢迎这个庞然大物。"

"比尔，比尔，比尔，比尔，比尔。"马克大声喊道，他饿得要命。

"银行就不能破例，公布这个人的基本信息吗？至少告诉我们他是谁也好，我的意思是，我们不知道他是什么地方的人，也不知道他如何变得这么富有，如果他是恐怖分子呢？"另一个专家抱怨道，闪烁的屏幕告诉我们她是怨妇艾莉。

"嘘。"新闻现场的观众尖叫道。

"艾莉的老毛病又犯了，总是抱怨银行，不停质疑我们最重要的隐私保护。"第一位专家也抱怨起来。

"比尔，比尔。"马克吼道。但比尔正挥舞着拳头，兴奋地大叫："艾莉，我预感到有人比你厉害。"

"艾莉，你这个笨蛋。"第三个专家喊道，"隐私法保护我们免受共有主义的伤害，剧透了，他们在大约二十个国家尝试了共有主义，但从来没有成功过。换句话说，你输了，我赢了。"汽笛声响起，第三个记者赢得了辩论，主播递给他一支桨。

马克敲打着窗户。

我重重地撞在墙上，把墙撞出了一个洞。

这座城堡毕竟不是用石头建造的，使用的是一种很薄的木板，绝对阻挡不住金刚。比尔的注意力终于被吸引了过来，他从洞里盯着我看。

相信那个老人，他一看到就知道有危险了。

"入侵者。"他吼道,抓起一把剑就跑出了门。

我从他的房子里撕下一块锯齿状的大盘子,当他朝我跑过来的时候,我用大盘子扫在他身上,正好砸在他的下巴底下,这个老家伙重重倒在地上,宝剑"哐啷"一声落在巨大的瓷砖上。

我把剑扔到一边,弯下腰,抽打老比尔的脸。一下,两下,三四五六下,我把他打得鼻青脸肿,我只是为了告诉他:你什么都控制不了,我决定你的命运。现在,你的脸被打了,而马克要吃你的食物。

"马克现在要吃你的东西。"我对比尔说。把他的脸对准墙上的洞,让他盯着饥饿而内疚的马克在比尔的厨房里横冲直撞。

"比尔,对不起,这家伙是个疯子,我简直觉得自己要死了。"马克一边道歉,一边把比尔的熏鸵鸟肉吃进嘴里,还咕咚咕咚喝着椰汁。

比尔张着大嘴,火冒三丈,气得直发抖。他怒视着邻居,但一句话也说不出来,只是不停地咳嗽。

"好吧,我想你们能解决这个问题。"我告诉他们。

我拿起剑,这东西可能会派上用场,然后向隔壁走去。

我去了种植园,拽着汤姆的脖子把他拖到海里,让他在水里泡了一会儿,这办法还是我从肩膀脑袋那个粗暴家伙那里学到的。

我去了神道院,用约翰的一根高尔夫球杆打得他跪在地上,他的妻子吉利恩试图从后面偷袭我,我也把她打得跪在地上。

我用剑把一栋栋玻璃房子敲碎,胆小如鼠的李无法继续在里面待着,只好爬出来。他是目前为止个子最高的,几乎和我一样高,但身体松弛,摇摇晃晃。我拉起他的长袍,打了他葡萄柚一般的屁股。

员工们都很胆小,没人过来阻止我。过了一会儿,李那个四倍比例的办公室主任吓坏了,用子弹向我扫射,我的胳膊、手和肩膀中了十五颗子弹。

我把他捏起来,把他滚烫的小枪揉成一团,轻轻地把他扔到树上,但他可能还是死了。

"员工们，我不是来和你们打架的，我只找你们的大个子老板。"我不停地告诉他们，"不要攻击我，除非你们今晚想死。"

没有人想死，每个人都害怕死，每个人都软弱，每个人都舍不得舒适的生活。

我慢跑到下一个海湾，又有七所房子等着我，我继续破门而入，毁坏物品，喝别人的水，吃别人的食物。

我知道这会毁了我吗？当然。

我知道，我单枪匹马，而他们是一群人。不久之后，这些富人迟早将坐在彼此的肩膀上，变得更高更强，开始反击。

向他们中最年轻最强壮的人投入一万亿梦芒，这个人可以把我踩死，他将是全新的金刚猩神，并且会热爱富人。

但另一方面，我又觉得，不管情况有多糟，他们可能都无法反击，也许他们太笨、太懦弱。

他们可能会多疑自恋，他们可能会想，为什么要向"杀掉沃纳账户"捐赠梦芒？为什么必须放弃自己的比例来阻止这个怪物，大可以叫别人去做啊。

我想，也许我可以玩上很长一段时间。

媒体获准进入巴鲁斯特德，我开始在屏幕上看到我自己搞破坏。

字幕是这样说的：由于一个傲慢的五百亿新巨人出现，社会等级惨遭破坏，巴鲁斯特德出现了隐患。

"消息人士告诉我们，这个新来的大块头自称为金刚猩神。"一名主持人激动地嘟囔着，"很多人都说，他给停滞不前的社会带来了一种令人耳目一新、朴实无华的纯朴。"

太阳沉入海底，我在一片紫色的黑暗中向北走去。在下一个海湾，又有四间泛光灯的房屋在等着我，而其中两座已经被搬上了驳船。

"请所有人离开驳船，你们应该到安全的地方。"我建议道。

当我涉水入海时，船上的工作人员惊慌失措地逃离，或是游泳，或是乘坐飞机，还有的开着车。我把胳膊搭在驳船上，慢慢地把它们沉到水下，把房屋搁在满是沙土的海底。

"该死的，你在跟我开玩笑吗？我是说，我今晚真要睡在外面吗？"一个富大大人躲在漆黑的森林里尖叫道。

"皮特，闭嘴，他会找到我们的。"另一个富大大人说。

"我不会闭嘴的。"第一个人喊道，"你头发那么乱，还没穿衣服，你知道你刚刚浪费了多少食物吗？我的意思是，你有想过这件事吗？"

我想我没有，我承认，朝着声音的来源慢跑过去。

"天哪，皮特。"第二个说，"他过来了。"

"如果我们大家同心协力，就能打败他。"第一个说。

"如果你想挨揍，就去吧。"第二个说。

"不管怎样，我们都要挨揍了。"第一个恳求道。我走到他跟前，轻轻地用手捏住他的头，撞向了悬崖。

我彻夜狂欢，击沉了更多的驳船和房屋，踢爆了更多人柔软的屁股。

我把别人的员工变成了我自己的员工，用别人的枪支和炸弹武装他们，把他们放到别人的船上和直升机上，并保证我的律师第二天一早会为每个人准备好聘请文件。

没有人阻止我，没有人反抗我。相反，人们只是争相逃跑，为了抢对方的东西来替换我弄坏的物品而彼此争吵不休，把对方推到我要走的路上。我就像是一只沙漠蜘蛛，待在满是胆小鬼的围栏里。

我大概走到巴鲁斯特德的三分之一处，太阳升起来了，我开始哭泣。

在一片高尔夫球场的沙地上，我把一个叫比夫的大大人按在地上，他长了一头浓密的红头发，眼睛鼓鼓的。我挑起的是一场毫无意义的战斗，我用膝盖压他的肋骨，把沙子倒在他的脸，我告诉他："你吞了这些沙子，这一切就会结束得快点，我可没有时间浪费在你身上。"但比夫说什么也不肯吞，他不停地把脸扭到一边，还不住地蠕动。于是我抓住这个巨人的头发，把他的头重重砸向沙滩，"咚咚咚"，但我知道这根本伤不到他，于是我拉起他的脑袋，开始抽打他。先打一只眼，再打另一只，把他拽起来，再打倒，我想说"我告诉你了，你只要吃了沙子就没事了，你为什么不吃"。但这句话卡在了我的喉咙里，我抽噎起来，根本什么都说不出来。*沃纳，你这个白痴，别再哭了，往前走。*

我松开他，任由他瘫倒在地上，我喘息着。

"老板，你还好吧，需要休息一下吗？"小狗脖子叫道。他的声音仍然让我毛骨悚然，不过他现在已经是我的职员领班了。

我告诉他我需要睡觉。

"是的，你应该睡一觉。"他赞同，"没问题，我们在沙滩上有人给你放哨。"

"我要睡在海里。"我说。

他对着偷来的耳机厉声发号施令。我走进海中，像一艘和平的驳船漂进国际水域一样，仰面漂浮着，做起了梦。

梦幻世界

　　这是多年来我第一次让自己置身于梦幻世界，而不是把那里变成恐怖的地方。

　　我只是翻滚、飘浮，让自己安静下来。

　　我只是沃纳，只是那个衣衫褴褛、头脑清醒的自己。

　　这里当然是一座孤独城市的梦幻地带，满目疮痍，令人恐惧。

　　很明显，现在是白天，所以梦幻世界里很安静。大多数人在现实世界里都还醒着，大多数人没有做梦。只有我和上夜班的穷人，一些病人躺在医院的病床上，此外还有一些懒惰的嬉皮士和人渣。

　　每到一处，人们都互相回避，狐疑地窥视彼此，缩进了自己的影子里，咕哝着表示自己不在乎。

　　我没兴趣。

　　你想要什么是你自己的事。

　　别管我。

　　你以为我傻吗？我被关在儿童监狱的时候，每个人都是我。

　　我感觉自己的心是那么干涩，那么死气沉沉，我想和做梦人交谈。给你看一些美好的东西。看，一个人在你眼前像一条花鱼一样游泳。

　　但每一个陌生人都躲着我，没有人相信我能使他们幸福。有人把花鱼冻住了，另一个人让它变得灰白枯萎。我做了一棵小河树，一群群鱼像叶子一般在风中打转。

一个陌生人想把河水弄干，另一个把它变成了丑陋的血管，第三个人拿起鱼叶，把它们变成针、鳗鱼和流着黑血的蛇。

好吧，我想，好吧。我试着顺其自然，我的心试着不悲伤。

我跌倒了，越漂越远。

我意识到，我认识的一个人睡着了。

歌剧院位于一个院子里，大院套着小院子，每个人都对此充满怀疑，没有人进去。我走了进去，期待着那首优美的老歌。然而相反，她唱的是一个简单的音符，她的头发没有编成辫子，漂亮的眼睛闭着。

啦啦啦啦啦啦啦，这便是全部的旋律。

"基蒂，这首歌怎么了？"我问。

她睁开眼睛，把眼睛瞪得大大的，有点心不在焉，不知道她看到了什么。

"是谁，你是鬼吗？"她终于小声说。

"基蒂，你怎么这会儿睡觉？"我说，"你没有上学或工作吗？"

"没有学校，没有工作。"她说，"我日日夜夜都等着金刚来和我决斗。"

"你什么意思？"我说。

"大家都知道金刚。"她淡淡地说，"愤怒的天使折磨着梦幻世界。他和我打过一次，现在我等着他再来和我打，我想他就是这样折磨我的。"

"他不在梦幻世界里，基蒂。"我说，"现在只有我，只有沃纳。金刚走了，他永远离开了梦幻世界。"

她只是皱起眉头，拨弄着头发。

"基蒂，你能唱那首歌给我听吗？"

"我不记得怎么唱了。"她耸了耸肩。

听了她的话，我的心碎了。

"你随便唱首歌怎么样？让我们听听有什么旋律。"我强忍着慌张说。

"幽灵沃纳，你为什么要这么做？"她说。

我无言以对。

"你为什么要离开？"她乞求道。

"为了帮助一个朋友。"我说，我的话是哀鸣。

"你知道，你本可以是属于我的。"她告诉我。

"别说了，别说了。"我说。

"我本可以属于你。"她说。

"不。"我说，"从来没有，从来没有。"

"你本可以属于我，我本可以属于你。"她喘着气说。

"这是不可能发生的。"我开始大叫。

"如果你留下来，我会的。"她简单地说。

"你甚至不知道我是谁。"我大叫起来，让我的心不再哀号，"你只是把我当成宠物，我对你来说就是一只圣伯纳德犬，一只受苦的高贵小动物。基蒂，请你住嘴，你根本不了解我。"

"我了解你。"她坚持说。

"别说了。"我恳求。

"但我了解你，我知道我了解你。"她温柔地低声对我说。

"别说了，求求你别说了。"我叫道，"你了解的那个男孩儿摧毁了梦幻世界。"

她闭上眼睛，也许她听到的是音乐，而不是我的声音。

"你认识的那个白痴把悲伤变成了梦芒。"我愤怒地说，"你了解的那个鬼魂像种植食物一样种植恐惧，并且吞掉恐惧，好让自己变大。你了解的那只老鼠痛苦了五年，现在他变成了巨人。变大后，他唯一想做的就是惩罚。基蒂，这就是我想做的。"

她又睁开眼睛，黑色的大眼睛闪烁着灵动的光芒。

　　"这就是我想做的一切，我想要破坏，想要伤害，我要让别人万劫不复。"我粗声粗气地说，"让大大人害怕，让他们感觉不安全，把大大人变成胆战心惊、束手无策的小小人，把他们变成我。只要我活着一天，我就要制造恐惧。"

　　她只是摇摇头，面带微笑。

　　"这就是你认识的那个男孩儿吗？"我很痛苦，我疼得满脸通红。

　　"我只知道你就是那个曾经找到我的男孩儿。"她告诉我，"那个很久以前有东西给我看的男孩儿。"

　　大惊之下，我差一点儿就醒了过来。接着，无数声音响起。

现实世界

一个熟悉的声音把我拉回到了现实世界。"沃纳，对不起，喂，沃纳，请醒一醒了。"

一架无人机在我的脑袋边上飞着，我的眼泪则止不住地往下流。

我在无人机的屏幕上看到了胡恩，他在家里的办公室，坐在办公桌后面，他面带微笑，面色苍白，神情紧张。

我把眼泪逼了回去，不愿意以软弱或愚蠢的面目示人。

"亚瑟和普瑞儿在我这里，沃纳。"胡恩说。镜头转动，我看到我姐姐在颤抖，我的律师面沉如水。我看看他们两个，他们看起来很健康，身高十五英尺。

"大家好。"我用沙哑的声音说。

"沃纳，弟弟，你住手吧。"普瑞儿央求道。

亚瑟点了点头，身子一抖，显得很困窘。

"亚瑟，姐姐。"我说，不知该说些什么。

我想了想。"你们能不能把我欠胡恩的梦芒还给他。"我最后说。

"没那个必要。"胡恩说。

"一共十万梦芒。"我说到了具体数目。

"沃纳，咱们今天不提你以前住在我家里的事。"胡恩解释说，"我是作为罗斯英迪卡地方政府的代表来跟你谈话的。"

他说得很快，也很紧张，他切入正题："我们想让你知道，首先，我们为你取得的伟大成就而倍感骄傲。我是说，你白手起家，从一个穷小小人变成了富大大人，这可是个真真正正白手起家的故事。而且，最重要的是，普瑞儿告诉我，你希望将一些梦芒捐赠出来，用于罗斯英迪卡的最低梦芒。如果这是真的，我想告诉你，我非常钦佩你的慷慨，以及你的市民荣誉感。"

"嘿，基蒂在吗？"我问。

"求你了，我们需要尽快解决这个问题。"胡恩说，"我们的问题是，你最近的行为对我们当地的许多富大大人产生了影响。事实上，可以说对所有富大大人都产生了影响，他们考虑搬离巴鲁斯特德，离开罗斯英迪卡，也许还要离开耶威斯。"

胡恩汗流浃背，面带惊恐之色，恐惧正在吞噬着他。

"在我们的一次谈话中，我告诉过你，这将是一场灾难，沃纳。这场灾难将给我们带来致命的打击，所以我们需要做的是找到一个积极和平的办法，既能让每个人都高兴，又可以让那些雇主继续留在这片最热爱他们的土地上。"

"胡恩，基蒂还好吗？"我问。

"不太好，沃纳，她不太好。但求你了，我们的时间不多了。"胡恩颤抖着说，"让我跟你说清楚，巴鲁斯特德的居民要求耶威斯政府对你发动军事打击。"

祈祷的呼吸越来越重，亚瑟的脸色越来越阴沉。说实话，我甚至没有听到胡恩的声音，"不太好"是什么意思？

"当然，对你这种身材和财富的人采取这样的行动是极不寻常的，正如你的律师向我们明确表示的那样，这将使国家政府面临一系列可能带来灾难性后果的诉讼。"胡恩说，"但大大人不愿自己承担这一法律负担，他们对联邦政府有巨大的影响力，我和你已经讨论过此事，我相信你还记得我们关于这一点的谈话。"

"胡恩，我不在乎。"我粗声粗气地说，"你说基蒂不太好是什么意思？"

"沃纳，"胡恩大叫道，"看在老天的分儿上，你专心点听我说。你的生命危在旦夕，你的律师为你谈妥了一项协议要你签字，我现在说一下条款。你将留下一百万梦芒，并将其余梦芒全部捐赠，并从现在起一小时内缩小。一半捐赠将交给巴鲁斯特德的居民，用来修复你造成的破坏，另一半将用作罗斯英迪卡的最低梦芒。你同意从今以后与任何超过八倍比例的人保持一英里的距离，你同意将永远不再让你的比例账户超过一百万梦芒。作为交换，大大人将撤回他们的要求，而你不会被燃烧弹炸死。沃纳，请授权亚瑟签署这份协议。"

我想了想。

"沃纳，对不起，但必须现在做出这个决定，银行只有很少的时间安排你变小的各项事宜。"胡恩央求，"你可能不知道，但是如果你的身体没有准备好缩小，后果将很可怕。如果你一下子变小那么多，你可能会因此而送命。"

我又想了想。

"弟弟，老天，听着。"普瑞儿哭着说，"一切都会好起来的，事实上，以后的生活会很美好，请按照我们的要求去做，求你了。你仍将为最低梦芒做出数目庞大的捐赠，你仍将可以让很多人获得福祉。我知道你不想把你的一半梦芒给那些大大人，但你确实摧毁了他们的很多东西。"

我保持沉默，她继续慌里慌张地说："问题是什么，你不想余生都只能是中等比例。弟弟，我明白，我真的明白，我当然明白，想想看吧，中等比例可是你昨天的身材的两倍啊。沃纳，这是底线了，你必须马上同意，你没有选择，你必须同意，求你了。"

我一直在想，或者根本没有想，只是沉默不语，脑海里一片空白。

"沃纳？"胡恩问道。

"你能先把基蒂带来吗？"我说。

"我不能。"胡恩厉声说道，他的声音充满了愤怒，"沃纳，我不能，别再说了。她现在在楼下接受治疗，正在接受急需的治疗。她每天睡二十小时，而我们都不知道该怎么帮助她。总之，我不能带她来见你。也许几周后你就能见到她了，如果你想活到那时候的话，请告诉我们你同意签字。"

但我的心想要别的东西。"那么，让贾斯帕来。"我说。胡恩眨了眨眼睛，没听懂我的话。

"他是什么意思，贾斯帕是谁？"他问。我抓住无人机，把它泡在海里，感觉它在我手里咝咝作响，然后彻底瘫痪。

他们在半小时内就把他送到了我手里，他们一定是把这当成紧急事务处理的。政府一定很害怕我们这些大大人，他们强迫这个哆哆嗦嗦的少年爬下一根从直升机降下来的绳梯，落在我等待的手中。他就是那个踩死我父亲的孩子。

"走吧。"我对直升机说，"别管我们。"它飞走了。他当然不能直视我的眼睛。

"对不起，"他抽泣着，颤抖着，"对不起，对不起。我他妈的非常抱歉。"

他仍然是双倍比例，不过不再是十一岁，而是十九岁。

他的一张脸不再又圆又胖，看上去和那个踩坏我们小巷牛奶箱屋顶的孩子完全不一样。

"嘘。"我叫他安静下来，"看着我。"

但他做不到，他虚弱得发抖，他知道我要杀了他。

我从哪里开始，贾斯帕，在你死之前，我需要你听什么呢？

"当我十四岁的时候，"我告诉他，"我还是个穷小小人，我开了几枪，是为了保护我姐姐，没人受伤。但是他们还是判我八年监禁。"

他打了个寒噤。

"别发抖，别退缩。"我说，"看着我，听我说。昨天我袭击了大约五十个人，到目前为止，可能至少打死了一个人。我这么做不是为了保护任何人，我就是想这么做。不过这一次我根本不会进监狱。"

他试图点头。

"你觉得怎么样？"

"我不知道，"他哆哆嗦嗦地说，"我不知道。"

我把他抱得离我的脸更近些，他的声音太小，我听不到。

"别这样，不难回答的。"我提醒他，"你当然知道答案，你只管说'那是不对的'。"

"那是不对的。"他同意道。

"好。"我说，"很好。"

他什么也没说，他在我的掌心吓得直发抖，我感觉很痒。

"你有爸爸吗？"我问。

"有。"他抽泣着说。

"那这件事是对的吗？"我问。

他回答不了，只是伤心地哭了。我知道我这样问是不公平的。

"没关系，"我说，"没关系。有话直说好了，他是个好爸爸吗？"

正如我所说，在我的内心深处，一场缓慢的地震开始了。"是的，是的，他很好，他是个好……好……好爸爸。"那孩子打起嗝来。

我吸进新鲜的海风，呼出腐朽的气息。

"你杀了我爸爸之后，他对你说了什么？"我问他。

"他说那不是我的错，"他哭着说，"他说那是一件非常非常可怕的事，但不是我的错。"

"你认为他是对的吗？"我问他，感觉缓慢而强烈的震动开始了。

"我不知……知……知道。"他颤抖着说，"我是说，是的。我想是的。是有人推的我。我很抱歉，我被那些孩子推来推去，我只……只……只是没看清脚下有什么。"

我深深地吸了一口气，尽量让我的手不动，不要折断这个孩子的脊椎骨，至少现在还不行。

"对不起。"他又抽泣起来。他的眼神像是在尖叫"请不要杀我"，尽管他没有把这话说出口。他肯定知道，他只要说出这话，我一定会握紧我的拳头，像揉餐巾一样把他揉成一团。

我再次呼吸，闭上大眼睛，看到了父亲的脸。"我能告诉你一些关于我父亲的事吗？"我问。

贾斯帕，他叫我小红鱼，"嘘，醒醒小红鱼"，我的人生就是这样开始的。

他的名字叫罗宾，听到人们叫他罗宾，我总是很奇怪。**罗宾，你能修好我们坏掉的炉子吗？**

他身上总是有一股油和橡胶的味道，他的手很大，我是说在小小人里，他的手算大的，又大又粗的手指上沾满了黑色的沙砾。

他最擅长修理中中人那些坏掉的旧东西，不过他没有车间，不得不租用店面和工具，在那些浑蛋拥有的出租空间之间来回穿梭。

他一直希望拥有自己的商店、自己的工具，只需要一些叮当叮当的小工具，然后我们就可以变大了。"有趣的红鱼，这是我们的出路。"他说。

普瑞儿是红宝石老鼠，我是小红鱼，晚上我们和他一起玩，我们把手慢慢地靠近他的手，直到他那强壮的大手把我们的手抓得咯咯响，我们像疯子一样又叫又笑。

他总是用主君王神来打趣我母亲："不知道那个大个子神现在在做什么。嘿，你觉得他在看体育比赛吗？你觉得他喜欢在热狗上放什么？"他知道怎么逗她，这样她就不会太生气。

但在梦幻世界里，他是最真实的自己，梦幻世界是我最爱他的地方。

我父亲可以梦想任何东西，星星、太阳和城市街区。但他最喜欢的是大海。他在一切事物中总能看到海洋和水，他说，好的东西是湿的，坏的东西是干的。我有时也这样做，那样会感觉很真实。

我说起话来很像他，贾斯帕，我知道我像他。我用他那冗长而乏味的句子说话，一字一句都堆叠在一起，我是不是像他一贯那样问自己问题呢？是的，当然是。

当你听到我的声音时，你听到的是你杀害的那个父亲的声音。

在入狱前，我做着他曾经做过的梦。

他梦见翻腾的鱼、胖胖的海豹、咬人的鲨鱼、弯弯的乌贼、水母、螃蟹、千姿百态的珊瑚和海葵、翻腾的海带。他为我和姐姐创造了梦幻区，用来给红宝石老鼠和小红鱼探险。在你杀了他之后，我一直努力做这些梦，当我梦见自己掉进海里的时候，我又觉得自己像个小孩子了。

在梦幻世界里，他玩"用东西创造东西"的游戏。贾斯帕，这一手是我从他那里学来的。我从我聪明风趣的父亲那里学到了这个法子，我看着他梦见一片片白云，一座座牙山，一栋栋手风琴宫殿，一辆辆鲸鱼巴士。眨眼间，我父亲就在砖墙上画出了藤蔓路，用粗糙的手从地上拉出了翻腾的果园，园子里种着河树。

有一天夜里，我也梦见了这些，我展示给他看，让他知道我能做到。他是那么骄傲和快乐，他告诉我他爱我，夸我是了不起的红鱼。

我问他是不是爱我比爱普瑞儿更多，我问他是不是最爱我，他大笑着，把我丢到了云做的池子里。

你把他踩死之后，他想告诉我一些事情，贾斯帕，记住，他动了动嘴巴，他想说话。

但他无法把那些话说出来。

好吧。是时候了。

闭嘴，闭嘴，听我说。

贾斯帕，你会游泳吗？
你认为你能游一英里吗？
贾斯帕，我们离海岸一英里，离罗斯英迪卡一英里。
游回安全的地方去，贾斯帕，游回你那个明智的好父亲身边去。

我把贾斯帕放进水里，看着他发疯似的从我身边游开，像是在离开
一艘正在下沉的船。
我停止了颤抖，漂向北方，又凝视着巴鲁斯特德。
我知道该怎么做，抱歉，亚瑟。
对不起，普瑞儿。
对不起，耶威斯。对不起，胡恩。
但听啊。
世界是病态的，世界是悲伤的。
如果我不毁灭一些大大人，那就没人这么做了。

就算他们用炸弹炸我，我也会勇往直前。让我把我那巨大的、冒着
烟的、臭烘烘的尸体放在他们的岸上，让他们生病，让他们悲伤，让他
们窒息在烟雾中。
如果他们不炸我，我就吃了他们。
烧焦他们的皮肤，烤他们的肌肉，吸他们的血，抽他们的脂肪。杀
了他们，煮了他们，吃了他们，把他们的肉变成我的肉，把他们的比例
变成我的比例。

看着那些一瘸一拐的有钱人，我想，你们是我要吃的肉。
是时候了。

生活世界

但我漂浮着，
漂浮着，
我没有游到岸边，
只是一直看着，漂浮着，感觉很平静。

很快，我听到了一首歌，是我那巨大的脑袋想象出来的一首歌。

歌曲世界

这首歌充满了尖叫声、唧唧声、咯咯声和咕咕声，

哼哼，大笑，吠叫，呼呼，什么鬼东西，这是真实的吗？音符套着音符。

我听到了小小人的声音，三三两两，有家庭，有人群，有海岸警卫队，

他们的声音越来越大。

我的心听到了罗斯英迪卡每一个穷小小人的声音。

突然之间，我吸入了更多的空气。

忽然之间，我的肺变大了一些，吸入越来越多的空气。

再次响起咆哮和低吟，咯咯笑声和尖叫声。

那是一支千声万响的管弦乐队，教人们重新歌唱。

那是一口洗涤尘封干燥的梦幻世界的井。

我的身上有个东西焕发了生机，那是一种湿漉漉的巨大需求。

好好世界

好吧。这两个字尖叫着从我嘴里冒出来，大海颤抖着。

好吧，好吧。这两个字在我的声音里咆哮着，轰隆隆地回响在悬崖边。

胡恩，普瑞儿，亚瑟，好吧，我会签字的，我抽泣着。
声音那么大，连熟睡的基蒂也一定听见了，她距离我那么远。

我胆小如鼠，我选择活着。

接下来会发生什么

（接下来那个胆小鬼怎么样了？让我告诉你，让我们一起来看看沃纳讲述的沃纳故事的结局，让我们牢牢注视着那个在海里漂浮的巨人，他在号啕大哭。）

银行职员们自然都在听，他们自然听到了他的话，他们立刻开始像变魔术那样吸干他的梦芒。没有时间为他的身体做好准备了，好吧，你能怎么做呢？不停缩小的金刚咬着牙，不停变弱的猩神眯起眼，最后他尖叫不止。他哭了，不停地扭动，皮肤贴着他的骨头，骨头挤压他的心脏，疯狂的心脏处理不了他身体里的血液，身体里的垃圾撑鼓他的肚子，撑起了他的血管，肋骨刺痛他的肺，划伤了他的肝肾脏。他那抽筋绷紧的头盖骨缩了进去，擦伤了他那昏昏沉沉的大脑。他的内耳尖叫着，他的眼珠忽明忽暗，他让他的脑子思考：谁在乎？只要活着就好。

他流血又呕吐，在粉色霞光笼罩的大海里，他不停地大便，他下沉了几次，气喘吁吁，战栗着。黑暗笼罩下来，四周变得伸手不见五指，那是死亡般的黑暗，虚无的黑暗。

但他一定没死，我想是咸咸的大海厌倦了他，也可能是可怜他，一点一点地，一股好心的潮水把他送回了暗夜掩盖下的光明城市。

最后，海浪将这个热爱生命的懦夫推到了潮湿的沙滩上，他像一具尸体一样瘫倒在那里。

很快，晨光爬过群山，照在他身上，他的眼睛抽动着睁开了。一只眼睛呆滞，另一只眼睛还很明亮。

他从海滩爬上木板路、人行道、城市街道，他用一只好眼四处张望，寻找一个好地方，好让自己永远消失于人们的视野之中。可是垃圾桶太小了，排污门又矮又窄，墙上没有洞能装得下这个中等身材的穷小小人。

这个胆小鬼跌跌撞撞地上了山，一条腿瘸了，另一条腿更糟，他的耳边嗡嗡响，他的五脏六腑都移位了。

过了很长一段时间，他来到了一个熟悉的甜蜜天堂，像嗡嗡作响的群山一样的家园。洒水器喷出轻柔的水雾，头顶上方树枝高悬，可看到教堂。

他犹如一只残废的动物，他那颗富有进取精神的心用手肘捅了捅他，告诉他，这边，这边，继续走。

他又颤颤巍巍地走了几英里，在一所房子前停了下来。

他站着，身体有些摇晃，然后突然坐了下来，再也站不住了。

他一丝不挂地坐在院子里，不去理会慢跑者和无声驶来的双倍汽车，无视自己身体里逐渐扩散的死亡。他只是看着房子，等待着做梦人醒来。

请醒醒吧，我在外面等你呢。

请最后一次拯救我的小生命，因为这是交易，而我保证会救你的命。

让我们属于彼此，怎么样？

让我们成为修理炉子和修补屋顶的理由。

让我们清理和治疗我们的病态城镇，以及这个破败的世界。

让我们成为彼此的理由，去热爱这愚蠢的生活，以至于不能抛下它而去死。

基蒂，你说什么？

接下来会发生什么？

让我们使彼此软弱。

【全文完】

感谢

首先，我要感谢我的编辑玛吉·莱尔曼，你聪明，又有无尽的耐心，以及苏珊·范·米特、麦克尔·雅各布、切德·W.贝克曼、安德鲁·史密斯和我在艾布拉姆斯的搭档们。谢谢你们鼓励我去冒险，在我变得迟钝或疯狂的时候约束我，让沃纳成为沃纳，同意使用一个虚构且毫无意义的名字。

感谢内特·马什完美的艺术作品。

感谢我不知疲倦、才华横溢的经纪人克劳迪娅·巴拉德、劳拉·邦纳和安娜·德罗伊，你们总是为我着想，所以我不必为自己着想。

感谢艾伦·喀什莉和弗兰克·康霍斯为我提供了一个不可思议的家，你们在你们位于北卡罗来纳州美丽的豪宅里招待我，给我做美食，让我身心愉悦，我就是在那里完成了本书的最后三分之一。

感谢我的天才朋友和作家同行，你们给了我非常有思想的意见和建议：格雷格·阿特万、艾米莉·卡迈克尔、凯尔·麦卡锡、乔尔·斯坦豪斯、尼克·斯通、本·乌尔旺德、韩宇，当然，还有肖恩·麦金蒂，在艾雷市中心，那个晚上，我们一起聊天，你是第一个和我讨论本书创意的人。

永远永远感谢我的家人，我的父亲、母亲和我的祖母丽娜·伊芙，是你们成就了今天的我。

再次感谢我无畏的图书管理员妈妈，感谢你对我这本书的所有讨论、鼓励和反对；第三次感谢她在我成长过程中给我的几百甚至是几千本书，特别是那些她大声读给我听的书，尤其是狄更斯的书。

最重要的是，谢谢塔玛拉每天提醒我，这本书是我生命中最重要的东西。但说实话，这本书只能排第二。